フィンブルの冬

宮田賢人

北欧神話によると、世界の終焉《しゅうえん》の前兆として、
夏が少しも挟まれない凍える冬が続くという。
雪が吹き荒れ、人間は仲間どうしで殺し合い、
多くの生き物が死に絶える。

それを、『フィンブルの冬』という。

〈登場人物〉

【主人公】

和輝　東京の大学生。瑠璃香を乗せた自家用機を操縦して、ニュージーランドに向かっていた。
瑠璃香　和輝の友人。和輝と同じ大学の同級生。

【ソゥルスモルク村の人々】

ハルドル　村の長老の一人。息子のヨアンと村はずれに住んでいる。和輝と瑠璃香を受け入れてくれる。
ヨアン　ハルドルの一人息子。四十代で、ざっくばらんな性格。
ヴァルナル　謎の言葉を残して百年前に失踪した鍛冶屋。
セゴル　村の最長老。
オットー　村の長老の一人。ケルドゥル村との石炭交渉に携わる。
エルマル　村の青年。明るく誠実。
シモンとロベルト　エルマルの仲間。春の探索で遭難した。
シーラ　エルマルのフィアンセの女性。
ヴェラ　村の占い師。
ガダル　ヴェラの高祖父。村の神官として尊敬されていた。

【その他の人々】

アルニ　植物学者。ソゥルスモルク村周辺の植物の生態を調べている。
ステファン博士　アルニの先生。植物学の権威。
フェリクス　石炭を産出するケルドゥル村の若手の長老。

目次

プロローグ

「ん……」

瑠璃香《るりか》がうっすらと目を開けた。

和輝《かずき》が瑠璃香を心配そうにのぞき込んでいる。

「おい、大丈夫か？」

和輝は、副操縦席の背もたれに寄りかかっている瑠璃香に声をかけた。瑠璃香はゆっくり上体を起こすと、手と足を軽く動かした。

「大丈夫……そう」

和輝は安堵《あんど》のため息をつきながら、瑠璃香のシートベルトを外した。

「何とか不時着できてよかったよ」

瑠璃香はコクピットの外に目を向けた。フロントガラスの向こうにあるのは、荒寥《こうりょう》とした景色だった。下方には、所々に大きな岩が突き出た灰色の斜面が広がっており、遠くには、雪に覆われた険しい山々が連なっている。

「ここはどこ？」

瑠璃香はほんの少し前の記憶を手繰《たぐ》り寄せた。瑠璃香は、大学の同級生の和輝が操縦する自家用機で、日本からニュージーランドに向かって南太平洋の上を飛んでいた。そのとき突然、積乱雲が目の前に迫ってきた。

「和輝が大きな雲を避けようとしたんだよね。でも、そのまま突っ込んでしまって」

和輝は改めてフロントガラスの向こうを見回した。

「でも、何で山の中なんだ……」

空は紫を帯びた灰色をしており、雲間には弱々しく光る土色の太陽が浮かんでいる。

「だよね」

瑠璃香も思わずそう声を漏らすと、ぶるぶると体を震わせた。

「さむ……」

なぜかコクピットの空気は冷たい。

「さっきまで南の空を飛んでいたはずなのにな」

和輝は操作盤のモニターにタッチした。画面は点《つ》いたが、しばらく点滅した後、『現在の位置情報が確認できません』と表示された。

「え？」

和輝が数回タッチすると、航路の軌跡が映った。画面左上に二〇三〇年七月二十三日とある。人差し指と親指で画面を何回かピンチインすると、表示されていた世界地図が縮まり、東京からの航跡線が確認できた。太平洋上を南に進んでいたその線は、ニューギニア島の東の海上で途切れている。

「ニューギニアの近くのどこかの島には間違いなさそうだね」

横からモニターをのぞいている瑠璃香がつぶやいた。

「そのはずなんだが……なんで現在地が分からないんだ」

和輝はモニターを何度かタッチしたが、『現在の位置情報が確認できません』という表示は消えない。和輝が操縦席の横のドアを開くと、冷たい風がコクピットの中へ流れ込んできた。瑠璃香は再び身震いした。

「ちょっと待ってろ、外を見て来る」

和輝はそう言うと、ドアの外に開いたタラップを降りていった。灰色の地面に立って四方を見回したが、傾斜した荒地が広がっているだけで人の気配はない。次に、二人が乗ってきた小型自家用機『スカイホイール』に目をやった。機体は垂直着陸で巻き上げた土埃《つちぼこり》にまみれており、左の主脚が折れ曲がっている。機体が大きく左に傾いていたのはそのせいだったようだ。不時着の衝撃は弱くなく、自分たちの体がこの機体に守られていたことを物語っていた。

和輝は白い息を吐きながら操縦席に戻ると、ドアを閉めた。

「ああ、めちゃくちゃ寒い！　山の中のようだけど車どころか人の気配すらない。ここはいったいどこなんだ……」

「スカイホイールは大丈夫だったの？」

「いいや、左脚がボキリと逝《い》ってた……飛べるかどうか分からないな」

「そんな……私も見てくる」

瑠璃香が外の様子を確かめて機内に戻ると、和輝が操縦席のモニターをタッチしていた。

「何してるの？」

「飛び立てるかどうか、故障診断をしてるんだ」

ところが、画面は不規則に点滅したあと、だんだんと暗くなっていった。

「くそっ、反応しない」

「え……？　画面も動かなくなったの？」

和輝は瑠璃香のその問いには答えず、画面をタッチしたり、レバーやボタンをしきりに動かしている。

「どうやら、電気系統がイカれたみたいだな。これじゃ、エンジンを始動するどころか、救難信号も送れない」

和輝はため息を吐きながら天井を仰いだ。

「そんな……」

そうつぶやいた瑠璃香は、何か思いついたようにポケットからスマートフォンを取り出した。

「東京の実家に連絡してみる」

「俺も」

和輝も自分のスマートフォンを取り出した。

——電波が届いていません。

二人のスマートフォンの画面にはそう表示されている。

「そうか、こんな山の中だもんね」

瑠璃香ががっかりしたようにつぶやいた。

「いや、日本を出る時、衛星通信に切り替えてるから、山も海も関係ないはずなんだけどな……」

和輝は何度も通話を試みたが、やはりつながらない。

遭難に気づいて捜索隊が出るには、まだ時間がかかるだろう。それに救難信号も発信できていないということは、捜索隊がスカイホイールを見つけてくれる可能性も低い。二人は山を下りて助けを求めることにした。今日中に人里に下りられるとは限らない。和輝と瑠璃香は、入る限りの食糧や水、衣服をリュックに詰め込んだ。

和輝と瑠璃香は岩だらけの斜面を下り始めた。所々に生えているコケには霜が付いていることから、気温は摂氏零度前後と思われる。二人はリュックからジャケットを取り出して羽織った。見上げた空は、紫がかった灰色をしている。

「何だか、気味の悪い空だね」

瑠璃香は映画で見た世界の終末の空を思い出して、そうつぶやいた。

第一章

1

どれくらい下っただろうか、和輝が何かに気づいた。

「あれ！」

和輝が指さした遠く下方の枯れた木々の間から、一筋の白い煙が立ち昇っている。

「誰かいるはずだ。あそこまで降りるぞ、助けてもらおう」

斜面を下る二人の足取りが速くなった。なだらかな尾根に差しかかると、再び見通しが良くなった。まだ山の中腹だが、下方の大地は灰色から茶色に変わり、緑も点々としている。木立もあり、木々の間から湖が見えた。

「あそこに何かあるぞ。家だ！」

和輝は明るい声を上げた。湖畔に緑色の三角屋根が三つ連なっているのが見えた。その一つの屋根の煙突から煙が上がっている。

「でも、屋根がずいぶんと低いね……」

瑠璃香がつぶやいた。

「うん、確かに……。とにかく行ってみよう」

二人はまた歩き始めた。


建物の前に着いた時には、辺りは暗くなりかけていた。その建物は実に奇妙だった。屋根だけが地面から突き出ていて、家の下半分が地面に埋め込まれたかのように見える。その屋根は、周囲の地面と同じ分厚い芝生で覆われている。屋根の下は白い塗り壁になっていて、出入り口だろうか木で出来た扉が中央に構えている。その左右に小さな格子窓が一つずつ付いている。

「何だかおかしな家だね。巨人に踏みつけられたみたい」

瑠璃香の言葉に、和輝は苦笑いをした。

「中に誰かいるはずだ。とにかく行ってみよう」

二人は出入り口と思われる扉の前に来た。インターホンらしきものは見当たらない。和輝は、扉の中央に付いているドアノッカーをたたいた。

コン、コンコン。

「すみませーん。誰かいませんか？」

しばらくして足音がドア越しに聞こえてきた。

コツ、コツ、コツ……。

ガチャ。

ドアが開いた。

「うわっ……」

和輝は思わず声を上げて後ずさった。

それは、小柄だががっちりとした体つきで、はげあがった頭頂部から左右に白髪を垂らし、白く長い顎《あご》ひげを蓄えた老人だった。黒色のベストに焦げ茶色のズボン、丈の長いブーツを履いている。透き通るような白い顔には深い皺《しわ》が刻まれており、警戒するような目つきで和輝と瑠璃香を見ている。口元から吐き出される息は、外気で冷やされて白くなり、アルコールの臭いが漂ってきた。瑠璃香は和輝の腕にしがみ付いた。

「フェルエルスシス？」《お前たちは一体何者だ？》

老人はドアノブに手を掛けたまま、低い皺がれた声でそう言った。どこの言語なのか、二人には全く理解できない。

「……」

和輝がどう答えようか考えあぐねていると、瑠璃香が英語で割って入った。

「すみません、びっくりさせたみたいで。私たちこの土地に迷い込んでしまい、偶然ここを見つけたのです」

老人は瑠璃香をぎろりとにらんだ。

「一体、何の用だ？」

多少訛《なま》りが強いが、老人は英語で返してきた。そのきつい言い方に、和輝が遠慮がちに答えた。

「助けてほしいんです……」

「うーむ……」

老人は二人を交互に見た。

「一体どこからやって来たのだ？」

瑠璃香が答えた。

「日本《ジャパン》から来ました」

「ジャパン……？」

老人は眉をひそめてそう言うと、二人の足元から頭までを舐《な》めるように見た。

「この寒さで凍え死にそうなんです。よろしければ、家に入れてもらえませんか？」

和輝が思いきってそう言うと、老人は二人の服装を見てぶっきらぼうに答えた。

「入れ」

「ありがとうございます」

和輝が家の中に足を踏み入れようとすると、瑠璃香が和輝の袖を引っ張り、小声で言った。

「このおじいさん、恐いよ……」

和輝は改めて辺りを見回してから小声で返した。

「他に家も見当たらないし、仕方ない」

和輝は瑠璃香の手を引いて中へ入っていった。

リビングと思われる部屋に入ると、アルコールにアンモニア臭が混ざったような異臭が鼻をついた。中央には長テーブルが置かれ、部屋の隅には、暖炉がその周囲の空気を揺らしながら焚《た》かれている。石造りの壁や木の棚には老人の趣味だろうか、古めかしい絵画や骨董品《こっとう》が飾られている。小窓しかない部屋は薄暗く、長テーブルに置かれたランプの橙色《だいだいいろ》の光が、壁に飾られた品々をぼんやりと浮かび上がらせている。

テーブルには、蒸留酒と思われる透明な液体の入った酒瓶が一本とショットグラスが一つ。その隣にはつまみだろうか、チーズの角切りのようなものを盛った小皿と、冊子類が無造作に置かれている。鼻をつく異臭と薄暗く不気味な部屋に、和輝と瑠璃香はこの老人の家に入れてもらったことを後悔し始めていた。老人は無言のまま、テーブルにあった酒瓶と小皿を持って奥の部屋に消えた。

入り口に立ち尽くしていた和輝と瑠璃香は、恐る恐るテーブルのそばまで足を踏み入れた。

瑠璃香はテーブルの上の冊子に視線を落とした。開かれたページには、古めかしい記号のような文字がぎっしり並んでいた。

——これ、何語……？　それにやけに古いノート。

その時、老人が部屋に戻ってきた。瑠璃香の視線に気づいた老人は、瑠璃香をにらみつけると、その冊子を閉じて壁際の棚へしまった。瑠璃香は見てはいけないものを見たような気がした。

二人はテーブルを挟んで老人と向き合うように座ったが、何とも気まずい。

しばらくの沈黙の後、和輝が口を開いた。

「すみません、ここはどこなんですか？」

「ソゥルスモルク村だ」

「ソゥルスモルク村……？　どこの国なんですか？」

「イースラントだが……」

「イースラント？」

和輝は瑠璃香に日本語で耳打ちした。

「知ってるか？」

瑠璃香は首を横に振った。和輝は気難しそうに黙っている老人を見て、それ以上聞くことができなかった。

老人は二人をじろりと見て、低い声で聞いた。

「おぬしらは一体何者なのだ……」

尋問でも受けているかのような緊張感で、二人は口籠《くちごも》ってしまった。

瑠璃香にジャケットの袖を軽く引っ張られた和輝が口を開いた。

「実は――」

和輝は、ここへ迷い込んでしまった経緯を老人に伝えた。自分たちが日本人であること、ニュージーランドに向かう途中に積乱雲に巻き込まれて、この山に不時着したこと――。

事故に遭ったという和輝の説明に、老人は同情する素振りを見せるどころか、にらむような目つきで何も言わない。

和輝が少し上ずった声で聞いた。

「電話《テレフォン》を貸してくれませんか？」

「テレフォン……？　なんじゃやそれは」

「……」

和輝は返す言葉がない。

「すぐに戻って来る」

老人がそう言って再び奥の部屋に消えると、和輝がごくりと息を飲んで瑠璃香を見た。

「俺の英語、どこか間違ってたか？」

「和輝の英語がおかしかったというより、話を理解してなかったように見える。日本やニュージーランドのことを知らないとか……」

「電話も知らないみたいだしな」

「あのおじいさん、なんだか変だよ。この家もこの部屋も不気味だし。今のうちに逃げようよ」

「ああ、他の人を探した方がよさそうだ」

和輝はそう答えると、老人が消えた通路の方をちらりと見た。二人は床に降ろしていたリュックを肩に掛けると、音を立てないように玄関に向かった。

2

玄関のドアを開けると、さあっと凍えるような風が入ってきた。

「えっ！」

玄関を出ようとした瑠璃香が小さく声を上げ、足を止めた。

「見て、あれ」

和輝が瑠璃香の指さす空を見上げると、はるか遠くの山際に、淡い緑と赤が混ざった光のカーテンのようなものが揺れている。

「あれって……オーロラじゃない？」

「……」

和輝は言葉を失った。二人はドアを閉めるのも忘れて、その光のカーテンに見入っていた。

その時、背後から老人の低い声がした。

「おぬしら何をしておる」

二人は恐怖で体がこわばった。最初に老人の方に振り返ったのは瑠璃香だった。

「あの……向こうの空に光っているもの、あれは何ですか？」

「あれは『アウロラ』じゃ」

「アウロラ？」

和輝が繰り返すと、瑠璃香が小声で言った。

『オーロラ』のことじゃないかな」

二人はもう一度空に目をやった。

「はよう、ドアを閉めんか」

老人の声に二人は我に返ったように空から目を離すと、ドアを閉めた。

「おぬしたち、村へ下りようとしていたのか？」

「えっ……は、はい」

瑠璃香が口籠りながら答えると、老人は呆《あき》れたように言った。

「ふん。村までは歩いて二、三時間はかかる、そんな格好ではたどり着く前に凍え死ぬぞ」

三人は先ほどの部屋に戻り、それぞれテーブルに着いた。老人に歓迎されていないことは分かる。ただ、事故にあったことに同情する様子はないが、ここから逃げ出そうとしたことを責める様子もない。山を下りると村があるというが、嘘《うそ》か本当かも分からない。本当に村があったとして、村人もこの老人のような〝変な人〟ばかりなんだろうか……。

二人の頭に、そんな想いが渦巻いた。

「あの……村には、警察はありますか？」

和輝が老人に聞いた。

「ん、警察……？　本土にはあるが、ここにはないぞ」

和輝と瑠璃香は顔を見合わせた。今度は瑠璃香が聞いた。

「ここは『イースラント』ということですが、どこにある国なんですか？」

瑠璃香の質問に老人はゆっくり立ち上がると、壁際にある棚から折り畳まれた紙を持って来て、二人の前に広げた。地図だった。

折り目は擦れ、全体的にヤケがあり、年代を感じさせる。地図の中央には、入り組んだ海岸線を持つ横長の島が描かれている。島の中央には雪で覆われた山脈があり、その山脈から海岸線に向かって、蜘蛛《くも》の足のように灰色の山が連なっている。地名が島を埋め尽くすように刻まれていて、周囲の海には、海獣や半魚人といった神話に出てきそうな生物が描かれている。

和輝と瑠璃香は、絵画のような異様な地図を驚きながら見ている。和輝は地図の左上に、

『Ｉｓｌａｎｄｉａ』という文字を見つけた。

「この島が……イースラントですか？」

「そうだ」

「……」

和輝が何をどう聞けばよいか考えていると、瑠璃香が地図の右上の一角を指さした。

「和輝――」

「ん……？」

それは和輝も見覚えのある地図――世界地図だった。横長の枠の中には、大西洋を中心として左側には北アメリカと南アメリカ大陸が、右側にはユーラシア大陸が描かれている。どの大陸もよく見ると、和輝が知っているそれと比べて形がゆがんでいるように見えた。

「これは、世界地図ですね」

老人は無言でうなずいた。

「それで……その『イースラント』はどの辺りに？」

老人は組んでいた腕をほどくと、ヨーロッパの左上にある赤枠で囲まれた島を片手で示した。

「ここじゃ」

「この島は――」

和輝がつぶやくと、瑠璃香がぼそっと付け加えた。

「アイスランドだよ」

「あ……」

和輝の中で、不時着してから今まで目にした点が、線になってつながり始めた。突き刺すような寒さ、山の中の荒れ果てた風景、風変わりな家、現れた蒼白《そうはく》の老人、そして……さっき見たオーロラ――。

二人は顔を見合わせた。瑠璃香も、老人の言う「イースラント」はアイスランドのことだと確信したようだった。和輝は宙に目を泳がせて考え始めた。

――俺たちはニューギニア付近で事故に遭った。アイスランドに不時着するはずがない。でもすべての状況が、ここがアイスランドだと示している。本当にここはアイスランドなのか？だとすると、俺たちにいったい何が起きたんだ……。

老人は、黙り込んだ二人をしばらく品定めするように見てから尋ねた。

「おぬしらこそ、この島の人間ではなさそうだが……確か『日本』とか言っておったな」

その声に和輝は我に返った。

「あ、はい、僕たちは日本から来ました」

「ほう。ヨーロッパ本土の町か……？」

「いえ――」

瑠璃香は世界地図のユーラシア大陸の右端まで指を滑らせると、その海岸で指を止めた。

――これって……日本だよね。

和輝も瑠璃香の指先を見た。日本があるべき場所に描かれた島はずんぐりむっくりとしており、弓のような曲線を描く日本列島とはほど遠い形をしていた。和輝は違和感を覚えながらも、その島を指さした。

「この島です」

その島を見た老人は、さらに渋い顔をした。

「中国のさらに東の島国から……？　しかも、空を飛んで来ただと？」

「は……はい」

和輝と瑠璃香は何とかそう答えたが、それ以上何を説明していいか分からない。老人を見ると、テーブルに灯るランプの揺らめく炎に目を落として黙り込んでいる。しばらくの気まずい沈黙の後、老人が口を開いた。

「もう夜になった。その格好では、どこへも行けまい。今夜はここに泊まるがよい」

その言葉に、和輝と瑠璃香は顔を見合わせた。瑠璃香がうなずくと、和輝は老人に向き直った。

「あ、ありがとうございます。お願いします」

3

二人は隣り合った来客用の部屋に案内された。それぞれ八畳ほどの広さの部屋で、ベッドと鏡台が置いてある。来客用とは言え豪華さはなく、むき出しの壁に薄暗いランプの灯りが不気味に揺れていた。

しばらくすると荷物の整理を終えたのか、瑠璃香が和輝の部屋をノックした。

「和輝、いい？」

「ああ、いいよ。俺も話したいと思ってたんだ」

二人は小さな丸テーブルを挟んで座り、スカイホイールから持ち出した携行食を食べ始めた。老人からパンとスープならあると言われたのだが、とても老人が出す食べ物を食べる気にはならなかったのだ。

「ここは本当にアイスランドなのかな……」

和輝が、スティックタイプの栄養ビスケットを手に持ったまま言った。

「不時着するまでは、太平洋の上にいたはずなのに」

瑠璃香は硬い表情のまま和輝を見た。

「明日の朝、村へ下りてみようよ。ここがアイスランドなのかどうかもはっきりするし、日本にいる家族にも連絡を取りたいし」

「そうだな」

和輝は改めて部屋を見回した。石の壁と木の床や窓枠、棚に置かれた人形や壁に掛けられた絵画——部屋はやけに古めかしく感じられた。

「リビングにいた時から思ってたんだけど、この家……まるで映画のセットみたいじゃないか？」

瑠璃香も部屋をぐるりと見回した。

「ここがアイスランドだとしても、あのおじいさんもこの家も、変だよね……。私、怖いよ。あのおじいさん、私たちを襲って来たりしないよね」

和輝はそれには答えず、おもむろに立ち上がると、人形の並べられた棚の方に近づいた。ふと、壁に掛けられているカレンダーに目をやった。

——Ｊｕｌｙ　１７３４.

大きめの文字でそう記されている。

「ほら、カレンダーだって大昔のものが掛けてあるし……」

そう言って和輝が振り返ると、後ろにはカレンダーをのぞき込む瑠璃香が立っていた。

「……」

瑠璃香はカレンダーを見つめたまま何も言わない。

「瑠璃香、どうしたんだ？　何かあったのか……？」

「ひょっとしたら私たち……、『時空の裂け目』に落ちたんじゃないかな」

「えっ！　どういうことだ」

驚く和輝に、瑠璃香はゆっくりと話し始めた。

「私のお父さんが国連に勤めてるって知ってるよね」

「……あ、ああ」

「そのお父さんから聞いた話なんだけど……地球上の空のどこかに、過去に通じる空間があるらしい――って。この百年くらいの間に、突然姿を消した飛行機が何十機もいたんだって。その中には、『霧の中に突入した。何も見えない、完全に方向も見失った』っていう連絡を最後に、消息を絶った飛行機もいたらしくて。それに、第二次世界大戦中の戦闘機が三十年後に突然現れたっていう話もあるんだ。そのパイロットは、自分は太平洋戦争中のアメリカ空軍の中尉だと言ったらしいけど、誰も信じなかった……」

「……」

和輝はじっと耳を傾けている。

「でも機体は当時のものだったから、本当に時空を超えて来たんじゃないかっていう人もいたらしいよ」

和輝の顔色がみるみる色を失っていく。電波を失ったスマートフォンと電話すらない老人の家、老人の奇妙な佇《たたず》まいとほとんど噛《か》み合わない会話、映画のセットのような部屋……。山に不時着してから起きたこと、目にしたもの、覚えた違和感の数々が一気に結びつき、和輝の中でその正体を現した。和輝はゆっくりと、目の前のカレンダーに目を向けた。

「じゃあ、このカレンダーって……」

瑠璃香は無言でうなずいた。二人に重い沈黙が流れた――。

瑠璃香が口を開いた。

「明日の朝一でおじいさんに、今が何年なのか聞いてみようよ」

「あ、ああ……」

和輝は硬い表情でうなずいた。


翌朝、和輝と瑠璃香がリビングに入ると、老人は窓際の席に腰掛けてパイプを燻《くゆ》らせていた。

「おはようございます……」

「おお、おはよう」

老人はパイプを手にしたまま低い声で返してきた。

「すみません、ちょっとお聞きしたいことが――」

「ん……？　なんだ」

瑠璃香の問いに老人はパイプを灰皿に置いて、和輝と瑠璃香に椅子に座るよう促した。椅子に座ると、瑠璃香が恐る恐る尋ねた。

「今は……いつですか？」

「……？」

老人は質問の意味をはかりかねているようだった。

「あの……今日は、何年何月ですか？」

老人は苦笑いを浮かべながら答えた。

「一七三四年七月だが」

和輝と瑠璃香は顔を見合わせて固まった。和輝は深呼吸をすると、口を開いた。

「信じてもらえないかもしれませんが……実は僕たち、二〇三〇年から来たんです」

「ん……？　確か昨日は……空を飛んで来たと言っておったな。今度は未来から来たというのか？」

「はい」

老人は鋭い目つきで二人をのぞき込んだ。が、しばらくして老人はパイプを口元にやり、吸い込んだ煙を天井に向けて吐き出した。小窓の明かりに照らされた宙を漂う灰色をじっと眺めている。和輝と瑠璃香は、固唾《かたず》を飲んで老人を見ている。

老人の表情がぴくりと動き、二人に視線を戻した。

「色んな奇跡を起こす北欧の神々でも……時を飛び越えるなどということは、聞いたことがない。ただ、おぬしらの奇妙な格好を見ると、もしや——という気もしないでもない……」

その時、瑠璃香が「あっ」という表情を浮かべた。

「ちょっと待っていてください」

そう言ってリビングを出ていった瑠璃香は、しばらくすると大きめの冊子を手に戻って来た。

「これが、私たちが向かおうとしていたニュージーランドのガイドブックだった。

瑠璃香がガイドブックをぺらぺらとめくって老人に見せた。首都のオークランドについて説明しているページだった。

「これは……」

老人はその光沢のある紙のページを手で触り、オークランドの街並みの写真を食い入るように見ている。

「これは筆で描いたものではありません。『カメラ』という装置を使ってレンズ越しに映したものです」

「ほう」

老人は二つうなずくと、ひしめくように並んだ高層ビル群を指さした。

「この……空に届きそうな建物はなんだ？」

『ビル』っていう何十階もある建物で、この中で人々が働いたり住んだりしています。この街が、私たちが向かおうとしていた街です」

老人は驚きと好奇心に満ちた目つきでページをめくっていった。次々に現れるニュージーランドの街並みや自然の写真に目を落としていたが、ふと思い出したように裏表紙を見た。

――二〇三〇年版。

裏表紙の右下には、そう記されている。老人は「うーん」となって、ガイドブックを瑠璃香に返した。老人は腕組みをして黙り込んだが、しばらくすると顔を上げた。

「おぬしらが乗って来たという空を飛ぶ乗り物は、この山の上にあるのだったな？」

「はい、動かなくなって置いて来ました」

「ならば、それを見せてくれ」

4

三人はスカイホイールが不時着した場所に向かった。スカイホイールは土埃で汚れていたが、荒寥とした景色の中で不相応な存在感を放っていた。それを見た老人は一瞬足を止めたが、意を決したように近づいていくと、機体の周囲を回りながらじっくりと眺めた。

「うむ、まさに空飛ぶ魔神じゃの。これはもう飛べないのか？」

「はい……。でも、もう一度試してみます」

和輝はコクピットに乗り込むと、エンジンの始動を試みた。操作パネルにタッチしたりレバーを引いたりしてみたが、スカイホイールは何の反応も示さない。

和輝がコクピットから降りてきた。

「やっぱりだめでした」


三人は老人の家に向かって山を下っていた。しばらく黙って歩いていた老人が口を開いた。

「正直、驚いた。あの白い光沢のある金属体――あのようないかにも重たげな物体が、おぬしらを乗せて空を駆けて来たとはな」

そして、ぽつりぽつりと自分のことや村のことを話し始めた。老人はハルドルという名で、村の意思決定を行う『長老会』の長老のひとりだった。四十半ばの息子のヨアンと二人暮らしだが、ヨアンは他の村に買い出しに出かけているという。ここソゥルスモルク村は、人口七百人ほどの村で、主な産業は牧羊とのことだった。和輝と瑠璃香も自己紹介をして、三百年後の日本の生活のことを話し始めた時だった。

ハルドルは足を止めて、後ろを歩く二人を振り返った。

「そうだ、村を見てみるか？　ここから少し歩くと、村を見下ろせる場所がある」

「はい、お願いします」

瑠璃香が返事をすると、和輝もうなずいた。

ハルドルは家のある湖の方には曲がらず、そのまま道を下っていった。しばらくすると視界が開けて、下方に集落が見えた。ハルドルが立ち止まり、その集落を指さした。

「あれが、わしらの村じゃ」

大小十数軒の木造の建物が集まっている場所が、村の中心部のようだ。その周囲は羊の放牧地なのだろうが、和輝と瑠璃香がイメージする緑の牧場のイメージではなく、所々岩の突き出た荒れ地に見える。その荒れ地に、牧羊農家と思われる家や倉庫が、ぽつぽつと建っている。

ハルドルが、建物が集まっている場所を指さした。

「あそこが村の中心部だ。ここから見えるのは村のほんの一部で、牧羊地はずっと広がっておる。村で店があるのはあの辺りだけだから、村のはずれの住人は買い物も一苦労だ」

家が建ち並ぶ日本の町や村しか知らない和輝と瑠璃香には、村の中心部以外は、広大な荒れ地にしか見えなかった。

瑠璃香は村の上空を見上げた。雲らしい雲は浮かんでいないのだが、紫色の空は晴れというには暗い。低く浮かんでいる太陽は、朧月《おぼろづき》のようにか弱い光を放っている。

ビュー—ッ。

強い風が吹き、和輝と瑠璃香は身を縮めた。

家への道を歩きながら、ハルドルがおもむろに口を開いた。

「一つ聞いてもよいか」

「はい。何でしょう」

閑散とした村の景色を思い出していた和輝が、我に返ったように返事をした。

「三百年後のアイスランドは、いや、この世界はどうなっておるのだ？」

「三百年後のアイスランド……ですか。どうなっているかというのは、何がでしょうか？」

「うむ。例えば気候とか……平和なのか、繁栄しているのかとか」

「あ……ええと。世界の人口は今の十倍くらいになっていますから、繁栄していると言えるのかもしれません。でも、紛争はあちこちで起きているし、地球規模の気候変動も問題になっています。平和と言えるのかな……」

「なんと、人口が十倍に……このアイスランドはどうなのだ？」

「すみません、このアイスランドのことはあまり知らないんです。瑠璃香はどう？」

和輝は瑠璃香を見た。

「私もほとんど知らないんです、何の産業が盛んだとか……。ただ、素晴らしい自然景観が楽しめる国として有名で、私の友だちも訪れて感激していました」

「ほう……観光地になっておるとは」

ハルドルにとっては意外だったのか、少し複雑な表情をした。

「先ほど、地球規模の気候変動が起きていると言ったな。それはどのようなものなのだ」

今度は瑠璃香が答えた。

「地球温暖化です。ただ単に気温が上がるだけではなく、それによって海面の上昇や旱魃《かんばつ》、豪雨、台風の大型化など、様々な問題を起こしています」

「ん……？　温暖化だと」

ハルドルは納得がいかないような顔をした。瑠璃香は続けた。

「はい、地球全体の気温が上がっています。おそらくこのアイスランドも同じだと思います」

「そうか……」

ハルドルはそのまま黙り込んだ。その時、ハルドルの家が見えてきた。

5

三人がハルドルの家に戻った時には、もう昼を回っていた。

「ちょっと待っておれ」

ハルドルはそう言うと、台所に続く通路に消えていったが、しばらくすると、木製のトレイにスープとパンを載せてリビングに戻ってきた。

ハルドルは黙って、和輝と瑠璃香の前にスープとパンを置いた。目の前に置かれたスープからは、良い香りと湯気が立ち昇っている。

「えっ、これ頂いていいんですか？」

「うむ」

瑠璃香の弾んだ声に、ハルドルは大きくうなずいた。和輝はそんな瑠璃香を見て、苦笑いを浮かべた。

――何だ、瑠璃香は。昨日の夜は、「あのおじいさん、私たちを襲って来たりしないよね」なんて怖がっていたのに。

だが、昨日から携行食しか口にしていない和輝にとっても、目の前の温かいスープとパンは食欲をそそった。

「いただきます」

瑠璃香は両手を合わせて日本語でそう言うと、スプーンでスープを口に運んだ。和輝も瑠璃香に倣《なら》って合掌すると、スープに手を付けた。

――ああ、うまい！

スープに浮いているのはわずかな根菜だけだったが、体を芯から温めてくれた。

「おいしいです」

和輝がそう言うと、ハルドルは満足そうにうなずいた。ハルドルの表情には、今朝までの警戒心は見えず、穏やかな中に優しささえ感じられた。ハルドルがゆっくりと口を開いた。

「それでおぬしらは、これからどうするのだ？」

和輝も瑠璃香も返事に困った。三百年前のアイスランドに迷い込んだことは、認めざるを得ない状況にある。ただ、時空を超えて来たことを信じきれているわけではない。それにこれまでは、今の自分たちの状況を把握することと、それをこの老人にどう分かってもらうかだけを考えてきた。これからどうするかを考える余裕はなかったのだ。

返事に迷っている二人にハルドルが声をかけた。

「元の世界に帰る手立てはあるのか？」

「いえ」

和輝が力なく首を横に振った。

「帰る手立てどころか、今の状況がまだ信じられません。僕たちの身に起きたことを理解するので精一杯で、これからどうしたらいいのか考えてもみませんでした」

「うむ、無理もないのう。元の世界には、愛する者たちがいたのであろう。それだけではない……住む家も自分たちを守ってくれていた社会もあった。それが、この見知らぬ世界に突然投げ出されたのだからな」

和輝と瑠璃香の胸に、元の世界に戻る当てのない絶望感と、これから自分たちはどうなるのかという不安が混ざり合って込み上げてきた。瑠璃香はうつむいたまま何も言わない。

「どうするかはこれから決めるとして、それまではここにおればよい」

少しの沈黙の後、ハルドルはパイプを咥《くわ》えてゆっくり腰を上げた。

「わしはちょっと仕事に出る。おぬしたちは、今後のことをしっかり話し合うとよい」

リビングで二人きりになると、和輝が瑠璃香に声をかけた。

「瑠璃香……大丈夫か？」

「うん、大丈夫」

瑠璃香はゆっくり顔を上げた。

「ハルドルさんの言葉で、家族や友だちのことを思い出して……。それにハルドルさんの優しい言葉がうれしくて」

瑠璃香はそう言うと、指で頬《ほお》の涙を拭いながら小さく笑顔を作った。

「それにしてもえらいことになってしまったな……」

「うん――本当なら今頃、お父さんに会ってたはずなのに……」

瑠璃香は、ニュージーランドに単身赴任している父親に会いに行く途中だった。和輝も、ニュージーランドに住んでいる叔父に会いに行く予定だった。

「お父さんとお母さん、心配してるだろうな。私たちのこと、日本でニュースになってたりしてね……『都内の大学生二人、海外旅行中に消息を絶つ』とか」

瑠璃香はそう言いながら和輝を見て笑顔を作ろうとしたが、またうつむいてしまった。和輝はどうしてやることもできない。

——こんなことになったのも……俺の操縦のせいだよな。

自責の念と共に、この見知らぬ世界で二人きりの同朋《どうほう》である瑠璃香を、自分が守ってやらねばという責任感が、静かに湧き起こった。

和輝はうつむいたままの瑠璃香の肩を抱き寄せた。


その日の夜、二人は和輝の部屋で今後のことを話し合っていた。

「私たち……このままこの世界で一生を終えるなんてこと、ないよね」

「……」

「帰る方法は必ずあるよね。だってこの世界に来たってことは、元の世界に帰ることもできるってことでしょ？　スカイホイールだって直せるかもしれないんだし——」

必死にそう訴える瑠璃香に、和輝は返事に困った。

——三百年前のこの世界で、スカイホイールを修理することなど期待できない。万が一修理できたとしても、時空の裂け目を見つけてそこに飛び込める可能性なんてあるんだろうか。まして元の世界でも夢物語りだったタイムマシンが、三百年前のこの世界で作れるはずもない。でももし、その希望を完全に絶ってしまうと瑠璃香は……。

「ああ、帰る手立てを探そう。必ず二人でみんなが待っている元の世界に帰れるように」

そこまで言うと、和輝はうつむいた。

「ただ俺、時空を超えて来たことがまだ信じきれていないんだ。だって、これまでに話をしたのは、ハルドルさん一人だろ。ひょっとしたら、大掛かりな罠《わな》か、何かの陰謀に巻き込まれているんじゃないかって……」

「……」

「明日、村に行ってみようよ。そうすれば、ここが三百年前のアイスランドだって納得できるだろうし、これからどうすればいいかも考えられると思うんだ」

一瞬間があって瑠璃香は小さくうなずいた。

「うん、そうしよう」

6

次の日の朝、テーブルにはハルドルが準備してくれた朝食が並んでいた。スープとパン、羊のミルクだけの質素なものだったが、和輝と瑠璃香にはありがたかった。

和輝が口を開いた。

「すみません、食べる前にお伝えしたいことが——」

「なんじゃ」

ハルドルはパンに伸ばしかけていた手を止めた。

「昨夜、二人で話し合いました。二人とも、正直この状況をまだ受け入れきれていません。まだ夢を見ているようで、三百年前のアイスランドにいることが実感できないんです。ただ、元の世界に戻る手立ては、今のところ考えられないのも事実です」

和輝はそこで、一つ間を置いてから言った。

「まずは、村に連れていってもらえませんか。どうするかを決めるうえでも、この世界のことと、この村のことを知りたいのです」

「うむ、構わんぞ」

ハルドルはそう言うと、二人に目をやった。

「村の者には、『遠く海の向こうの国から迷い込んだ若者』とだけ伝えることにしよう。それにしても、その格好は目立ち過ぎる。服も準備せねばな」

「は、はい。お願いします」

和輝と瑠璃香は頭を下げた。

その日の午後、ハルドルは和輝と瑠璃香を村人の服装に着替えさせると、村へ連れて行った。

村に差しかかると、牧羊農家と思われる家がぽつぽつと点在していた。どの家も、屋根一面が芝生で覆われた半地下の平屋、アイスランド伝統の建物『ターフハウス』だった。最初にハルドルの家を見た時、瑠璃香が「巨人に踏みつけられたみたい」と言ったが、それと同じ造りだ。だが、ハルドルの家の外壁が白い塗り壁で出来ていたのに対して、村の家は木壁で簡素だった。

家の周囲には畑らしきものもあるが、それ以外は牧草地というより荒れ地に近い状態だ。羊の群れを見ることもあるが、十頭前後の小さな群れだ。昼間なのに辺りは薄暗く、外に出て活動している者はいない。結局、誰とも出会わないまま、村の中心部までやってきた。建物は建ち並んでいるが、歩いている人はいない。

——活気がないし、えらく静かだな……。

和輝がそんなことを思いながら辺りを見回していると、前を歩くハルドルが、前方の建物を指さした。

「あれが、長老会の建物じゃ」

それは、他の民家より一際大きく、見栄えの良い平屋の建物だった。三人はその建物の前までやって来た。

「今日も、最長老のセゴル殿《どの》は来ておるはずだ」

コンコンコン。

ハルドルがドアをノックした。

ガチャ。

ドアがゆっくり開いた。

出て来たのは、短い白髪の浅黒い肌をした、古希《こき》に差しかかろうかと思われる老人だった。顔に刻まれた皺はハルドル以上に深く、眼光も鋭く、威厳を感じる。

「おお、ハルドルよ。何か用か」

「セゴル殿、失礼します。実は、遠い国からやってきて道に迷った若者二人が、今わしの家に滞在しております。その二人に、村を案内しておるところです」

ハルドルはそう言うと、和輝と瑠璃香を振り返った。二人を見たセゴルは、明らかに自分たち村の人間と肌の色や目の色、顔の造りの違う男女に驚いたようだが、三人を中へ招き入れてくれた。

部屋には五人の長老の執務机と、大小二つの会議机が置いてあった。壁際の大きな書棚には、本や書類がぎっしり並べられている。その日来ていたのは、最長老のセゴルだけだった。

ハルドルは改めて和輝と瑠璃香をセゴルに紹介した。二人は遠い国から航海中に遭難し、この島に上陸して彷徨《さまよ》っているうちに、この村に迷い込んだと説明した。

「海で遭難して、この内陸の村へ？」

「僕たちも、どこをどう歩いたのか分からないんです。ハルドルさんの家を見つけなかったら、山の中で息絶えていたかもしれません」

和輝が上手くごまかした。

「そういうことでこの二人は、これからどうするかまだ決めておらんのです。今後の身の振り方次第では、セゴル殿や村人の助けが必要になるかもしれません。その時には、ぜひ助けてやってください」

ハルドルがそう頼むと、セゴルはもう一度和輝と瑠璃香をまじまじと見た。東洋からやってきた迷い人に興味は持ってくれてはいるようだが、歓迎はされていないように感じた。

「すみませーん」

その時、玄関の方から声がした。

部屋に入って来たのは、青い澄んだ目をした穏やかな表情の青年だった。

「おお、エルマルか」

セゴルが声をかけた。

「今週分の薪《まき》を軒下に積んでおきました」

「そうか、ありがとう。いつもご苦労だな」

「いえ、またいつでも言ってください」

エルマルと呼ばれた青年はそう言うと、ハルドルの隣に立っている和輝と瑠璃香に気づいた。エルマルは二人を凝視したが、すぐにセゴルに向き直って一礼すると、その場を去っていった。

「彼の名前はエルマルだ。明るく誠実な若者で、村の仕事も進んでやってくれておる」

ハルドルは和輝と瑠璃香に説明した。和輝は、エルマルが出ていったドアに目をやった。確かに好青年に見えたが、彼にとって自分たち二人は、見慣れない異邦人なのだと思った。

ハルドルと和輝、瑠璃香の三人は、長老会を出ると、いくつかの店で買い物をした。野菜や燻製《くんせい》肉といった食料と、ランプの油などの消耗品だ。


村を後にした三人は、来た道を登っていた。ハルドルが口を開いた。

「村を見て、これからどうするか思うところはあったかな？」

和輝も瑠璃香も、ここが三百年前のアイスランドであることを認めざるを得なかった。とは言え、これからどうすればいいのかについては、何も思いつかない。少し間を置いて和輝が答えた。

「村へ連れて行ってくださり、最長老にも会わせていただき、ありがとうございました。ただ、これからどうしたらいいかについては……」

和輝はうつむき加減に続けた。

「村の人たちはみんないい人たちなのですが、その一員として暮らせるかとなると、自信がありません」

和輝は横を歩く瑠璃香を見た。

「瑠璃香はどうだった？」

「私も。みんないい人だったけど、なんだか歓迎はされていないように感じた……」

「そうか……そうよの。わしもおぬしたちのために何をしてやったらいいのか、よく分からぬ」

「……」

和輝も瑠璃香もしばらく黙って歩いていたが、瑠璃香が口を開いた。

「和輝、どうかな。しばらくハルドルさんのところに置いてもらおうよ」

「そうだな……」

それを聞いた瑠璃香は立ち止まり、ハルドルを見た。

「何か手立てが見つかるまで、ハルドルさんのところに居させてもらえないでしょうか」

ハルドルも立ち止まった。

「うむ、それは構わんぞ。だがこんな田舎でもいいのか？　島の沿岸部にある町に行けば、ずっと便利だし美味いものもある」

「それも考えました。でも、ハルドルさんに紹介してもらったこの村でさえ、よそ者の私たちが受け入れてもらうのは簡単ではないと感じました。見も知らぬ他の町へ行ったとしても、そこでどんな扱いを受けるか分かりません。私たちにとっては、信じて受け入れてくれる人がいることが大事なんです。今はハルドルさんだけが、この世界で私たちのことを信じてくれる唯一の人なんです」

ハルドルはうなずくと、ゆっくりと歩き始めた。

「そうか、わしは構わんぞ」

「ありがとうございます」

「ご迷惑をおかけしますが、僕たちも働きます。何でもしますから、できることがあれば言ってください」

和輝がそう言うと、ハルドルは振り向いて目を細めた。

「分かった。しっかりとこき使わせてもらうぞ」


ハルドルの家が見えてきた。その向こう、灰がかった紫色の空の下に並ぶ山際に、今にも消えそうにか弱く光る太陽が浮かんでいる。昨日、スカイホイールをハルドルに見せた帰り道に見たのと同じ、朧月のような太陽だった。

「あの太陽……今日も元気ないね」

瑠璃香がぼそりと言った。

「ああ、そうだな」

ハルドルは、二人のやりとりが聞こえているのかいないのか、黙々と歩いている。そのことが、なぜか和輝と瑠璃香には引っ掛かった。

7

それからの数日間は、和輝と瑠璃香にとって新鮮な驚きと発見の連続だった。電気も水道もない台所仕事や、トラックもチェーンソーもない薪集めの仕事は時間と労力がかかったが、その時代の人々の知恵と工夫が随所に見られた。そうして体を動かしている間は、自分たちが陥った境遇を忘れることができた。

村を見て回ってから三日目の午後、和輝と瑠璃香は、収穫したジャガイモを庭先で仕分けしていた。和輝が仕分けの手を休めて、大きく息をした。

「今日もよく働いたな。くたくただよ」

「休むのは、これが終わってからだよ」

瑠璃香は手を動かしながら言った。

二人とも体の疲労感はあったが、気疲れはほとんどなかった。むしろ、水を井戸から汲《く》んで来たり、軒下に積んだ薪を取って来て暖炉にくべたり、一から自分の手と足を使って生活をしているという達成感や充足感の方が大きかった。色々と仕事を教えてくれるハルドルに対しても、親しみだけでなく、頼りがいや安心感を覚えるようになっていた。

「最初はこの世界に迷い込んでどうなるか不安しかなかったけど、今はハルドルさんと出会えてよかったって思ってる」

瑠璃香の言葉に、和輝も笑みを浮かべた。

「ああ、俺もそう思う。ハルドルさんと出会ってまだ一週間なのに、子どもの頃から知ってるおじさんみたいな気がするよ」

しばらく手を動かしていた和輝が、また手を止めた。

「でも……俺、なんだか落ち着かないんだ」

「……？」

「この前、ハルドルさんに村に連れて行ってもらっただろ？　その時、村に活気がなくて静か過ぎるような気がしたんだ。それに紹介してもらった人たちも、悪い人じゃないんだけど、どこかよそよそしくて……。警戒されているわけじゃないけど、迷惑がられているというか……」

「そうだね……私たちが、日本人だからかな」

「この村は、何か大きな闇を抱えていて、それを村人みんなで隠しているんじゃないかって」

「えーっ、なにそれ。ホラー映画じゃあるまいし」

瑠璃香はそう言うと、またジャガイモの仕分けを始めた。

翌日は冷たい風が吹き荒れる天気で、三人はリビングで道具の修理や衣類の繕いをしていた。暖炉の炎が燃える音と、壁に掛かった振り子時計が時を刻む音だけが、部屋に響いている。

ハルドルが口を開いた。

「明日この風が収まったら、村で買って来てほしいものがあるのだが、おぬしら二人だけで行けそうか？」

瑠璃香は和輝と顔を見合わせた。

「大丈夫です、行かせてください」

そう答えた和輝は少し間を置いて、切り出した。

「ただ、ちょっと気になることがあるんです」

「なにかな？」

「この前、村の人たちと話した時、なにか大事なことを僕たちに隠してる……というか、あえて言わないようにしているような気がしたんです。気のせいかもしれないですが……」

「……」

作業の手を止めて黙ったままのハルドルを、和輝と瑠璃香がじっと見ている。

「そうか、そろそろ話さねばいかんかな」

ハルドルは一つ息をつくと、話し始めた。

「今この村は……、いやこの世界は、未曾有《みぞう》の危機に直面しておる。極寒の季節が何年も続いておるのだ。わしらはそれを『フィンブルの冬』と呼んでおる」

——フィンブルの冬……。

和輝は心の中で繰り返した。

「わしらが異変に気づいたのは、かれこれ二十年前だった。その日は、まだ晩夏というのに家の中が真冬のように冷たくなってな。外に出てみると、何と不気味な灰色をした空から、粉雪が降り注いでいたのだ。その日以来、冬の寒さは一段と厳しくなり、夏でもたびたび雪がちらつくようになった。草木は枯れていき、実を付ける作物もどんどん少なくなっていった。今も真夏の七月だというのに、この寒さだ」

「なぜそんなことになったのですか？」

和輝の問いに、ハルドルは首を横に振った。

「はっきりとしたことは分かっておらぬ。大火山の噴火によるものだと言う者もおったし、血の呪いだと言う者もおった。その頃、遠くの火山で大きな噴火があったし、ヨーロッパ本土では革命が起きて何百万もの市民が殺し合い、街中が血の海となった。その血しぶきが混ざり合い上空に広がったと言うのだ。結局のところ何によるものかは分かっておらぬ。今では、村の者の多くが『ラグナロク』の前兆だと信じておる」

「ラグナロク？」

二人が同時に聞き返した。

「ラグナロクとは、この辺りに伝わる北欧神話の終末の日のことだ。そのラグナロクの前兆が『フィンブルの冬』と呼ばれる大寒波なのだ」

「フィンブルの……冬」

瑠璃香がつぶやいた。

「そう、フィンブルの冬では風の冬、剣の冬、狼《おおかみ》の冬と呼ばれる三つの冬が続くと言われておる。風の冬では凍てつく吹雪が起こり、剣の冬ではその寒さの中で争いごとが起き、狼の冬では地上の生物は息絶えてゆく……。今、世界では飢饉《ききん》が広がり、各地で食糧や領土を巡って争いが起きておる。世の中は大混乱に陥っておるのだ」

ハルドルは独り言のように続けた。

「フィンブルの冬が終わると、太陽と月が二匹の狼に飲み込まれて星々が天から落ちる。大地が震え、山は崩れ、あらゆる命が巻き込まれ、そして消える。終末の日、すなわちラグナロクの訪れを告げる笛が鳴り響く。最高神オーディンが率いる神々は必死に抗《あらが》うも、次々と怪物に倒されていく。最期は、巨人スルトが放った炎によって世界は焼き尽くされ海中に没する――

――」

「……」

ハルドルは、怯《おび》える目で自分を見ている二人に気づいた。

「すまぬ、今のは言い伝えだ。我々は千年前にこの地に移り住んだ。それ以来、神々が与えてくれた自然に身を任せて平和に暮らしてきたと信じていた。だが今思えば、我々人間が生きるためにその自然を侵してきたのだ。人々は家を建てるため、暖を取るために森林を次々と伐採した。島にあった豊かな森は消えて、土と氷に覆われた物寂しい地に成り果ててしもうた。わしらは神の逆鱗《げきりん》に触れたのかもしれぬ」

「……」

「村の状況は年々厳しくなってきておる。先行きの見えないことに絶望し、自ら命を絶つ者さえおる。心に余裕を失くし、いざこざも絶えん。村を捨てる者も相次ぎ、千人ほどいた村人は七百人にまで減ってしもうた」

和輝と瑠璃香は言葉が出ない。異様な寒さと朧月のように弱い太陽、活気のない村と何かを隠しているような村人たち――そういった様々な違和感が結びつき、フィンブルの冬という怪物になって、和輝と瑠璃香の前に立ち現れた。

「だが、おぬしたちの話では、三百年後の人類は繁栄しており、このアイスランドは観光の島になっておるという」

和輝と瑠璃香は山の上から村を見た帰り道に、そんな話をしたことを思い出した。

「そこで二人に教えてほしい。わしらは、どうやってこの大寒波を乗り越えたのかを」

瑠璃香が和輝を見た。

「和輝は……知ってる？」

「うーん……」

和輝は高校の世界史で学んだ小氷期のことを思い出した。中世に寒冷な状態が数世紀に渡って続いたというものだ。ただ、それがそんなに深刻なものだったという記憶はない。

「申し訳ありません、この世界の人々がどう乗り越えたかは知りません。ただ一つ言えることは、この寒波には終わりがあり、人々だけでなくほとんどの町や村が生き残り、その後も文明や科学は発展を続けていくということです」

「そうか……もし村を捨てたとしても、寒波が去れば復興できるということだな。では……この寒波はいつ終わりを迎えるのだ」

「すみません、はっきりしたことは分かりません……」

「そうか……だが、あと数年で終わることはなさそうだな」

和輝は曖昧にうなずくことしかできなかった。

「この村はあと二年も持たん。実は長老会も、この村を捨てることを決めたのじゃ」

「え……？」

思わず声を漏らした瑠璃香に、ハルドルは渋い表情のまま続けた。

「長老会でも何度も話し合った……。わしは誰よりもこの村やここに住む仲間を愛しておる。この大地も緑も水も大好きだ。代々続いてきたこの村を守りたいと強く思っておる。だが、食糧や薪といった村の備蓄も残りわずかとなってしまった」

少し間を置いて、ハルドルは言った。

「長老会は、来年の夏には村を閉鎖することを決めた。村の者にもすでに伝えてある」

「そんな……」

瑠璃香は絶句した。ハルドルは二人を信じ、受け入れてくれた。この家は、過去の世界に迷い込んだ不安の中で、やっと見つけた安心できる場所――居場所だった。ところが、その居場所も、一年後には無くなるというのだ。

言葉の出ない和輝と瑠璃香を見て、ハルドルが口を開いた。

「すまぬ。この話は、最初におぬしらにしておくべきだったかもしれんな。この村から出ていくとして、わしも息子のヨアンも行く当てがあるわけではない。だがその時には、おぬしらも一緒にと思っておる」

「もう他に手立てはないんですか」

瑠璃香は食い下がった。

「わずかな希望を持ったこともあった。あの、ミア……いや――」

ハルドルは何か言いかけたが、ぐっと飲み込んだ。

「おぬしたちが迷い込んだ世界はこのありさまじゃ。本当に申し訳ない」

ハルドルは、この大寒波が自分のせいでもあるかのように、二人に頭を下げた。

ハルドルが部屋を出て、和輝と瑠璃香の二人だけになると、瑠璃香が力なく口を開いた。

「この村が無くなるなんて……。ここに居られると分かったとき、とてもうれしかった。だからさっきの話が余計にショックで……」

「そうだよな……こんなことになるなら、世界史の授業をまじめに受けとけばよかった」

「私たち未来からやってきたのに、何も役に立てないなんて……。十何年も、学校で何を勉強してきたんだろう」

二人が黙り込むと、強風で小窓がガタガタと音を立てた。

8

翌朝、和輝と瑠璃香は、ハルドルに頼まれた物を買い求めに村へ下りた。

数軒の店を回って買い物を終え、二人が村を出ようと歩いている時だった。脇道から、荷車を押して一人の青年が出てきた。

「やあ」

青年が声をかけてきた。

「君たちは……この前、長老会にいたね？」

それは、長老会で出会ったエルマルだった。表情はやや硬いが、青い澄んだ目と優しい顔つきはあの時のままだった。

「こんにちは、エルマルくん」

瑠璃香が挨拶《あいさつ》をすると、エルマルは驚いた。

「え？　何で僕の名前を知ってるの」

和輝が答えた。

「ああ、ハルドルさんから教えてもらったんだ」

それを聞いて、エルマルの表情が緩んだ。和輝と瑠璃香は手短《てみじか》に自己紹介をした。三人は同じ方向に歩きながら話し始めた。

和輝が思いきって聞いた。

「フィンブルの冬のこと、ハルドルさんから聞いたんだ。やっぱり村は大変なのか？」

「……」

エルマルは一瞬気まずい表情を浮かべた。

「ああ、みんな大変なんだ」

エルマルはすぐそばに建っているさびれた民家を指さした。

「この家は最近、一家で夜逃げをしたんだ。他にも、主《あるじ》が亡くなったり見捨てられたりした家があちこちあるんだ」

和輝と瑠璃香は、こうして人々が住んでいる家を目の当たりにしながら話を聞いて、改めて村の生活が窮地に陥っていることを実感した。

「でも僕は、まだ希望を捨てていないよ」

エルマルが遠くを見ながら言った。

「えっ、でも来年にはもうこの村に住めなくなるんだろ？」

「うん、長老会で決めたことだからね。僕の親も、遠くの親戚に頼んで、移住の準備を進めている。でも、いつかこの寒波が和らげば、村に戻ってこれるかもしれないだろ？　村のためにできることがあれば、なんでもやるつもりだ」

エルマルは二人の方を見て微笑《ほほえ》んだ。

「今、若者の間で情報交換しながら、寒さに強い野菜の種を分け合ったりしているんだ。村に戻ってきたときのためにね」

エルマルの言葉に悲壮感はなかった。

「僕はこの村が好きだ。できればずっとこの村に居続けたい……。僕は毎日思っているんだ、明日になれば、生き生きした太陽が昇ってくるんじゃないかって」

分かれ道に差しかかった。

「君たちは右だったね。じゃあここで」

エルマルは笑顔でそう言うと、荷車を押しながら左の道へ進んでいった。一度だけ振り返り、和輝と瑠璃香に手を振った。

和輝と瑠璃香は、ハルドルの家に続く坂道を登っていた。

瑠璃香が口を開いた。

「私たちと同じくらいの子たちが、希望を持って行動してるって、感心するね」

「ああ、そうだな」

「村のために、私たちにもできること……何かないのかな」

瑠璃香が独り言のようにつぶやいた。

「昨夜ハルドルさんが言いかけてた『ミア……』って何のことなんだろう。なんだか気になるな」

9

次の日はまた冷たい風が吹き荒れたため、午後は屋内での作業になった。瑠璃香が作業の手を休めて、ハルドルに話しかけた。

「この前、フィンブルの冬の話の最後に何か言いかけていましたよね」

「ん？」

「ミア……の続きがあったような」

「……」

ハルドルは黙っている。

「何でもいいんです。話の続き……聞かせてくれませんか？」

ハルドルは目をつぶり、話すべきかどうか考えているようだった。

「鍛冶屋《かじや》――」

ゆっくり目を開いたハルドルがぼそりと言った。和輝と瑠璃香は次の言葉を待った。

「今から百年ほど前に、光る不思議な塚を見つけた鍛冶屋がおってな……」

ハルドルは立ち上がり、壁際の棚から一冊の大版の冊子を抱えて戻ってきた。紐綴《ひもと》じされた紙は変色しており、長い年月を感じさせる。

ハルドルが二人の前に開いたページには、モノクロの風景画が描かれていた。中央にはごつごつした円錐形《えんすいけい》の塚が描かれている。塚の周りには草原が広がり、そこをいくつもの小川が流れている。その草原を森が取り巻き、その森は切り立った崖で囲まれている。その崖を一筋の滝が流れ落ちている。

「これがその塚だ。ヴァルナル――その鍛冶屋の名前だが、ヴァルナルはこの塚を、村の南東に広がるエイヤフィヤトラヨークトル山脈の奥で見つけたという。塚は見上げるほど高く、翡翠色《ひすいいろ》の光を放つ岩で出来ていたと書いてある。ヴァルナルは、この巨大塚を『ミアプラシノス』と命名した。わしはこのミアプラシノスが、この村の救世主になるはずだ……と希望を持ったことがあるのだ」

「この塚が救世主に？」

「ヴァルナルが残した記録によると、この塚の周囲はここアイスランドでは感じたことがないくらい暖かく、緑に溢《あふ》れていた。ヴァルナルはその緑の楽園は、塚が放つ光によって生まれたと考えた。その光る石――ミアプラシノス――があれば、このソゥルスモルク村を、緑に囲まれた豊かな村に変えることができると考えたのだ」

ハルドルはそう言うと、数ページめくった。

「ヴァルナルはミアプラシノスの利用方法も考えておる。畑に櫓《やぐら》を建て、その上にミアプラシノスの塊を据える――これで、ジャガイモの生産量が大幅に増えるはずだと書いてある。このフィンブルの冬では増産まではいかなくても、作物を作り続けられると思っておる。他にも、暖炉や懐炉《かいろ》の代わりにするという案も書いてある」

「えっ、この村では、かつてそんなものが使われたのですか？」

和輝もミアプラシノスに大いに関心を持った様子だ。

「いや、これは利用方法のアイデアに過ぎん。ヴァルナルは、ミアプラシノスの欠《か》けらを持ち帰っただけのようだからな」

ハルドルは続けた。

「ヴァルナルの記録には謎が多い。こうして冊子にはしたが、ミアプラシノスを見つけたことを誰にも言っていない。スケッチを描いておきながら、場所のことは何も書いていない。利用方法まで考えながら、その後、ミアプラシノスを採りに行った様子はない。そればかりか、持ち帰ったという欠けらも残っていなかった。何か実験をしていたようで、記録の後半は、その実験結果で埋まっている。それも、実験した日付と実験結果と思われる数字や記号が並んでいるだけで、それらが何を意味するかは分からん……。そしてある日、山へ出かけたまま、帰って来んかった」

和輝が尋ねた。

「それだけ謎が多いということは、ヴァルナルさんの作り話だったということはありませんか……？」

「疑う者もおった。だが、ヴァルナルは鍛冶屋だ。ここまで手の込んだ作り話はせんのではないかと思ってな」

「ハルドルさんは信じているんですよね。私も、夢のある話だと思うな」

瑠璃香の言葉に、ハルドルの目が光を帯びてきた。

「うむ、わしは信じておる。十年くらい前になるが、長老会を説得して、村としてミアプラシノスを探すことにしたのだ」

ハルドルは言葉を切ってから、続けた。

「この村の周辺の森は、『トールの森』と言われておってな、アイスランドでは珍しく緑に恵まれた場所だった。『トール』は北欧神話の神の一人で、その加護を受けている森という意味だ。ミアプラシノスがあれば、その緑を取り戻せるのではないかと……。この考えに希望を持ってくれた多くの村の者らが、この塚を探しに行ってくれた」

そこでハルドルは目を伏せた。

「だが、結局見つけられんかった……」

「そうなんですか……探し尽くしたけど、見つけられなかったのですね」

瑠璃香が残念そうに言った。

「塚があったというエイヤフィヤトラヨークトル山脈は、限りなく奥が深い。とても探し尽くしたとは言えんがな……」

「では、希望を捨てるのは早いんじゃないでしょうか」

「いや……塚探しは終わった。この村には、もう誰も探しに行く者はおらん」

ハルドルはそう言うと、腰を上げた。

「とんだ夢物語に付き合わせてしもうたな。さあ、仕事に戻るぞ。わしはちょっと外を見てくる」

ハルドルがドアの向こうに消えると、和輝が小声で言った。

「ちょっと胡散《うさん》臭い話だったたな」

「そう？　私はステキな話だと思ったよ。もっと聞いてみたいな」

「まあ、聞きたければ聞いてみればいいさ」

和輝は素っ気なく言った。

翌朝、三人で朝食を取っている時に、瑠璃香がミアプラシノスを話題に出した。

「昨日のミアプラシノスの話なんですが……鍛冶屋の記録の他には、手掛かりは無いのですか？」

「うむ……無いこともない。このミアプラシノスという名前だが、これは鍛冶屋が考えたものではないのだ」

ハルドルは手にしたスプーンを置くと、分厚い本を抱えてきた。

「これはアイスランドの歴史書だ。この国に十冊と存在しない代物だ」

煌《きら》びやかな装丁とヤケたページを見るに、相当古くから存在し、使い込まれていることが窺《うかが》える。

「わしはこの本の中に、ミアプラシノスを見つけたのだ」

ハルドルは、その事典のページをゆっくりとめくり始めた。

「最初は北欧神話のことが書かれておる」

さらにページをめくり、色付きで描かれた絵が載っているページを開いた。

「ここからは、アイスランドで昔から崇《あが》められてきた『自然』が描かれておる」

ハルドルがめくっていくページには、氷河の洞窟《どうくつ》や間欠泉、巨大な滝などが、鮮やかな色彩で描かれていた。

やがて、文字だけのページへと変わっていった。

「この文字だけのものは、言い伝えがあるだけで存在が確認されていないものだ」

ハルドルの手が、水鳥の羽の栞《しおり》が挟んであるページで止まった。そのページの三番目の見出しを指さして、ゆっくりと読み上げた。

「ミアプラシノスについて――」

和輝と瑠璃香は顔を見合わせた。ハルドルが続きを読んだ。

「アイスランドの創造神が宿る巨大塚。その塚は翡翠色に輝き、周りには豊かな緑が広がる。人を寄せ付けない秘境に存在する――とある。ミアプラシノスも伝説の自然物の一つとして認識されているということだ」

「鍛冶屋のヴァルナルさんは、その秘境を見つけたのですね」

瑠璃香がやや興奮気味に言った。

「うむ。それに鍛冶屋のヴァルナルが、気になるメモを残しておってな」

ハルドルは、事典の横に置いていたヴァルナルの冊子を開いた。ミアプラシノスの風景のスケッチが描かれたページの裏面だった。そこには、古めかしい記号のような文字がぎっしり並んでいた。瑠璃香はそのページに見覚えがあった。

――この文字って……。最初にこの部屋に入った時、テーブルの上に開いてあったのはこれだったんだ。

「これはルーン文字という古代文字だ。こう書いてある――」

そう言うとハルドルは、目をつぶり唱えるように続けた。

『長き闇を経し大地の始まり荒らす者に、あまたの黒い雷《いかずち》降りかからん』、『永《なが》き闇を経し光浴びせられし時、大地に常《とこ》しえの森羅広がらん』、『古《いにしえ》より崇《あが》められし大いなる磐《いわ》、遥《はる》かなる地へ礎《いしずえ》と恵みの種を蒔《ま》かん』とな」

ハルドルが英語で暗唱した三つの文章に、瑠璃香と和輝は不気味なものを感じた。

「ヴァルナルが書いたことは確かだが、何かの書物から書き写したものか、本人が考えたものかは分からぬ。わしはヴァルナルが、ミアプラシノスのある場所の手掛かりを、この三つの文章に残したのではないかと思っておるのだ。『常しえの森羅』という言葉は、どこかミアプラシノスの風景を思い起こさせるようでな」

瑠璃香が明るい声で言った。

「きっとそうですよ。事典にミアプラシノスの記述があったことといい、この謎の言葉といい、ミアプラシノスは本当にあるんですよ」

「ヴァルナルを疑っている者たちは、ヴァルナルが事典の記述を見て、話をでっち上げたのではないかと言っておるがな。もちろんわしは、本当に見つけたと信じておる」

「それならハルドルさん、諦めないでください」

「……」

黙り込んだハルドルに、瑠璃香は構わず続けた。

「もう探しに行く人がいないということでしたよね？　それなら私たちが行きます。この村を救うことができれば、私たちも、ここでハルドルさんと暮らし続けることができますから」

「おい、瑠璃香――」

和輝が慌てて瑠璃香の服の裾を引っ張った。その時、ハルドルが声を荒らげた。

「馬鹿なことを言うな！」

瑠璃香だけでなく、和輝もびくっとするような声だった。

「ん……すまぬ。昨日も言ったが、探しに行く者がいないというより、探索自体をもうやめたのだ」

ハルドルはいつもの静かな口調に戻っていた。

「今、わしら長老が考えなければならんのは、村の者らを安全な場所にどう移住させるかということだ」

ハルドルはそう言うと、事典と冊子をテーブルの隅に押しやった。

「スープがすっかり冷めてしもうたな。食べなされ」

二人も朝食の途中だったことを思い出した。

10

朝食を終えたハルドルが仕事に出ると、和輝は瑠璃香をにらみつけた。

「お前はアホか」

和輝の言葉に瑠璃香もにらみ返した。

「何よ、それ」

「何であんなに軽々しく探しに行くとか言うんだよ。お前、あんな夢物語を信じているのか？」

「ハルドルさんだって信じてるじゃない。もしミアプラシノスを見つけられれば、この村を守れるだけじゃなくて、私たちだってハルドルさんとこの家にずっと一緒にいられるんだよ……それに望みをかけるのが、なぜアホなの」

「ここに住んでいる村の人たちだって、探すのを断念したんだ。何の経験もない都会っ子の俺たちが立ち向かえるほど、ここの自然は甘くない」

――それに俺は……絶対にお前を守ると決めたんだ。

和輝はその言葉を飲み込むと、少し落ち着いた口調になって続けた。

「それに考えてもみろよ。もしそんなすごい物質があるなら、三百年後の俺たちが知らないはずがないだろ。俺たちが知らないということは、ミアプラシノスなんて物は存在しないってことだ」

「……」

瑠璃香は返す言葉が見つからない。瑠璃香がむすっとした表情で、後片づけのために台所へ向かおうとした。その時だった。

「ん？」

和輝が何かを思い出したのか、奇妙な声を上げた。そして壁際の棚から、以前ハルドルが見せてくれたアイスランドの地図を取り出すと、テーブルに広げた。瑠璃香は何事かと足を止めて、和輝の様子を見ている。

「まさか……」

立ったまま地図に目を落としている和輝がつぶやいた。

「おい、これを見てみろよ」

和輝が地図から目を離さずに瑠璃香を呼んだ。先ほどまで喧嘩《けんか》をしていたことなどすっかり忘れているようだ。瑠璃香はそばまで行くと、和輝が指さした箇所を見た。

「あっ……」

瑠璃香も小さく声を上げた。

それはアイスランドの地図の右上に描かれた世界地図で、和輝の人差し指は南米とオーストラリアの間の太平洋を指していた。何とそこには、オーストラリアと同じほどの大きさの島が描かれていたのだ。いや、島というより大陸になるかもしれない。

「……」

考えがまとまらず黙っている瑠璃香に、和輝がつぶやいた。

「ひょっとしたら……ミアプラシノスはあるのかもしれない」

この謎の大陸とミアプラシノスがどうつながるのか、瑠璃香には理解できない。

「パラレルワールドって聞いたことあるか？」

「ううん……」

瑠璃香は首を横に振った。

「どこの物理学者が言ったことかは忘れたけど、歴史は一つじゃないということなんだ。この世界に俺たちが知らない大陸があるということは、ここは俺たちが元居た世界とは別の歴史を歩んでいるのかもしれない」

「……」

「だとすると、俺たちが知らないミアプラシノスがこの世界にあっても、不思議はないんじゃないかって」

「よく分からないけど、鍛冶屋がスケッチしたあの塚の存在を信じてもいいってことね」

和輝は瑠璃香の言葉にうなずいた。

「その可能性は否定できないってことさ。さっきはごめん、ひどいことを言ってしまったな」

「ううん、私こそ……理論的にどうかなんて考えもしてなかった」

瑠璃香は和輝の目を見て続けた。

「私、どうしてもミアプラシノスを諦めきれない……和輝、探しに行こうよ。お願い！」

「いや……、俺たちに探しに行くだけの体力と能力があるかどうかは別の話だ。それに、瑠璃香を危険な目に遭わせることだけはしたくない」

「じゃあ、まずハルドルさんとよく相談してみようよ。私たちに探索に行くだけの力があるかどうかは、ハルドルさんじゃないと分からないでしょ」

「う、うん……そうだな。相談はしてもいいかな」

「ありがとう！」

瑠璃香はそう言うと、にこりと笑った。

「私は大丈夫だよ。こう見えても、和輝よりしぶといかも」


その日、村に出かけていたハルドルが帰ってきたのは昼過ぎだった。帰ってきたハルドルに、和輝と瑠璃香はまず、世界地図にあった太平洋の巨大な島のことについて聞いた。ハルドルによるとその島は、大昔に太平洋に沈んだジーランディア大陸の一部だと考えられているという。和輝は自分たちの世界にはその島がないことを話し、この世界がパラレルワールドの可能性があることを説明した。

腕組みをして和輝の説明を聞いていたハルドルが口を開いた。

「うーん……だとするとおぬしたちは未来から来たのではなく、別の世界から来たというのだな」

「はい、その可能性が高いかと」

「わしの頭では到底考えが及ばぬ話だな。だが驚きはせぬ。何しろおぬしたちは、空を飛んで時間を越えてやって来たのだからな」

ハルドルがそう言って愉快そうに笑うと、二人も釣られて笑顔になった。

瑠璃香は真顔に戻ると、核心の話に入っていった。

「ですから、ミアプラシノスはこの世界に存在すると思うんです。ミアプラシノスを探しに行かせてください」

「ん……」

再びハルドルの表情が硬くなった。瑠璃香が熱の籠《こも》った口調で続けた。

「見も知らぬ私たちを受け入れてくださったハルドルさんのために、何かしたいんです。それだけではありません。私たち自身のためにも、この村を守りたいんです。探しに行かせてください」

ハルドルは二人を見ずに、うつむきながら答えた。

「気持ちはありがたいが……それはできぬ。この前も言った通り探索はやめたのだ。これは村としての決定じゃ」

「でも、村の誰かに迷惑をかけるわけではありません」

「だめなものはだめだ！」

「……」

頑《がん》として譲る気配のないハルドルの態度に、瑠璃香は黙り込むしかなかった。和輝も、どう助け舟を出せばいいのか分からない。ハルドルは二人を見ずに立ち上がると、何も告げず、リビングを出ていった。

瑠璃香がぼそりと言った。

「ハルドルさん、なんであんなにかたくななんだろう」

「……」

しばらく、二人に行き場のない沈黙が流れた。

「さあ、午後の仕事にかかろうか」

和輝がそう言って先に椅子から立ち上がると、瑠璃香もうつむいたまま続いた。

11

翌朝、和輝と瑠璃香はハルドルから頼まれた薪を取りに、村の薪割り場に出かけた。広場に着くと、荷車に積んだ薪を倉庫に下ろしている二つの人影が見えた。エルマルとその仲間だった。仲間の青年が空になった荷車を引いていくと、エルマルが一人残って薪の整理を始めた。

和輝と瑠璃香に気づいたエルマルが声をかけてきた。

「やあ、和輝と瑠璃香」

「いつも大変ですね」

「これが僕たちの生活だからな」

エルマルは手を動かしながら続けた。

「君たちも、ハルドルさんのところにしばらくいるそうだね」

「はい、ハルドルさんにはとても良くしてもらっています」

瑠璃香がそう答えると、エルマルが倉庫の軒下の長椅子を示した。

「立ち話もなんだから、あそこで」

三人は長椅子に腰を下ろすと、長老会や村のことについて色々話をした。エルマルが日本のことを聞いてきたときには困ったが、和輝が歴史で学んだ江戸時代を思い出しながら上手く返事を濁した。

一通り話し終えると、瑠璃香が姿勢を正してエルマルの方を向いた。

「ちょっと聞いてもいいですか？」

「ん、何だい？」

「ミアプラシノスの探索は、なぜやめたんですか？　村の人たちだって救世主になると期待して、探し続けてきたのでしょう？」

「ミアプラシノスの話か……ハルドルさんから聞いたんだな。みんな期待していた、特に僕たち若者はな。だけど、長老会がもう探さないと決めたんだ」

「……」

「村の若者は、探索をやめることなんて望んでいなかった。ただ、シモンとロベルトが……」

「そのシモンさんとロベルトさんというのは？」

「ごめん、そのことはもう思い出したくないんだ」

瑠璃香がさらに何か質問しようとした時、和輝が瑠璃香の袖を引っ張った。瑠璃香が振り向くと、和輝がゆっくりと首を横に振った。エルマルは気を取り直したように顔を上げた。

「ミアプラシノス探しをやめたことには納得していないけど、もうそれに文句を言っても仕方がない。長老会は、この村からの移住を決めたんだ。来年には村人全員がこの村を離れて、新たな場所で生活することになる。いつかこの村に戻って村を再興するためにも、僕たちが生き延びないとね。それまでは絶対、この寒さに負けてくたばったりしない。君たちも、早くこの村を離れて日本に帰った方がいいよ」

和輝と共にハルドルの家に向かって坂を上りながら、瑠璃香は先ほどのエルマルの言葉に思いを巡らせていた。エルマルも長老会の方針に従って、今は村を離れるしかないと言う。生きてさえいれば、また村を再興できるというけれど、それがいつになるのか分からない。エルマルは、ミアプラシノス探しをやめたことには納得していないが、ミアプラシノスのことはこれ以上触れたくないという。

――いったい、何があったんだろう……。

瑠璃香は釈然としない気持ちで坂を上っていった。

12

その翌日、和輝と瑠璃香が昼食に帰ると、リビングの片隅に、見慣れぬ大きなリュックが置いてあった。

「ああ、それはヨアン――わしの息子のものだ。遠くの村に買い出しに行っておったのが、今朝帰ってきた。今、買ってきた村の備品を長老会へ届けに行っておる」

ハルドルがそう説明した時だった。

ガチャッ。

玄関の扉が開く音がして、防寒着にブーツ姿の男が部屋にずかずかと入ってきた。

「おやじい！　品物はちゃんと長老会の倉庫に入れておいたぞ」

「おお、帰って来たな。ご苦労だった」

ハルドルがその男を迎えた。

「紹介しよう。こやつが、わしの息子のヨアンだ」

ヨアンは体格がよく、薄褐色の肌で、快活さと愛嬌《あいきょう》を備えた顔つきの中年の男だった。ヨアンが和輝と瑠璃香に視線を移した。

「君らが、あの……」

和輝がさっと立ち上がって礼をした。

「お世話になっています！　和輝です」

瑠璃香も続いて立ち上がった。

「瑠璃香といいます。私たちは……」

どう自分たちを紹介しようか戸惑っている瑠璃香に、ハルドルが声をかけた。

「大丈夫じゃ、こやつにはもうおぬしらのことは伝えてある」

ヨアンはハルドルの隣の椅子にどすんと腰を下ろした。

「スカイ――何とかと言ってたな。あの空飛ぶドラゴンには驚いたぜ」

ヨアンはそう言うと、隣のハルドルに目配せした。

「親父の指示通り、ドラゴンには帆布《はんぷ》を被せてカモフラージュしておいたぜ」

「そうか、ありがとう」

ハルドルは和輝たちを見て、付け加えた。

「スカイホイールのことじゃや。あの辺りにはめったに人は立ち入らんが、あのままでは目立ち過ぎる。ヨアンにカモフラージュを頼んでおいたのだ。村人に見つかったら説明が大変だからな」

「三百年後の世界から来たっていうからさ、聞きたいことが山ほどあるよ」

ヨアンは笑顔でそう言うと、隣のハルドルを見た。

「ところで親父、フィンブルの冬の件は……この二人には？」

「うむ、もう話してある」

「そうか、じゃあ話が早い」

「わしは一仕事してくる。おまえたちはゆっくりしておけ」

ハルドルはそう言うと、作業場へ消えていった。

ヨアンは三百年後の世界について次々と質問してきた。生活や食べ物、乗り物といった様々なことについて――。和輝がパラレルワールドの可能性があることを話すと、話題はミアプラシノスのことになった。

「ハルドルさんはなぜ、あんなにかたくななんでしょうか。村として行かないことに決めたの一点張りで……エルマルさんも、納得していないようでした」

瑠璃香がそう言うと、ヨアンは大きなため息をついた。

「そうか、親父がな……」

ヨアンは少し考えてから話し始めた。

「実はな……春先に村の二人の若者が、今年最初の探索に出たんだ。ところが予想外のブリザードが吹き荒れて、それは一週間続いた。そして二人は帰って来なかった。ブリザードが収まって捜索隊が出たんだが……二人は避難小屋まで五百メートルの所で息絶えていたんだ」

「そのお二人って……」

「ああ、シモンとロベルトだ」

和輝と瑠璃香は、エルマルが言っていた二人の若者が遭難して亡くなったことを知り、言葉を失った。

「それまでの探索でも、けがをしたり凍傷になった者はいた。だが犠牲者が出たのは初めてだった。親父は自分を責めた、救世主になるはずのミアプラシノスのために二人を死に追いやった——と。若者の家族や村人たちからも責められた。もともと、夢物語だと言ってミアプラシノス探しに反対する村の奴らも少なくなかった。家族への謝罪から帰った時の親父の顔を、俺はまともに見ることができなかった」

ヨアンは言葉を切ると、小さくため息をついた。

「探索の中止も長老会が決めたことになっているが、言い出したのは親父なんだ。もし村が助かったとしても、そのために誰かの命が犠牲になることは金輪際《こんりんざい》あってはならないと言ってな。シモンとロベルトの家族も、今では親父を恨んではいないのにな……」

「そうだったんですね……」

瑠璃香がつぶやくと、和輝も黙ってうなずいた。ヨアンが顔を上げた。

「俺だって諦めたくなかった。俺はこの村が好きだ、ここを捨てて違う所で生きるなんて考えられないよ。もちろんあんな事故は、もうあってはならないことだ。だけどそれで探索をやめるんじゃなくて、事故を反省して訓練や装備を強化して探索を続けるべきじゃないかとな。俺も何度か探索に参加したが……次はこういう訓練をしておこうとか、あれも持って行った方が良いとかよく考えたものさ」

言い終わったヨアンに瑠璃香が言った。

「では、三人で行きませんか」

ヨアンと和輝が、同時に瑠璃香を見た。

「うん……できることなら俺もそうしたい。だけど今、俺は長老会の仕事をしているんだ。長老会の決定に反して、ミアプラシノスを探しに行くなんてことはできないよ。そんなことをすれば村八分にされて、この村にいられなくなる」

それを聞いて瑠璃香は肩を落とした。が、何かを思いついたのか、顔を上げてヨアンを見た。

「私と和輝の二人だけで行くのなら問題ないですよね？　私たちは、ここでお世話になっていますが、村の人間ではありません。私たちが勝手に行くのであれば、長老会も何も言わないはずです」

「いや、理屈ではそうなるが……。遠くからやって来たお嬢ちゃんたちは、ここの地理や気候にも慣れていないはずだ。二人だけで危険な探索に出るなんて、無茶な話だ」

「ではヨアンさん、それを私たちに教えてください」

瑠璃香が身を乗り出して言った。

「ヨアンさんは何度も探索に参加しているし、どんな訓練をしたらいいかも考えてるって、さっきおっしゃったじゃないですか」

「うーん……」

ヨアンはしばらく考え込んだ。

「そうだな」

ヨアンが顔を上げた。

「まず訓練をして、これなら大丈夫と俺と親父が判断したら――という条件付きでどうだ？」

「もちろんそれで構いません。和輝もいいよね？」

瑠璃香が和輝を見た。

「ああ」

和輝もうなずいた。

三人はハルドルのいる作業場へ向かった。

「何じゃ、三人そろってわしに何か話か？」

瑠璃香が口を開いた。

「ヨアンさんからお話を伺いました、春の遭難事故のこと……。そのような不幸な事故があったとは知らず、後先考えずに探索に行きたいなどと言ってしまい、申し訳ありませんでした」

ハルドルの目がぴくりと動いたが、黙って聞いている。

「でも想像してみたんです。今お二人が、天国からどんな想いでこの故郷の村を見ているだろうかと。自分たちのせいで、ミアプラシノス探しをやめて欲しくなどなかったのではないでしょうか。シモンさんとロベルトさんの願いがミアプラシノスを見つけることだったとしたら……その二人のためにも、ミアプラシノスを諦めたくないんです」

瑠璃香がそこまで言うと、和輝が言葉を継いだ。

「今すぐ行かせてくださいというのではありません。まずは、ヨアンさんの訓練を受けたいのです。それで、僕たちが探索に行く力を身に付けたとハルドルさんが判断したら、行かせてほしいのです」

「……」

黙って聞いているハルドルに、和輝が続けた。

「探索中止は、村として決めたと聞きました。でも僕たちはこの村の人間ではありません。村の方針に沿わなかったとしも、責められないはずです」

「お願いします。まずは訓練を受けることを許可してもらえませんか」

瑠璃香が重ねて頼んだ。目を伏せて険しい表情で考え込んでいたハルドルは、組んでいた腕をほどくと、静かに口を開いた。

「村の方針がどうであれ、客人のおぬしたちを行かせるわけにはいかぬ」

それを聞いた瑠璃香が涙目になって言った。

「私たちは今でもまだお客なんですか？　ハルドルさんは、この村を出ていくことになっても一緒にいたいって言ってくださったじゃないですか。私たちは、まだ『村人』ではないかもしれないけれど、ハルドルさんの家族でありたいと思っていたのに……」

ハルドルは目を伏せて言った。

「わしにとっても、おぬしたちは家族と同じだ。だからおぬしたちに万が一のことがあったらと考えると、怖いのだ。もうこれ以上、大切な者を失うことには耐えられんのだ。わしは卑怯《ひきょう》な人間じゃ……」

瑠璃香だけでなく和輝とヨアンも、その時だけは、村の長老であるハルドルが弱々しい一人の老人に見えた。ただ弱々しくはあるが、それ以上に愛おしく思えた。

ヨアンが口を開いた。

「親父は卑怯な人間なんかじゃない。あの事故の時も親父は逃げなかった。あの二人——シモンとロベルトの家族にも向き合った。俺たち青年部は毎月二人の墓参りに行ってるんだ。今では親父のことを悪く言う者はいないよ」

「私たち、すぐに探索に行きたいと言ってるんじゃないんです。まずはヨアンさんの訓練を受けたいんです。お二人が『これなら大丈夫』と言ってくれない限り、探索には行きません。ですから安心してください」

「そうだよ親父、俺を信じてくれよ」

ハルドルはゆっくり顔を上げ、三人の顔を順番に見た。しばらくの沈黙の後、低い声で言った。

「分かった」

ハルドルは、いつもの優しく自信に満ちた顔に戻っていた。

「まずは受けてみるがよい——訓練を」

13

次の日、和輝と瑠璃香はリビングに呼ばれた。壁際にはヨアンが準備した装備品が並べられており、テーブルの上には見慣れない小道具が置かれている。

「さあ、これから探索に必要な知識を教えるぞ」

二人の向かいに座っているヨアンが、一枚の紙をテーブルの上に広げた。

「これが訓練に使う地図だ。ここが親父——俺たちの家だ」

ヨアンはそう言うと地図上の赤いバツ印を指した。

——これが……地図？

和輝は思わずそう声が出そうになった。それは地図というより風景画で、縮尺も等高線もない。人工衛星によって、地球上の至る所が詳細に示された地図が普及している元の世界では、考えられないことだった。

「これが最初の訓練コース、半日のコースだ。実際の探索では、この倍の距離を一日で歩くぞ」

和輝が尋ねた。

「ところで……自分たちが正しい方向に向かっているかどうかは、どうやって分かるんですか？」

「ん？　和輝たちはこれを見たことがないのか」

ヨアンは地図の横に置いてある、懐中時計のような手の平サイズの円盤を手に取った。方位磁石、すなわちコンパスだ。和輝は見たことはあるが使ったことはない。瑠璃香は初めて見たようだ。

「それはなんですか？」

「やれやれ、この使い方から教えないといけないとはな。三百年後の世界では、旅をする者はいないのか」

ヨアンはそう言いながらも、教えるのは満更嫌いではない様子で説明を続けた。


次の日からヨアンは、仕事の合間を縫って、和輝と瑠璃香を実地訓練に連れて行った。時には野外で泊まり込み、傾斜のきつい山岳地帯を登ったり、厚い雪が地面を覆う雪原を渡ったりした。実地訓練の合間にハルドルも、天候の読み方や吹雪や雪崩《なだれ》の危険への対処法など、厳しい自然環境下で生き延びる知恵を教えた。

訓練を受け始めてから三週間が過ぎたある日の午後、ハルドルは和輝と瑠璃香、ヨアンの三人を前に渋い顔をして座っていた。

「親父、二人を探索に出しても大丈夫というのは俺の判断なんだ。息子を信じてくれよ」

「ヨアンよ、お前を信用していないわけではない」

そう言うとハルドルは、ゆっくりと和輝と瑠璃香を交互に見た。

「二人とも、この三週間で顔つきが見違えるようにたくましくなった。必要な技能や知識もヨアンから吸収したことだろう。後は臨機応変にそれを使いこなせるかどうかと、冷静な判断ができるかどうかだ」

「……」

三人はハルドルの次の言葉を待っている。

「訓練に無かった場面に遭遇したときに、冷静な判断と臨機応変な対処ができるには、何と言っても経験が必要だ。その点、二人は経験者ではない。それが心配なのだ。特に、気負いや強い使命感は、冷静な判断を狂わすことがある」

しばらくの沈黙の後、和輝が口を開いた。

「言われてみると、気負いが生まれていたような気がします。ヨアンさんの訓練を受けるうちに僕の中で、闘志というか冒険心というか、そういった熱いモノがだんだんと大きくなっていきました。もし迷うようなことがあったら、今のハルドルさんの言葉を思い出します。決して無理はしません。ですからぜひ行かせてください」

瑠璃香も頭を下げた。ハルドルは二人をじっと見ている。

「では約束してくれるな？　必ず無事に帰って来ると」

「はい」

二人が口をそろえて返事をした。

「分かった、よかろう」

ハルドルの言葉に、二人の硬い表情が緩んだ。

「ありがとうございます」

二人は深々と頭を下げた。

ヨアンも「やった！」といった様子で胸の前で握り拳《こぶし》を作った。

14

出発は二日後の早朝に決まった。出発の前夜、和輝と瑠璃香はハルドルとヨアンから、実際の探索で使う地図の説明を受けた。

「これはミアプラシノス探索のための地図――これまで探索に行った者たちが作った地図だ。この赤い線は、それぞれの探索チームがたどったルートを示しておる」

村を起点に、雪原を挟んで南東に連なる氷河山脈に向かって、曲がりくねった無数の赤い線が伸びている。川の上流や山脈の奥は何も描かれていない。ハルドルがその空白部分を指さした。

「この空白の場所は、まだ誰もたどり着いたことがないということだ」

ＧＰＳが当たり前だった和輝と瑠璃香にとって、欠けている部分がある地図というのは考えられないことだった。

「ミアプラシノスのある森は、この巨大なエイヤフィヤトラヨークトル氷河山脈のどこかにあると考えられる。だが、これまで闇雲に探索してきたわけではない。あの絵には滝が描かれておった。滝の流れは川となり、山の麓《ふもと》まで続いているはずだ。ということは、ミアプラシノスの森につながっている川があるということだ。そこでわしらは、川を一本一本遡《さかのぼ》っていく探索を続けてきた。それが、この赤い線じゃ。これまでに山脈を走る川の半分近くは探索したが、ミアプラシノスの森は見つかっておらん」

「では私たちも、川沿いを登っていけばいいんですね」

「うむ、この三つの川を調べてほしい」

ハルドルが氷河山脈を流れる無数の川のうちの三本に印を付けた。

「三つすべてを探索できなくてもよい。食糧が無くなる前に帰って来い」

「これだけ入り組んだ沢があって、さらに険しい場所もあるとなると……迷いそうで心配です」

「うむ」

ハルドルは大きくうなずいてから、山脈地帯の中央に一際高く描かれている山を指さした。

「もし迷ったら、この山を目印にしたらよい」

「この山って『オーディンの山』……ですか？」

「その通り」

瑠璃香の答えに、ハルドルは満足そうにうなずいた。

「ヨアンから教えてもらったようだな。この山なら天気さえ良ければ、多少見通しの悪い場所からでも確認できるはずだ」

その山は周囲の山々を見下ろすように高いことから、北欧神話の主神であるオーディンに見立てて、オーディンの山と呼ばれている。

ハルドルによる探索コースの説明が終わると、ヨアンがコンパクトだが厚みのある冊子を取り出した。

「これを持って行くといい、これは探索の心得をまとめたものだ。いくら訓練をしてもすべてのケースを経験できるわけじゃない。この心得帳には、おれと親父の知る限りの知恵を詰め込んである」

「ありがとうございます」

ヨアンの前に座っていた瑠璃香が、大事そうに受け取った。

「いやあ、もっと早く渡せたら良かったんだけどな……。実はこれは、春の事故の反省を機にまとめたものなんだ。だけど村の者たち用にアイスランド語で書いたから、英語にするのに時間がかかってしまって……すまんね」

「いえ、そんな。大切にします」

瑠璃香はヨアンが仕事や訓練から帰った後、夜なべをして英訳版をつくる姿を想像して胸が熱くなった。

第二章

1

出発の日の朝、空が明るくなり始めた頃、重そうなリュックを背負った和輝と瑠璃香をハルドルとヨアンが見送った。

ハルドルが最後の言葉をかけた。

「おぬしらは本当によくがんばった。今ではおぬしたちなら——と期待しておる。だが、くれぐれも気をつけて欲しい、絶対に無理をしてはいかんぞ。おぬしたちにもしものことがあったら、嘆き悲しみ、苦しむ者がここにいることを忘れないでくれ。ミアプラシノスが見つかろうと見つかるまいと、必ず無事に帰るんだぞ」

「はい」

二人はハルドルを見て返事をした。

探索地点へは村を抜けて行くことになる。空には黒い雲も無く、とりわけ強い風も吹いていない。背負っている荷物の重さの割には二人の足取りは軽い。

「ねえ、和輝」

瑠璃香が和輝の顔を見ずに話しかけてきた。

「これから一緒に野宿することになるんだよね。何ていうか……変な気だけは起こさないでね」

和輝は一瞬ドキッ、とした。

——考えてみれば、若い男と女の二人旅か……。訓練ではサバイバル術を習得することに必死だったしヨアンさんも一緒だったから、そんなことは考えもしなかったな。

「当たり前だろ、カップルのお泊まり旅行じゃあるまいし」

「だったらいいけど」

瑠璃香は澄ました顔で答えた。

——元の世界なら瑠璃香の親は絶対にＯＫを出さないよな。でも……ハルドルさんもヨアンさんも、男と女が二人で行くことについては何も言わなかったな。ここでは普通のことなのかな……。

和輝はそんなことを考えながら、瑠璃香を少し意識した。

村に差しかかった。相変わらず煙突から煙の出ていない家がほとんどで、ひっそりしている。

「やっぱり寂しい感じだね」

瑠璃香がぽつりとつぶやいた。

「ああ。言い方は良くないが、消えゆく村……って感じだな」

「歩いている人もいないし……。でも村の人と出会っても困るよね」

「……」

その瑠璃香の言葉に和輝は、自分たちがまだ他所者《よそもの》であるという疎外感を覚えた。

——俺たちはハルドルさんたちには受け入れてもらったけど、村の人たちに受け入れてもらったわけじゃない。ミアプラシノスを手に入れることができれば、この村の人たちも俺たちを仲間として認めてくれるだろうか……。

村を抜けた二人は『トールの森』を越え、一日目の目的地である避難小屋に着いた。

避難小屋には、数人が毛布を敷ける広さのある寝床と木製のテーブル、小さな暖炉、トイレがあるだけだ。ただ造りはしっかりしており、暴風にもびくともしないように出来ている。この島——アイスランドでは突然のブリザードから旅人を守るために、こういった避難小屋が要所要所に建てられている。ただ二人が向かおうとしているエイヤフィヤトラヨークトルの山々には、もちろん避難小屋などない。こうした小屋に泊まれるのは、最初の二泊だけの予定だ。

その日の夜、和輝が地図を広げて明日のルートを指でなぞった。

「明日はこの雪原を渡って行くぞ」

二人がいる避難小屋の先には、広大な雪原が広がっている。その雪原を渡りきった所に、明日の目的地である次の避難小屋がある。

「明日はかなりの距離を歩くことになるな。今日は早く寝よう」

「うん……そうだね」

二人はランプの火を落とすと、それぞれのシュラフに潜り込んだ。

2

翌日、陽が昇ると同時にリュックを背負った和輝と瑠璃香は、小屋を出た。前方に広がる雪原の上空は、雲一つない透明な紫色だった。

瑠璃香は目を細めて深呼吸をした。

「ああ、いい気持ち」

「そうだな、陽が落ちるまでには小屋に着くぞ」

和輝もわずかに口元を緩めた。

目的の方角へ進み始めると、訓練で歩いた雪原とは勝手が違うことに気づいた。起伏が大きく、なかなか遠くを見通せないのだ。大きな岩が迫っている所もあり、そういった所ではさらに視界が遮られる。和輝は小さく舌打ちをすると、ポケットからコンパスを取り出した。

「とりあえず、こいつが頼りだな」

瑠璃香は和輝の助けになりたいと、目印の『オーディンの山』を探した。だが、その山があるはずの遠く南東の空には雲が垂れ込め始めていて、山は見えない。

ザクッ、ザクッ、ザクッ……。

瑠璃香がオーディンの山を探している間に、和輝が凍った地面を踏みしめる足音が遠ざかっていった。慌てて後を追う瑠璃香に、和輝が振り返った。

「おい、何してるんだ。遅れずに付いて来い」

和輝の命令口調に瑠璃香はむっとしたが、黙って後を追った。

いつの間にか黒い雲が、雪原の上空にまで押し寄せてきた。気温が下がり、風も強くなってきた。地面の雪が風に巻かれて足にまとわりつく。舞い上がる雪で視界もますます悪くなっていく。和輝がコンパスで方角を確かめる頻度も増えてきた。手がかじかんで、コンパスの蓋《ふた》を開けるのに手間取っている和輝に瑠璃香が尋ねた。

「ねえ、この道で大丈夫……？」

和輝がじろりと瑠璃香をにらんだ。

「俺が間違ってるっていうのか」

「いや……そういうわけじゃないけど」

「俺だって必死なんだよ」

苛ついている和輝に、瑠璃香は口をつぐんだ。

日が暮れようとしていた。しかし、次の避難小屋にはまだたどり着かない。高台に上がって見渡しても、小屋らしきものは見当たらない。和輝は不安と自分への苛立ちの中で考えが堂々巡りしていた。

――これだけ歩いて小屋がないということは、道をそれたか行き過ぎたかのどちらかだ。でもどうすればいい？　道をそれたとして、どっちへ行けばいい？　行き過ぎたなら戻らないと……。暗くなれば小屋を見つけることは絶望的だ。瑠璃香に「付いて来い」と言いながら、瑠璃香を危険にさらしてしまうことになる……。

その時、近くの岩山を見上げていた瑠璃香がぼそりと言った。

「あの岩山、地図にあった気がする」

和輝が見上げると、二本の角が生えたような特徴のある頂上が見えた。二人は近くの岩陰に入ると、風を避けながら地図を広げた。

「さっき見たのは、この山だと思う」

瑠璃香が地図の中にある特徴的な山の絵を指さした。

「だとすると、小屋は向こうだね」

和輝は仏頂面《ぶっちょうづら》のまま、何も言わずに地図をリュックにしまうと、瑠璃香が指さした方向に歩き出した。

三十分ほど歩くと、暮れかけた灰色の景色の中にぽつんと焦げ茶色の塊が見えた。目指していた避難小屋だった。

避難小屋に着いてほっとしたはずなのに、二人の間の気まずい空気は変わらなかった。携行食の夕食を済ませると、翌日の打ち合わせもせずに、お互いに背を向けてシュラフに入った。

和輝は横になったものの、眠れないでいた。不安や焦りを瑠璃香にぶつけてしまった自分が、ちっぽけでダメな人間に思えた。それに瑠璃香が目印になる岩山を見つけてくれたのに、お礼も言っていない。

ふと辺りがやけに冷たく感じた和輝は、外の様子を見ようとシュラフからそっと抜け出した。入り口の扉を少し開けると、冷気と共に細かな氷の結晶が顔に吹き付けてきた。

「うわっ……」

思わず小さく声を上げた。見上げると、漆黒の空から灰色の粉雪が降り注いでいる。和輝はすぐに扉を閉めた。瑠璃香に目をやったが、背を向けたまま動く気配はない。

――気まずいまま明日も行動を共にするなんて、とても耐えられそうにない。明日の朝一番で、ちゃんと謝ろう。

和輝はシュラフに潜り込むと、冷気を遮るようにシュラフの端を首元に引き寄せた。

3

翌朝、和輝は予定より一時間遅れて目が覚めた。小窓には粉雪が吹き付けている。昨夜の雪は少し勢いを増しているようだ。

——やばい、早く出発の準備をしよう。

和輝はシュラフから出ると、瑠璃香の方を見た。瑠璃香はカブトムシの幼虫のように背中を丸め、シュラフにくるまっている。

——いつ謝ろうか……でもまず、瑠璃香を起こさないと。

「おい、起きろ」

本心とは裏腹なきつい言葉がついて出た。

「ん……」

シュラフからちょこんと頭を出した瑠璃香が、重いまぶたをゆっくり開けた。和輝を見たがすぐ目をそらし、ゆっくりと起き上がった。結局、和輝は謝れないまま、瑠璃香と共に小屋を後にした。

しばらく歩くと、前方に山が迫ってきて道は上り坂になった。粉雪は降り続いたが、風は地面に積もった雪を流す程度で、舞い上がるほど強くはなかった。

右側が谷になっている山道に入った。その谷の上流を探るのが最初のミッションだ。足場が悪くなり、粉雪の下が凍っている場所もある。

――そろそろこいつの出番だな。

和輝は立ち止まると、リュックに取り付けていた二本のピッケルを外して両手に持った。すぐ後ろにいた瑠璃香も、和輝に倣ってピッケルの準備をした。瑠璃香がピッケルを持ったことを確かめると、和輝はまた歩き始めた。

「昨日はごめん。俺が悪かった」

和輝は歩きながら思いきって言った。振り返ると瑠璃香はずっと遅れて歩いていた。思いのほか、風が強く吹き始めていて和輝の声は聞こえなかったようだ。和輝は瑠璃香が追いつくのを待って、また無言のまま歩き始めた。その直後、風が急に強くなった。向かい風で推進力を失い、風と共に顔に絡み付く氷の結晶によって視界も悪化していく。和輝は瑠璃香が付いて来ていることを何度も確かめながら、慎重に進んでいく。和輝は強風によろめきながら迷い始めていた。

――この風が続くようなら、このまま山を登るのは危険だ。

和輝の脳裏に、ハルドルと交わした「必ず無事に帰って来る」という約束がよぎった。

――そうは言っても、どうすればいいんだ。もう避難小屋に戻ることはできない……、じゃあこの辺りでビバークできる場所を探すのか？

ゴオーッ！

突如、斜面の上方から突風が雪を巻き上げながらこちらに迫ってきた。

「伏せろっ！」

和輝は大声でそう叫ぶと、地面の雪に顔を埋めるように伏せた。

「きゃあっ」

轟音《ごうおん》の中に瑠璃香の悲鳴が聞こえた。


突風が過ぎた時、伏せていた和輝の上半身は雪に埋もれていた。ただ粉雪なので重くはない。上体を起こして顔の雪を払うが、その端から強風が粉雪と共に襲ってくる。和輝は瑠璃香がいるはずのすぐ後ろを振り向いた。

「瑠璃香！　大丈夫か！」

が、そこは一メートル先も見えない白い空間だった。

「瑠璃香っ、どこだ！」

和輝は風に飛ばされないよう四つん這《ば》いになって、瑠璃香がいたであろう方へ手探りで下りていった。しかし何の手応えもない。

――瑠璃香は突風に飛ばされて、この斜面を転がり落ちたに違いない。どこまで転んでいったんだろうか……。

和輝は自分たちが進んできたルートを思い出そうとした。

その時、和輝の顔が真っ青になった。さっき、左に曲がりながらこの斜面を登ってきたことを思い出したのだ。そしてカーブの右側は断崖になっていた――。

――瑠璃香がこの斜面を転がり落ちたとすると、あの崖から……。

和輝は声を限りに叫んだ。

「瑠璃香っ、瑠璃香あ！」

和輝の声は吹雪の中に吸い込まれ、何の答えも返って来なかった。

――あの崖はどれくらいの高さがあったんだろうか……。もし命は助かったとしても大けがを負っているはずだ、早く助けに行ってやらないと。

這《は》いながら坂道を下ろうとした和輝に、周囲が見えないことへの恐怖心が湧き上がった。瑠璃香を吸い込んだ断崖が白い空間のすぐそこにあるような気がして、一歩も動けなくなった。

和輝の頭に、ブリザードによって視界を遮られ、避難小屋まで数百メートルの所で息絶えたシモンとロベルトのことがよぎった。無闇に動くと自分の居場所を見失うだけじゃなく、体力を奪われて凍え死ぬ確率がさらに上がるからな――ヨアンが教えてくれた言葉が蘇《よみがえ》った。和輝は這うようにして、斜面を横に移動していった。

――とにかく、この吹雪が収まるまで持ち堪《こた》えなければ……。

しばらく移動すると白い世界の中に、大きな黒い影がぼんやりと見えた。手探りで近づいて行くと、岩だった。和輝はその岩陰で吹雪をやり過ごすことにした。

かじかんだ手でリュックから毛布を引き出すと、頭から被って風と雪を避けた。

――瑠璃香は崖の下で俺の助けを待っているだろうか……それとももう――。

和輝は昨日の態度を謝れなかったことを後悔した。

――あの時、小屋を出る前に俺がもっと素直になれていたら、弱さを見せる勇気があったなら。こんな気持ちのまま最期の別れだなんて……。いや待てよ、このまま吹雪が収まらなければいずれは俺も……そうなれば、天国で「ごめん」って言えるかな。

そんなことを考えているうちに意識が朦朧《もうろう》としてきた。

4

どれくらいの時間が経っただろうか。和輝は頭を覆った毛布の隙間から、わずかに温度を持った空気と微《かす》かな光を感じた。和輝ははっと我に返った。

ゆっくり目を開けて見上げると、紫色の空の雲間からほのかな陽の光が差し込んでいた。宙には粉雪一粒も舞っていない。

和輝は岩にもたれて、大きく息を吐いた。

――助かった。

が、すぐに張り詰めた表情になった。

――早く瑠璃香を探さないと――。

和輝はさっと立ち上がると、もつれそうな足で崖の方に向かった。

その時だった。斜面の途中に見覚えのある黄色い布が落ちているのが目に入った。

――あれは……ひょっとして！

近づいてみるとそれは落ちているのではなく、雪面から飛び出していた。和輝は手で雪をかき分けた。

「瑠璃香っ、瑠璃香――」

リュック、防寒着、そしてうつ伏せの小さな人影が現れた。

瑠璃香だった。

和輝は瑠璃香をすぐさま抱き寄せると、冷たくなったその頬をたたいた。

「瑠璃香……？　大丈夫か、瑠璃香！」

「……」

だが、和輝の腕の中の瑠璃香は何の反応もしない。

「瑠璃香……ごめんな、本当にごめん――」

和輝は瑠璃香を抱き締めたままむせび泣き始めた。和輝の頭に、この世界に来てからのことが走馬灯のように蘇った。

――俺の操縦のせいでこんな世界に迷い込んだ。だから、瑠璃香は絶対に俺が守ると誓《ちか》ったのに……。「この家にいていい」とハルドルさんが言ってくれた時の瑠璃香のうれしそうな顔、ミアプラシノスの話を聞いた時に輝いていた目。茶目《ちゃめ》っ気《け》のある笑顔でいつもみんなを明るくしてくれた瑠璃香が……こんなことになるなんて。

その時だった。和輝の腕の中で、瑠璃香がぴくりと動いた。

「瑠璃香？」

「う……う」

瑠璃香の口元から、小さいがうめき声が確かに聞こえた。和輝は先ほどまで隠れていた岩陰に、毛布を敷いて瑠璃香を座らせると、背中や腕をマッサージし始めた。

「痛くないか？」

「うん」

瑠璃香には軽い打撲と低体温症が見られたが、幸いにも大きなけがや凍傷はなかった。

――本当に、助かってよかった。

和輝は改めて安堵のため息を吐いた。

「坂を滑り落ちた時は、私ももうダメかと思った」

瑠璃香がぼそりと言った。突風に足をすくわれ、うつ伏せで倒れたまま風に押されるように斜面を滑り落ちたが、その途中で運良く粉雪の溜まった窪《くぼ》みに嵌《はま》ったようだ。その後のことは覚えていないという。

「あんなに雪に埋もれてよく助かったよな」

和輝は瑠璃香の背中をさすりながら言った。窪みに落ちた瑠璃香にさらに雪が降り積もり、それが風避けになったようだ。

「和輝、ありがとう。もういいよ」

全身に血の巡りが戻ってきたのか、振り向いた瑠璃香が微笑んで言った。手を止めた和輝が、再び雲に覆われ始めた空を見上げて言った。

「また雲行きが怪しくなってきた、今日はもう動き回らない方がいいな。ビバークできそうな場所を探してくる」

和輝はそう言うと、瑠璃香に毛布を被せて付近を調べに行った。

「もう少しだ。がんばれ」

和輝は瑠璃香を支えながら、自分が見つけたビバークポイントへ向かっていた。

「あそこだ」

和輝が指さした前方には、暗灰色の玄武岩で出来た崖がそびえ立っていた。その一部が大きく窪んでおり、窪みの奥が洞穴になっていた。二人はその窪みに足を踏み入れた。入り口はそう大きくなかったが、中は広くなっていた。風がないだけでも暖かく感じる。少し入ったところで、和輝が足を止めた。

「この先の洞穴は真っ暗でよく見えなかったけど、結構奥まで続いているみたいだった。この辺りにしよう」

和輝は瑠璃香を岩場に座らせると、瑠璃香のリュックから毛布とシュラフを取り出して、地面に広げた。

「ここで少し休むといい」

「ありがとう」

瑠璃香は和輝に手伝ってもらいながらシュラフにくるまった。

「寒くないか？　今から火を焚くからな」

和輝が火の準備をしながら瑠璃香を見ると、目を閉じてすでに小さな寝息を立てていた。

5

瑠璃香は鼻孔に広がる匂いで目を覚ました。どれくらい眠っただろうか、洞窟の外も暗くなっており、灯りとコンロを兼ねた携行用のランプが、座っている和輝の横顔を照らしていた。

ランプにかけられた小さな鍋から、美味しそうなスープの香りが流れ出ている。

「おはよう……和輝」

「おっ、目が覚めたか」

「うん……私、どれくらい眠ってた？」

「そうだな、二時間くらいかな」

瑠璃香はシュラフを開けてゆっくり上体を起こした。

「起きれるか？　手伝おうか」

「ありがとう。大丈夫そう」

瑠璃香はすぐそばに来た和輝の手を借りて、ランプの前に並んで座った。携行ランプの上にはスープ鍋が湯気を上げており、二人の前には茹《ゆ》でたジャガイモやカブ、燻製肉の入った皿が並んでいた。

「腹が減っただろ」

和輝は湯気を上げるスープをスープ皿に取り分けて、瑠璃香の前に置いた。

「ありがとう」

瑠璃香はスープ皿を両手の平で包んで目をつむった。

「ああ、あったまる」

和輝は自分の皿のジャガイモの塊にフォークを刺すと、一口で頬張《ほおば》った。

「うまい！」

和輝が声を上げた。その声に瑠璃香は和輝の方を見た。橙色《だいだいいろ》のランプに照らされた和輝の横顔は、この島に不時着した時とは見違えるように締まって男らしく見えた。二人は黙ったまま食べ物とスープを口に運んだ。

「昨日はごめん……」

和輝がランプの灯りを見たまま、ぼそりと言った。

「……」

瑠璃香もスプーンを持つ手を止めた。

「道が分からなくなった自分にイラついて、瑠璃香に当たったりして。それに、小屋を見つけてくれた瑠璃香にお礼も言ってなかったし……」

瑠璃香は和輝を見ずに言った。

「ううん、私だって。和輝も必死だったのに、焦らせるようなことを言ってしまって……」

「上手く言えないけど……俺、お前より強くないといけない、お前をリードしないといけないってずっと思っていたような気がする。でもそれって本当は、弱い自分を隠していただけじゃないかって。俺も本当は自信もないし、失敗するのが怖かっただけなのかもしれない……」

「大丈夫、私はそんなこと気にしてないよ」

「……」

和輝は瑠璃香を見た。瑠璃香はランプに目を落としている。

「私は最初から、和輝が私を言い負かせたいとか落ち込ませたいとか、そういう気持ちでキツイ言い方をしてたわけじゃないって知ってたし……何ていうのかな、変に気負い過ぎてただけじゃないかなって。二人で旅に出てから、いやその前のヨアンさんとの訓練の時から和輝の真剣さは十分伝わってきたし、むしろ私が今までずっとそれに応えてあげられなくてごめんって思ってる」

瑠璃香は和輝を見て小さく笑った。

「和輝がいなかったら、今頃雪の中でカチンコチンになってたと思う」

「申し訳ない。俺があの時、小屋から出るのを思い留まるか、早めに避難していたら……」

「謝ることないよ。小屋から出たのは和輝が決めたことだけど、私もそれに従ったんだから」

瑠璃香は頬を膨らませて続けた。

「それに私はただの付き添いじゃないんだから、子ども扱いしないでもっと頼ってよね」

「……」

和輝はわずかな沈黙の後、大きく息をついた。

「確かに変な気負いはあったな。一人でミアプラシノスを探しに来てるわけじゃないのにな」

瑠璃香が和輝を見た。

「うん、また一緒にがんばろう！」

「ああ、こちらこそよろしく」

和輝も屈託なく笑った。


食事を終えた二人は、携行カップで温かい紅茶を飲みながら話をしていた。瑠璃香が天井を見るともなくつぶやいた。

「何だか、中学の時の野外活動を思い出すね」

「ああ、そうだな」

和輝は目を伏せて続けた。

「ここにはスマホもコンビニもない。でも自然に囲まれていて、こうして二人で語り合える。大昔にも、一日の終わりに家族が火を囲んで笑い合う、こんな穏やかな時間があったのかなって。人間の幸せって何なんだろうと思ってな……」

「……」

瑠璃香も、元の世界の生活や大学のゼミ、就職活動に追われる毎日を思い起こしていた。時おり意見がぶつかったり、気疲れしたりする友人や家族との関係のことも――。

瑠璃香は笑顔を作った。

「私はこうして、和輝とおしゃべりしながらお茶ができて幸せだよ」

「そうか……ありがとう」

和輝も顔をほころばせ、二人は笑い合った。

その夜、瑠璃香はなかなか寝つくことができず、今日の出来事を思い起こしていた。ブリザードを脱した後、冷えきった体をさすり続けてくれた和輝の手の感触が蘇ってきた。

——和輝……。

寝返りを打って和輝の方に顔を向けると、思いのほか近くに和輝の寝顔があった。小さく絞ったランプの灯りが、その横顔をぼんやりと照らしている。シュラフがわずかに開けて、片手がのぞいている。瑠璃香はその手にゆっくりと自分の手を伸ばした。瑠璃香の指が和輝の手に触れようとした時、和輝が背を向けるように寝返りを打った。瑠璃香は伸ばした手を引っ込めると、和輝に背を向けてシュラフに包まった。

6

ハルドルは、和輝と瑠璃香が出発した二日後に天候が急変し、真冬のような吹雪になったことを心配していた。これまで八月にこのような天気になったことはなく、予想もしていなかった。ハルドルは二人が探索を中止すればいいのにと思いながら、無事に帰投するのを待っていた。

しかし、二人は帰投予定日になっても帰って来なかった。春の探索隊の事故――シモンとロベルトの遭難事故が、ハルドルの頭をよぎった。帰投予定の次の日も、ハルドルは朝から食事が喉を通らない。夜になっても二人は帰って来なかった。ランプの灯りで本を読もうとするのだが、文字が頭に入って来ない。その時だった。

コンコンコン。

ドアノッカーの音が玄関から響いてきた。ハルドルは我に返ると、急ぎ足で玄関へ向かった。

ガチャ……。

ドアを開いた目の前には、疲労の色は濃いが、精悍《せいかん》な顔つきの若い男女の顔があった。

「おおっ！　おかえり！　無事で良かった」

ハルドルは瑠璃香と和輝の肩を抱き寄せた。

和輝と瑠璃香の報告を聞いたハルドルが言った。

「そうか……ミアプラシノスは見つからんかったか。だが、そう気を落とすことはない。わしも簡単に見つかるとは思っておらんかったからな」

ハルドルは目を伏せた。

「それにしても、怖い目に遭わせてしまったな。わしも長い間ここに住んでおるが、あの天候の変化は予測できんかった……。出発日を決めたわしの判断ミスだ、本当に申し訳なかった」

「いえ、ハルドルさんは何も――」

和輝がハルドルの言葉を打ち消すように言った。

「この『フィンブルの冬』では、これまでの経験が通用しないんだと思います。雪の中を出発した僕の判断ミスです」

「いえ、私たちの判断ミスです」

瑠璃香がすかさず訂正した。ハルドルは瑠璃香のその言葉に、以前とは何か違う二人の関係性を感じた。和輝が尋ねた。

「ハルドルさんの方は何か分かりましたか？」

「おぬしたちが旅に出ている間、わしも色々調べたのだが、ミアプラシノスについて目新しいことは何も分からんかった。あの三つの文章も謎のままだ」

瑠璃香が記憶をたどりながら聞いた。

「三つの文章って……鍛冶屋のヴァルナルさんのスケッチの裏にあった、『長き闇』とか『黒い雷《いかずち》』が出てくる、ちょっと気味の悪い文章のことですよね」

「うむ」

ハルドルは一つうなずくと、目をつぶって暗唱し始めた。

「長き闇を経し大地の始まり荒らす者に、あまたの黒い雷降りかからん。永《なが》き闇を経し光浴びせられし時、大地に常《とこ》しえの森羅広がらん。古《いにしえ》より崇《あが》められし大いなる磐《いわ》、遥《はる》かなる地へ礎《いしずえ》と恵みの種を蒔《ま》かん」

三人の間に沈黙が流れた――。

「おお、そうじゃ」

ハルドルが重い空気を振り払うように言った。

「ブリザードに襲われた日は野宿したと言っておったな。吹雪の中で眠れるような場所がよくあったな」

「いえ……吹雪は止んだんです。それに、近くに洞窟を見つけたんです。中は結構広くなっていて、その奥は狭くなっていたけど、坑道みたいにずっと続いているようでした」

「坑道……」

ハルドルがつぶやいた。ランプの上方の空間に目を泳がせていたハルドルが、突然立ち上がった。

「ちょっと待っておれ！」

そう叫ぶと、急ぎ足でリビングを出ていった。

「……」

和輝と瑠璃香はただならぬハルドルの様子に顔を見合わせた。

しばらくするとハルドルは、鈍く銀色に光る円筒形の器具を持って戻ってきた。その器具は、上端にフックが付いていてランプのようにも見える。だが、ハルドルの家で使っているランプとは全く違う。ハルドルは和輝と瑠璃香の前にその器具を置いた。それは目の細かい金網で出来た細長い円筒で、それを二枚の金属板で挟むような構造をしている。金属板には、小さな横長の窓が目盛りのように縦に並んでいる。

「これは鍛冶屋のヴァルナルの家にあったものだ」

ハルドルが話し始めた。

「油壷《あぶらつぼ》と芯があるので、変わったランプくらいにしか思っておらんかった。だが、『坑道』という言葉を聞いて思い出したのだ」

そう言うとハルドルは、壁際の棚から分厚い一冊の本を持ってきた。

「この本には、工事や建築に使う様々な道具が記されておる」

それは事典のようだった。

「確か、坑道で使う道具のところで見たはずなのだが……」

ハルドルはぱらぱらとページをめくっていった。

「これじゃ！」

ハルドルが開いたページには、目の前にある円筒形の器具と同じものが描かれていた。

「デービー灯――」

ハルドルは説明文を読み進めた。

「炭鉱などの坑道用に開発されたランプ。爆発事故を防ぐために、ランプの火が外気と触れないように金属製の覆いが付けられている。また有毒ガスを検知できるよう、ガスと反応すると炎の色や高さが変わるように設計されている」

説明を読んだハルドルは本から目を離した。

「ヴァルナルがこれを持っていたということは……」

和輝と瑠璃香の脳裏に、このデービー灯の灯りを頼りに窮屈な暗闇を果敢に進んでいく、一人の男の絵が浮かんだ。和輝がハルドルを見て言った。

「つまりヴァルナルさんはこのデービー灯を持って、あの巨大山脈に点在する洞窟を渡り歩いたかもしれない……ということですね。そしてミアプラシノスを見つけたと」

「うむ、その可能性が高い。わしらはとんだ勘違いをしておったことになる。いくら川を遡って探しても見つからぬはずだ」

ハルドルはそう言うとしばらく無言のまま、開いたページに乗せた両手の平をぐっと握り締めた。

「このことに、もっと早く気づいておれば……」

ハルドルの声が震えていた。和輝はその言葉の後ろに、春の探索で命を落としたシモンとロベルトの名前が続いているように思えた。

「ハルドルさん、すごいことを見つけましたね！」

瑠璃香が明るい声で言った。

「これで、ミアプラシノスの発見にぐっと近づいたわけですから。私も次の探索がますます楽しみになってきました」

ハルドルは瑠璃香の言葉に、やっと表情を緩めた。

「そうか、モノは考えようじゃな。瑠璃香、ありがとう」

ハルドルが続けた。

「あの巨大山脈には五十以上の洞窟が見つかっておる。だが、ある程度絞り込むことはできそうだ。ミアプラシノスの森が洞窟を抜けたところにあったとしても、滝から流れて来た水は地下水か川になってどこかに流れ出ているはずだからな」

話しているうちにハルドルの声に元気が戻ってきた。

「だが、おぬしらはさっき帰ったばかりだ。次の探索の話をするのはまだ早い。今日はゆっくり休むがよい」

「私、なんだかすぐに眠れそうにないな」

瑠璃香は新たな発見に興奮を隠せないようだった。

7

翌日の夕食の時、ハルドルと和輝、瑠璃香はリビングの長テーブルを囲んでいた。

「ハルドルさん、次の探索計画はできましたか？」

瑠璃香が目を輝かせながら聞いた。

「うむ。あれから色々考えたのだが……やはり、おぬしら二人を次の探索に行かすわけにはいかぬ」

ハルドルが渋い顔で続けた。

「あの巨大山脈には多くの洞窟が見つかっておる。それに、村人がまだ見つけていない洞窟もあるだろう。しかも、洞窟を抜けた先にミアプラシノスがあるというのも、わしらの仮説にすぎぬ」

「……」

「何より、洞窟となるとこれまでの訓練は役に立たぬ。ヴァルナルがデービー灯を持っていたということは、それほど危険だということだ。しかも洞窟には地図も何もない。これまで迷い込んで出て来られなかった者もおる。その村人を探すために洞窟に入った捜索隊でさえ、迷いそうになったと聞いておる……おぬしらには無理じゃ」

「まだ行ってもないのに、無理って」

瑠璃香は納得がいかない様子だ。

「それだけではない。ヴァルナルの残したあの謎の文が、ミアプラシノス探しはもうやめろと言っておるような気がしてな」

「え……？」

「長き闇を経し大地の始まり荒らす者に、あまたの黒い雷《いかずち》降りかからん」

ハルドルが諳《そら》んじたのは、鍛冶屋が残した三つの文章の一番目だった。

「今までこの『長き闇』は、この島の長い冬のことだと思っておった。だが今では、洞窟のことだと思うようになった。やはりこの最初の文は、ミアプラシノスの場所を示しているのではないかと……そうなると、この『黒い雷』が妙に引っかかってな」

「……」

和輝も黙ったまま耳を傾けている。

「『黒い雷』は神話に登場する『雷神』のことではないかと思い至ったのだ。雷神は、地上にいる邪悪な存在を消し去るために天空から降りて来る神のことだ。だとするとこの文は、洞窟を抜けてミアプラシノスの森に入ろうとする者には、雷神の天罰が降りかかるということになる。安易に洞窟に入るのは避けるべきだ」

瑠璃香は身を乗り出して、和輝とハルドルの顔を交互に見た。

「そんな……なぜヴァルナルさんはミアプラシノスが見つかるのを拒む必要があるの？　誰かに見つけて欲しくて、あの文章を残したとは考えられないの？」

ハルドルは目をつぶり、首を小さく横に振った。

「もし見つけて欲しかったなら、あのような謎の文ではなく、ちゃんとした地図を残したはずだ。なぜ見つけて欲しくなかったのか……わしも分からぬ。ヴァルナルはミアプラシノスの欠《か》けらを持ち帰って色々実験をしていたようだから、ミアプラシノスを独り占めしたかったのかもしれんな」

その言葉に、和輝と瑠璃香が頭の中に描いていた冒険家のように輝くヴァルナルの顔が、欲深く醜い顔に変わっていった。

「おぬしたちの、村のために何としてもミアプラシノスを見つけたいという気持ちはありがたい。わしも昨夜、洞窟の可能性に気づいた時は大いに希望を感じた。だがよく考えると、あまりにも無謀で危険だった……すまぬ」

ハルドルの言葉に瑠璃香はただ唇を噛《か》み、うつむくしかなかった。


その夜、和輝と瑠璃香は、和輝の部屋の丸テーブルで向かい合っていた。目を伏せたまま座っている和輝に瑠璃香が言った。

「ねえ和輝、まさかミアプラシノスを探しに行くこと、諦めたりしてないよね？」

「もうやめにしないか……俺たちには無理だよ」

「何、弱気モードになってるのよ」

瑠璃香の言葉に、和輝も語気を強めて返した。

「弱気とか強気とか、そういった問題じゃない。危険過ぎると言ってるんだ。今回だって瑠璃香をあんな危険な目に遭わせてしまった……ハルドルさんも言ってただろ、洞窟を探索するのはもっと危険だって」

「でもあの時、わたしのことを見つけて守ってくれたじゃない。和輝のこと見直した……二人ならきっと大丈夫だよ」

「あれは運が良かっただけだ。お前、ハルドルさんの話を聞いてなかったのか？　成功する確率や危険度、そして『黒い雷』の警告……どれを考えても、洞窟の探索に行くという判断にはならないだろう」

「私だってちゃんと聞いてたよ。危険だとしても、少しでも可能性があるならやってみたいのよ。チャレンジしてみようよ」

「……」

黙り込んだ和輝に、瑠璃香がもどかしそうに言った。

「もしかして、『黒い雷』のことを和輝は怖がってるの？　ハルドルさん言ってたじゃない。あれは鍛冶屋がミアプラシノスを独り占めするために、他の人が近づかないように書いたって。脅しのために書いたってことは、本当は黒い雷なんてないんだよ」

「鍛冶屋が恐ろしい罠を仕掛けた可能性だってあるんだぞ。そんな何があるか分からない危険なところに、お前を連れて行くわけにはいかない」

そこで言葉を切ると、和輝は目を伏せた。

「もしまた何かあったら、お前を守れる自信がないんだ」

瑠璃香はさっと椅子から立ち上がると、唇を噛み締めて和輝をにらみつけた。

「そんなこと言って、自分が怖いだけでしょ、意気地なし！　和輝が行かないっていうなら、わたし一人で行く」

瑠璃香の言葉に和輝もテーブルをたたいて立ち上がった。

「ああ、行けるもんなら行ってみろよ！」

一瞬、テーブルの中央に置かれたランプの火が大きく揺らいだ。テーブルを挟んで立ち尽くした二人に気まずい沈黙が流れた。

「もういい」

瑠璃香はそう言うと、振り返りもせず出口に向かった。

バタンッ。

ドアが閉まる音が部屋に響き、静寂が流れた。

――どうして俺たちって、いつもこうなるんだろう。

和輝は雪原で迷った時、「俺だって必死なんだよ」と言ってしまった時のことを思い出していた。

――あの時は俺が強がっていた。でも今は違う、本当に瑠璃香のことを心配して言っているのに……。わたし一人で行く？　ふん、行けるものなら行けばいい。

和輝はベッドにドサッと仰向けになった。

8

翌朝、和輝が目を覚ますと、一人で行けばいいと瑠璃香を突き放す気持ちは消えていた。ただ、あのブリザードの白い世界に取り残され、瑠璃香を失いかけた恐怖は消えていなかった。

ドアを開けて廊下に出ると、隣の部屋からは物音一つしない。瑠璃香はまだ眠っているようだ。和輝は瑠璃香と顔を合わせたくなかったので、一人で朝食を済ませると作業場へ向かった。そこではヨアンが荷物の整理をしていた。

「おはようございます」

「おお、おはよう！」

ヨアンはいつものように元気に答えた。

「おれは昨日の夜遅く仕事から帰ったところだ。和輝たちは一昨日帰って来たんだってな、親父から聞いたよ。あの吹雪でおれも心配してたんだ、二人とも無事で何よりだ」

「あ、ありがとうございます」

「まあ、またがんばればいいさ。これまで見つからなかったものが最初の探索で見つかるなんて、むしろ気味が悪いよ」

ヨアンはミアプラシノスが見つからなかったことは知っていたが、デービー灯のことや洞窟のことはまだ聞いていないようだった。和輝はヨアンに、ミアプラシノスが洞窟の先にある可能性が高いと分かったこと、しかしハルドルに危険だから行ってはいけないと言われたこと、そのことで瑠璃香と喧嘩《けんか》になったことを話した。

ヨアンは大きく息をついた。

「こりゃあ、たまげたな……まさかあの巨大塚が洞窟の先にあるかもしれないなんて。けど親父の言う通りだ、洞窟は危険過ぎる。ガス爆発や有毒ガス、崩落や出水もあったり……道に迷ったら二度と出られない。途中でランプの油が尽きでもしたら真っ暗で何も見えない。暗闇の恐怖で発狂する者さえいる」

「そうですか……僕だって本当は諦めたくなかった。でもやはり無理なんですね……ヨアンさん、そのことを瑠璃香にも話してもらえませんか？　瑠璃香はミアプラシノスのことが諦めきれないようで、『私一人で行く』なんて無茶なことを言ってるんです。ヨアンさんから言ってもらえれば、納得すると思うんです」

「そうか、お嬢ちゃんは元気がいいね。分かった、今日は昼過ぎには仕事が終わるから、お嬢ちゃんにはおれが話しておくよ」

「ありがとうございます、お願いします」

和輝は頭を下げた。


その日の午後、和輝とハルドルは、ヨアンと瑠璃香の話が終わるのをリビングで待っていた。ヨアンは二人だけで話したいと、瑠璃香を作業場へ連れ出したのだ。

ハルドルが眉をひそめて言った。

「そうか、昨夜は瑠璃香と喧嘩になったのか……」

「はい、僕だってミアプラシノスを諦めたくないです。でも瑠璃香を危険な目に遭わせることだけはしちゃいけないと思って……。それなのに瑠璃香に『意気地なし』と言われて、つい言い返してしまいました」

「……」

「僕は……僕ひとりなら洞窟の探索に行ってもいいと思っているのですが、だめですか？」

「うむ。一人の探索というのはもっと危険じゃ」

「そう……ですよね」

和輝はそれ以上何も言えず黙り込んだ。

その時だった。勢いよくドアが開いてヨアンが入ってきた。後ろに瑠璃香もいる。

「おお、親父もいたか。ちょうどいい」

ヨアンがいつもの陽気な声で言った。

「親父、おれが瑠璃香と和輝に洞窟の訓練をしてやろうと思うんだけど、いいだろ？」

「……！」

ハルドルも和輝も、ヨアンの突拍子もない発言に言葉が出ない。

「この辺りの洞窟でガスが出たという話は聞いたことがないし、炭鉱のように掘り進むわけじゃないから崩落や出水もまず心配ない。道に迷わないための訓練さえしっかり受けておけば、迷うこともない」

「いや……それにしても――」

「親父」

ハルドルの言葉をヨアンが遮った。

「『黒い雷《いかずち》』が警告じゃないかというのも親父の想像だろ。洞窟の中にわざわざ仕掛けを作るなんて普通は考えられないよ。ミアプラシノスが洞窟の向こうにある可能性に気づいたのは、神の思《おぼ》し召《め》しだと思うんだ。おれは雷神の天罰なんかじゃなくて、神の御加護《ごかご》があると思ってるぜ」

「だが、洞窟は危険過ぎる」

ハルドルがやっと口を挟んだ。

「洞窟のことは、親父よりもおれの方がよく知っている。村の者が洞窟で迷子になったときの捜索隊を指揮しているのは、いつもおれだからな。それに前回の訓練と同じで、本当に行っていいかどうかは訓練の結果を見て、親父が決めればいいからさ」

「私からもお願いします」

ヨアンの後ろにいた瑠璃香が一歩前に出て、ハルドルにお辞儀をした。

「僕からも……お願いします」

和輝もハルドルに頭を下げた。


和輝と瑠璃香は洞窟探索の訓練を受けることに決まった。訓練の開始は明日からということで、ヨアンはすぐにその準備に取り掛かった。ハルドルも部屋を出ていき、リビングには二人だけが残された。

瑠璃香が、和輝から目をそらして言った。

「昨日はごめんなさい。和輝が私のことを心配してくれてたのは分かってたんだけど、行けないのが悔しくて……」

「こちらこそごめん……俺も言い過ぎた」

「ううん」

二人の間にしばらく温かい沈黙が流れた――。

和輝が口を開いた。

「ヨアンさんがリビングに入るなり『訓練してやってもいいだろ?』と言った時には、何がどうなったのか分からなかったよ。瑠璃香、よくヨアンさんを説得できたな」

「まあね。でも心配しないでね、色気とかで誘惑したわけじゃないから」

瑠璃香は笑顔を見せた。


その翌朝から洞窟探索の訓練が始まった。ヨアンは近くの洞窟を実際に回りながら、洞窟探索に必要な道具の使い方や、洞窟内での危険の察知とその回避の方法などを教えた。ハルドルからミアプラシノス探索の許可が出たのは、訓練を始めて十日後だった。

9

和輝と瑠璃香は前回と同じ二つの避難小屋を経由して、エイヤフィイヤトラヨークトル山脈を歩いていた。もうすぐ最初の洞窟が見えるはずだ。和輝は、出発前夜の打ち合わせでのハルドルの説明を思い出していた。

ハルドルはリビングの長テーブルに大きな地図を広げていた。一回目の探索で使った地図だ。

「エイヤフィヤトラヨークトル山脈には溶岩洞が多くある。今回のわしらの仮説が正しいとすると、鍛冶屋のヴァルナルが通った洞窟が存在する可能性があるのは、このエリアだ」

ハルドルが人差し指で大きく円を描くように動かした内側には、洞窟の入り口を示す四角い印が点在している。

「このエリアでは二十一の洞窟が見つかっておる。だが、そのうち九つの洞窟は中がどうなっているか分かっておる。だからおぬしらに調べてもらいたいのは、残る十二の洞窟じゃ。その中には、前回おぬしたちが見つけた洞窟も入っておる」

その十二の四角には、一から十二の番号が振ってあった。

「この番号順に洞窟を調査してもらいたい。一つの洞窟にどれくらい時間がかかるかは、入ってみないと分からん。だからできるところまででよい」

ハルドルは言葉を切ると、和輝と瑠璃香の目を交互に見た。

「何度も言うが、絶対に無理をしてはならんぞ。望みは捨ててはいかんが、過度の期待は禁物じゃ。焦らず無理をせず油断せず、必ず無事に帰ってくるのだぞ」

和輝と瑠璃香はハルドルが地図に振った番号に従って、洞窟を調べていった。懐中電灯に慣れている二人にとって、デービー灯の薄明かりは何とも頼りなかったが、すぐに目が慣れてきた。二人は分岐点や曲がり角に来るたびに立ち止まった。和輝は岩の壁にチョークで番号と矢印を描き、瑠璃香は画板を出して地図を描いた。訓練の中でヨアンから、来た道を引き返せるように、必ずこの二つの作業をするように教えられていたのだ。すぐに行き止まりになったり、人が通れないほど狭くなって調べきれない場所もあったが、何とか探索を進めていった。

10

洞窟の探索は六日目の朝を迎えた。和輝と瑠璃香は、前回の探索でブリザードに遭った時に野宿した洞窟の前に立っていた。

「この洞窟は、和輝がこの前見つけた洞窟だよ。食糧も残り少なくなったから、ここを調べたら帰ろうね」

「そう……だな」

これまでの探索では何の手掛かりも見つからず、和輝の声は少し元気がなかった。

二人は前回テントを張った場所に荷物を下ろした。洞窟探索の身支度を終えた二人が洞窟の奥に向かって足を進めると、和輝はデービー灯を掲げて上方を見た。

「あのブリザードの時は気づかなかったけど、今までの洞窟とは比べものにならないくらい大きいぞ……天井がどこにあるのか分からない」

デービー灯のわずかな灯りでは、天井や周囲の壁まで光が届かないようだ。

「これだと、脇道があっても見えないね……」

瑠璃香はヨアンとの訓練の記憶を手繰り寄せた。

「えーと、こういう時は……どちらかの『壁伝いに進む』だったよね」

「ああ、そうだったな」

和輝はそう答えながらデービー灯で右側の壁を探り当てると、その壁にチョークで番号と矢印を書いた。二人はデービー灯で壁を確認しながら、壁沿いに進み始めた。

しばらく進んだ時、後ろを歩いていた瑠璃香が和輝に声をかけた。

「見て、和輝」

「え？」

和輝は振り返った。

「うっすら何か光ってる」

瑠璃香が指さす方を見ると、岩肌がほのかに青白い光を放っている。

「これは――」

和輝は周囲を見回した。目が慣れてきたためか、あちこちの岩肌が微かに光っているのが分かった。天井や反対側の壁も光っているので、洞窟全体の姿がぼんやりと見えてきた。

「うわぁ」

瑠璃香は感嘆の声を上げた。二人がいる洞窟は、小さなビルがすっぽり入るのではないかと思われるほどの大きさだった。和輝が天井を見上げたまま言った。

「ホタルのような発光性の虫か、それとも発光性の苔《こけ》かもしれないな。これまでの洞窟じゃ見かけなかったよな……」

「何だか夜空の中にいるみたいだね」

二人は、小さな煌《きら》めきが散りばめられた星空のような空間に、しばらく見とれていた。瑠璃香が何か思い出したように言った。

「あっ、灯りを少し大きくしてくれる？」

「あ、ああ」

和輝も我に返った様子で、デービー灯の光を強めた。これまで暗闇の中で壁を伝うのに精一杯で、洞窟の地図が描けていなかったのだ。瑠璃香は壁に広がる微かな光で洞窟の輪郭を捉え、肩に掛けた画板にペンを走らせた。

その大きな空洞は行き止まりかに見えたが、空洞の一番深いところに小さな横穴を発見した。それ以外に横穴は見当たらず、二人はその横穴を這うように進んで行った。頭をぶつけそうな狭さと上下する傾斜、凸凹《でこぼこ》した地面に手を焼きながらも、しばらく進むと、周りを覆っていた壁が一気に取り払われたかのような広い空間に出た。

和輝が手にしたデービー灯の光は、周囲の暗闇に吸い込まれていく。左右の壁は、先ほどの発光体が微かに光っているため何とか確認できるが、真上に関しては途方もない闇が広がっている。天井がどんな形をしているかはもちろん、どこにあるのかさえ分からない。

「何だ、このだだっ広い空間は……」

和輝がつぶやいた。

「ほとんど何も見えないよ」

瑠璃香も闇の世界を前に立ちすくんでいる。

「ここで待ってろ」

和輝はそう言うとデービー灯をかざして、空間の全体像をつかもうとゆっくり進んでいった。数歩進んだ時だった。

「あっ！」

和輝が声を上げた。

ガチャンッ。

デービー灯が地面にぶつかる音が響いた。

「和輝！　大丈夫？」

瑠璃香が駆け寄ろうとした時だった。

「来るな！」

和輝が大声で瑠璃香を制した。

「すぐ目の前に、大きな穴がある……」

尻もちをついていた和輝はそう言うと、尻を後ろへずらせるようにしながら慎重に立ち上がった。瑠璃香が目を凝らすと和輝の前には、地面とやっと区別がつく漆黒が広がっていた。

「もう少しで落ちるところだった。深い穴なのかな……？」

そう言うと和輝は石を拾い、一寸先のその暗闇に投げ込んだ。

コッーン！

すぐに岩に当たる硬い音がした。

「たいして深くはないか」

和輝が言い終わった時だった。

カーン、コーン……。

はるか地の底から音が響いてきた。瑠璃香は顔をこわばらせた。

「ものすごく深い……」

「ああ。落ちてたら命がなかったな」

二人がいる地面の少し先には、暗くて目では捉えられないが、深い奈落が口を開いていたのだ。

「さて、どうしよう……この洞窟の探索はここまでか」

周囲の闇を見回しながらつぶやく和輝に、瑠璃香が声をかけた。

「和輝、見て」

「ん？」

和輝が瑠璃香の指さす奈落の向こう側を見ると、青白く光る壁の一部が暗くなっていた。

「横穴だ……」

「洞窟はまだ続いてるみたいだね」

「行ってみよう。左側の壁沿いなら穴から距離もあるから大丈夫だ」

二人はデービー灯で足元を確かめながら、大きな穴を迂回《うかい》するように壁伝いに歩き始めた。死に直結する奈落がすぐ近くにあるという恐怖で、足がすくみそうになる。

「絶対壁から手を離すなよ、足元もしっかり見て」

「うん、分かってる」

瑠璃香は口元を震わせながら答えた。二人は左手で壁を確かめながら、ごつごつした岩場を慎重に進んでいった。

11

しばらく進むと、目的の横穴を十メートルほど先に捉えることができた。

「さあ、横穴までもう少しだ」

そう言って和輝が、壁伝いに歩き始めた時だった。

キイ、キイ、キイ……。

前方の高い所から、何かの鳴き声が重なるように届いてきた。

「きゃっ！」

瑠璃香は思わず和輝にしがみ付いた。

――こんなところに、生き物が……？

和輝は沸き上がる恐怖心を抑えながら、その鳴き声の方に耳を澄ませた。

……。

鳴き声がピタリと止まり、静寂が和輝と瑠璃香を包む。得体の知れない獣が、暗闇の中で自分たちを待ち伏せしている……二人は背筋が凍り付いた。瑠璃香が和輝にしがみ付いたまま、震える声で尋ねた。

「何がいるの……？」

「わ……分からない」

和輝の頭に、暗闇の中から鋭い爪ととがった牙で襲いかかる獣のイメージが押し寄せてきた。和輝はそのイメージを振り払い、背後の瑠璃香の手を取った。

「とにかく戻ろう」

二人が踵《きびす》を返した時だった。

キイ、キイ。

今度はほぼ真上から同じ鳴き声が聞こえてきた。

「いっ……」

そのキンキンと耳の奥を突くような音に、瑠璃香は両耳を押さえて顔をゆがめた。

キイ、キイ、キイ、キイ。

頭上のあちこちから同じような鳴き声が聞こえ始め、いつの間にか二人は得体の知れない獣の鳴き声に囲まれていた。

――もう逃げられない……この際、デービー灯の火は消した方がいいのか？　でも襲ってきたらどうやって反撃する？

様々な思いが和輝の頭を駆け巡るが、どうしていいか分からない。

……。

一瞬、辺りが静まり返った。

――よしっ、今のうちだ。

和輝は背後の瑠璃香の袖を引いて合図を送った。来た道を数歩引き返した時だった。

キッ、キキイッ！

背後上方から複数の鋭い鳴き声が響いてきた。その直後だった。

バサッ、バサバサバサッ。

羽ばたく音が、二人を目がけて押し寄せてきた。和輝は瑠璃香を庇《かば》うようにして、デービー灯を来襲者の方に向けた。先頭の一匹が目に入った。真っ黒の顔に不気味に光る目、むき出しの白い牙、ひしゃげた鼻――おぞましい顔つきが、迫ってきた。

「伏せろ！」

「きゃっ」

和輝の叫び声に、瑠璃香は咄嗟《とっさ》にその場に伏せた。和輝も瑠璃香に覆い被さるように身を屈めた。獣たちが背中に次々とぶつかって来るのが分かる。

バチッ、バチバチッ。

背にしたリュック、防寒着のズボンに獣たちの鋭い牙が喰い込む。瑠璃香は悲鳴を上げ、和輝の上着の端を強く握り締めた。

幸い、獣たちの襲撃は長くは続かなかった。和輝は飛び去る最後の一匹の姿を見逃さなかった。毛羽立った黒ずくめの体、蜘蛛の巣のように広がった翼、頭から突き出す小さな両耳――それは大きなコウモリだった。

やがてコウモリたちの羽ばたく音は消え、キイ、キイと散発的な鳴き声が遠くから聞こえるだけになった。和輝は、頭を抱えて伏せている瑠璃香の肩を軽くたたいた。

「瑠璃香、もう行ったみたいだ」

瑠璃香はゆっくり上体を起こした。和輝は瑠璃香の手を引いて、すぐそばの壁際の窪みに隠れるように座った。瑠璃香が尋ねた。

「何だったの？」

「コウモリだったよ」

「コウモリ……？」

「ただ、あんなでかいコウモリは見たことがない」

「やだ、怖い……」

瑠璃香の声は少し震えていた。和輝はコウモリに関することを思い出そうとした。

――空を飛ぶ夜行性の哺乳類で……確か虫を食べるんだったよな。超音波をレーダーにして飛ぶ。西洋ではドラキュラの化身とも言われている。でも……さっきみたいに人を襲うことなんてあるのか……？

頭を巡るのは、断片的であやふやな知識だけだ。

「ここにいてはまずいな。鳴き声からすると、今襲ってきたのはほんの一部のコウモリだ。またいつ大群で襲って来るか分からない」

「どうする……？　和輝」

瑠璃香が小声で聞いた。

和輝は空洞全体を見渡した。二人が入ってきた洞窟の出口までは、かなりの距離だ。だが、二人が目指していた横穴までは十メートルほどだ。

「横穴はもうすぐそこだ。走れば、コウモリたちが襲ってくる前に飛び込めるんじゃないかな」

「でも洞窟の出口からは遠ざかることになるよ。それにあの横穴の奥がどうなっているのかも分からないし、コウモリやもっと凶暴な獣がいたりなんかしたら……」

「だけど、ここにじっとしていても奴らの餌食《えじき》になるだけだぞ」

「そうだよね……」

瑠璃香は少し考えてから心を決めたように言った。

「うん、分かった。それしかないね」

「ちょっと待った」

和輝は肩からリュックを下ろすと、中に手を突っ込んで何やら探り始めた。

「何してるの？」

「コウモリが襲って来た時に、何か身を守るものはないかと思ってな」

そう言ってしばらくリュックの中を探っていた和輝が取り出したのは、一枚の防寒用の携帯毛布だった。

「これくらいしかないな……」

丸めた毛布を抱えてゆっくり立ち上がる和輝に瑠璃香も続いた。その時だった。

キイ、キイ。

少し離れた頭上からコウモリの散発的な鳴き声が響き始めた。

キイ、キキキッ。キイ、キキキッ――。

次第にコウモリは一定のリズムで鳴き始め、それは頭上全体に広がっていく。まるで周りの仲間どうしで注意喚起し、意思統一しているようでもあった。

――また警戒され始めたか……。今度はさっきと比べものにならないくらいの数だ。でも、もう行くしかない。

和輝はデービー灯を掲げた。

「さあ、行くぞ」

「うん」

二人は意を決して窪みから飛び出した。

和輝と瑠璃香は目的の横穴に向かって走ろうとしたものの、足元は暗いうえに凸凹だらけだ。かろうじて早足にしかならない。

キキキッ。キキキッ――。

鳴き声のリズムが早くなった。

――奴らが襲ってくる。でももう少しで横穴だ、なんとか間に合うぞ。

和輝がそう思った時だった。

「きゃっ！」

背後から瑠璃香の悲鳴が聞こえた。

ドサッ。

地面に何かがたたきつけられる鈍い音がした。和輝が振り返ると、瑠璃香が仰向けに倒れている。和輝が駆け寄った。

「瑠璃香っ！　どうした、大丈夫か？　奴らが来るぞ」

和輝は瑠璃香の頬をたたいたが、瑠璃香は目を見開いて体を小刻みに震わせたまま動かない。その時だった。

キイ！　キキキイーッ！

甲高い鳴き声がいっせいに突進してきた。考える暇はなかった。和輝は脇に抱えた毛布をさっと広げて頭に被りながら、瑠璃香の上に覆いかぶさった。

ギッ、ギャー！

数十匹のコウモリが喉元から絞り出すような叫び声を上げながら、和輝たちを取り囲んだ。

パンッ。パン、パン！

被った毛布を通してコウモリたちが次々とぶつかって来るのが分かる。毛布や背にしたリュック、防寒着のズボンが何度も激しく噛みつかれる。

コウモリたちの襲撃は執拗《しつよう》だった。最初の襲撃が去り、それで終わったかと思うと、さらに大きい第二波が襲ってきた。

――くそっ、いつまで続くんだ。瑠璃香は大丈夫か……？

その時、和輝は瑠璃香の顔が目の前にあることに気づいた。瑠璃香は目をつむったままぴくりともしない。頬に瑠璃香の温かい息がかかった。

――息はある、気を失っているだけみたいだ。

和輝の頭に、様々な思いが一気に押し寄せてきた。

――気絶しているということは頭を打ったのだろうか、打ちどころが悪ければ命に関わる。足や腰は大丈夫だろうか、骨でも折っていたら……どうやって連れて帰ればいい。

和輝は訓練の時のヨアンの言葉を思い出していた。

――山でどちらかが動けなくなった時は、一緒に連れて帰ろうとしちゃダメだぞ。それは、二人とも死んじまうってことを意味する。動けなくなったパートナーはできる限り安全な場所に寝かせて、一人で下山して助けを求めるんだ。

でも、こんな場所に瑠璃香を残して帰ることなんてできない。瑠璃香を残して行くくらいなら、俺もここで死んだ方が……いや、そんな弱気になっちゃだめだ。

バチッ、バチバチッ。

いよいよ毛布も防寒着も食い破られそうだ。和輝は他に何か身を守るものはないか、瑠璃香のリュックに手を突っ込んで探り始めた。

その時、さらに加勢してきたコウモリの一団が和輝の背中を掠《かす》めた。

バサッ。

リュックの中を探るために手を離していた毛布が、コウモリたちと共に宙に舞い上がった。

――しまった！

二人を守っていた毛布は、無情にも数メートル先の深い穴の中へひらひらと落ちていった。

キイッ！　キキーッ！

毛布を剥《は》ぎ取った一団が過ぎると、次の大群の鳴き声と羽ばたきが押し寄せてきた。

――もうだめだっ！

和輝は観念した。

12

瑠璃香がうっすら目を開けると、水筒を手にした和輝が心配そうにのぞき込んでいた。

「瑠璃香、大丈夫か？　頭とか痛いところは無いか……？」

「あっ、いたたたた」

瑠璃香は腰に手を当てながら小さくうめいた。

「腰と首が……」

どうやら腰の辺りを打ったようだ。

「ひどく痛むか？　骨は折れていないか？」

「う……うん、動かせるから大丈夫そう」

和輝の手を取って、瑠璃香はゆっくり上体を起こした。

「よかった、大したことなくて。それに頭を打ってなくてよかった」

ドサッ、と大きな音がしたのはリュックを地面にぶつけた音だったようだ。

「えーと……ここは？　コウモリたちは？」

瑠璃香は自分が転倒した時の状況を思い出したようだ。

「俺たちが目指してた横穴の中だよ。コウモリはもういない、俺が追い払ってやった」

「えっ、どうやって？」

和輝は瑠璃香が気絶して動けなくなり、毛布もコウモリに剥ぎ取られて絶体絶命の窮地に追い込まれたことを話した。

和輝が観念した時、瑠璃香のリュックを探っていた和輝の手が何かを探り当てた。防水布に包まれた干し肉の塊だった。和輝はそれを取り出すと、目の前の大穴に向けて思いきり投げつけた。その塊は岩にぶつかり、パアンッと音を立ててばらばらになった。和輝たちに向かっていたコウモリはいっせいに、宙に浮いた欠《か》けらの方に向きを変えると、欠けらと共に地底につながる闇の中に吸い込まれていった。和輝はすぐに起き上がると、倒れている瑠璃香を担いで、這うようにして目的の横穴へ入っていった。しばらく進んだところに、この広い空間があった。和輝は瑠璃香を背中から降ろして、そこに寝かせた。和輝が水筒の水を飲ませようとした時、瑠璃香が目を覚ましたのだ。

「ありがとう。また助けてもらっちゃったね」

瑠璃香が照れ臭そうに言った。

「その時、もし和輝の手が干し肉に触れなかったら、私たちどうなってたか分からないね」

「確かにな」

和輝もあの時の恐怖を思い出していた。

しばらくの沈黙の後、瑠璃香が話題を変えた。

「けど……私をここまで運ぶの大変だったでしょ」

「ああ、ここに着いた時には足がぱんぱんだったよ」

「え？　それって私が重かったってこと？」

「そうだな、思ってたよりな」

「もう、ひどいっ」

いたずらっぽい和輝の笑顔に、瑠璃香が頬を膨らませた。

和輝が真顔に戻った。

「この洞窟から脱出するには、あのコウモリのねぐらを突破する必要がある。さて、どうしようか……」

「干し肉の塊はもうひとつ持って来てるよ。残り少ない食べ物をコウモリたちにあげるのはくやしいけど、仕方ないね」

そう言うと瑠璃香はリュックから、もう一つの干し肉の入った布袋を取り出した。

「そうだな……それしかなさそうだな。もう少し休んでから引き返そう」

和輝はそう言うと、デービー灯を持って立ち上がった。

「俺はこの奥を少し見てくる。ひょっとすると、あの巨大空洞を迂回するような戻り道があるかもしれないからな」

「待って、和輝！」

瑠璃香が慌てて和輝を呼び止めた。

「私も連れていって。デービー灯がなかったら、ここ真っ暗になるんだよ」

「ああ、そうだな……」

和輝は苦笑いをすると、リュックから調理用の携行ランプを取り出して火をつけた。周囲が一段と明るくなった。

「これを置いとくから、大丈夫だ」

「あ、ありがとう。でも無理しないでね……ひとりで迷子になったらたいへんだから」

「ああ、分かってるさ」

和輝はそう言うと、一人で洞窟の奥へ向かった。

和輝は奥へとしばらく進んだ。瑠璃香からも、和輝が持つデービー灯の灯りがまだ見える。その時だった。

「うわっ！」

和輝が声を上げた。

「えっ、どうしたの！」

瑠璃香も驚いて和輝に向かって叫んだ。瑠璃香の脳裏に、コウモリよりさらに凶暴な生き物がいたのでは、という恐怖がよぎった。

「和輝、な、何がいたの？」

瑠璃香が上ずった声で尋ねた。

「いや、生き物じゃないんだ。何か落ちてる。瑠璃香、ちょっと見てくれ」

生き物ではないと安心した瑠璃香は、腰の痛みも忘れて立ち上がると、和輝の元へ向かった。

「これを踏んだんだ。どう見てもこれ……袋だよな」

和輝はデービー灯を足元に近づけた。

それは土にまみれた布袋だった。二人は顔を見合わせた。

「ということは、私たちの前にここに来た誰かがいる……」

瑠璃香がつぶやいた。その〝誰か〟の存在は、得体の知れない獣以上に不気味だった。

和輝がその布袋を右足で軽く転がした。

ゴロッ。

袋の中でごつごつと硬いものどうしが当たる音がした。和輝は屈み込んでデービー灯を地面に置くと、袋の紐《ひも》に手を掛けた。

「ちょっと……開けるの？」

瑠璃香は思わず後ずさりした。中には何が入っているか分からない。和輝は瑠璃香の声に一瞬その手を止めたが、思いきって紐をほどくと、中身を確かめようと両手で布袋の口を持ち上げた。

ガラッ、ガラガラ。

布はすでに朽ちていたのか、袋の底が抜けて中身が地面に散らばった。中に入っていたのは二本の木製のハンマーと、くさびのような形をした数個の石だった。

「道具袋だったみたいだね」

さっきまで怖がっていた瑠璃香が、和輝の横からのぞき込んでいる。くさび型の石を手に取ってじっと見ていた和輝が声を上げた。

「鍛冶屋だ、鍛冶屋に違いない！」

「え？」

「これって、どう見ても石を削り取るための道具だろ。あの鍛冶屋の道具に違いない……鍛冶屋はこの道を通ったんだ」

「ということは……ミアプラシノスは――」

二人は顔を見合わせた。

「そう。この先にミアプラシノスの塚があるんだよ、きっと」

和輝がそう言うと、瑠璃香の顔もぱっと輝いた。

「よし、作戦変更だな」

「うん、もちろん。でもちょっと待ってくれる？　出発する前にここの地図を完成させておくから」

リュックを置いた場所まで戻ると、瑠璃香は画板を取り出してペンを走らせながら話し始めた。

「私さ、さっき気を失ってた時に怖い夢を見たんだ。黒いモノがいっぱい襲ってきて、すごく怖かった……」

「そうか、さすがにあんな目に遭ったらな」

「でも、夢に出てきた黒いモノってコウモリじゃなかったんだよ。人間の顔……鬼のような顔をしてたんだ。その黒い鬼から逃げようと振り向いたら、遠くに光が見えたの。その光の方へ駆けて逃げようとしたら、その黒い鬼たちに囲まれて……そこで目が覚めたの」

「ん……？」

和輝の表情が一瞬固まった。

「長き闇を経し大地の始まり荒らす者に、あまたの黒い雷《いかずち》降りかからん……」

和輝は独り言のようにそう言うと、さっと瑠璃香の方を見た。

「あの謎の文の『あまたの黒い雷』って、さっきのコウモリの群れのことじゃないだろうか。やっぱり、この洞窟の先に『大地の始まり』ミアプラシノスが――」

そこまで聞いた瑠璃香が声を上げた。

「そうよっ！　そうに違いないよ」

「だとすると、あのコウモリたちは、俺たちの侵入を拒んで襲ってきたということか……でも、コウモリにミアプラシノスを守る意志があるなんて考えられないけどな」

「私もそれは分からないけど、『あまたの黒い雷』はコウモリたちのことで、この先にミアプラシノスがあることは間違いないと思う」

二人の気持ちが高ぶってきた。

13

和輝と瑠璃香はさらに洞窟を進んだ。洞窟は蛇行しながら登り坂となり、天井も高くなってきた。やがて、天井の岩と岩との隙間から微かな光が入るようになり、出口が近づいていることを感じさせる。和輝はデービー灯を消した。洞窟の壁も、これまでの暗灰色の玄武岩ではなく、明灰色の花崗岩《かこうがん》に変わっていた。

緩やかな勾配をしばらく登ると、遠く前方から光が差し込んできた。心なしか二人の足が早まる。

ジャリ……。

和輝が立ち止まり足元を見た。足元がいつの間にか岩から土になっている。和輝は額ににじんできた汗を手で拭った。

「少し暑くないか?」

「うん、そういえば……」

二人は分厚い防寒着を脱いでリュックに収めると、セーター一枚になった。

前方から差し込む光がだんだん大きくなってきた。出口が近いという予感に二人の胸が高鳴る。洞窟は右へ大きく曲がっている。そこを曲がった時だった。

二人は眩《まぶ》しさに目を細めた。大きく口を開いた出口の向こうに、重なり合う木々のシルエットを捉えた。二人は顔を見合わせてうなずき合うと、木々の間から差し込む光に向かって進んでいった。

光に目が慣れてきたのか、木々のシルエットが次第に色を帯びていく。目の前には、これまで見ていた硬い灰色の世界とは異なる、柔らかい緑色の世界が広がっている。二人は洞窟の外へ出た。

大きな緑色の葉を付けた背の高い木々が鬱蒼《うっそう》としており、細い獣道が木々を避けるように曲がりくねりながら前方に延びている。

「和輝、見て」

瑠璃香がはるか前方を指さした。森の向こうは草原になっているようで、木々の隙間から明るい黄緑色が見える。さらにその先に、何かが光っている。

「あれは……」

和輝と瑠璃香はその光に向かって獣道を急いだ。木々の間から見える草原がどんどん近づいてくる。そして、目の前を遮る木々がいっさい無くなった。

「……！」

二人はその光景に言葉を失った。

二人の目の前に広がる景色の輪郭は、ハルドルが見せてくれた鍛冶屋ヴァルナルのスケッチそのものだった。モノクロだったあのスケッチが、色彩を帯びて輝いている。

所々に岩が突き出している草原には、あちこちに白や黄色の花が咲き、幾筋もの小川が藍色にきらめきながら流れている。遠く草原のほぼ中央に、巨大な塚が翡翠色《ひすいいろ》に輝いている。草原は鬱蒼とした森に囲まれ、その森を取り巻くように断崖がそびえている。その断崖の上から一筋の滝が流れ落ちており、その滝には淡い七色のアーチが架かっていた。断崖のはるか向こうに、天高く突き出した『オーディンの山』が草原を見下ろしている。冷たい灰色のこの世界で、巨大塚を中心としたこの空間だけは淡い黄金色の光に満ちていた。それは、カーテンの隙間から漏れ入る朝陽によって照らされた、一幅《いっぷく》の絵画のようであった。

二人は言葉もなくその景色に見とれていた。

「さあ、行こう」

その和輝の言葉で、ようやく二人は翡翠色の塚に向かって歩き始めた。

和輝と瑠璃香は、腰下ほどの高さの草を分けながら進んでいった。草の匂い、風になびく草花の葉音やせせらぎの音が心地よい。

「あっ」

足元をバッタが跳び跳ねた。黄色い蝶々《ちょうちょう》が、近く遠くで舞っている。草原を取り囲む森に向かって飛んでいく小鳥の群れも見える。

パシャッ、バサバサ。

すぐ先の川面から水鳥が飛び立った。長い嘴《くちばし》で、銀色の魚を捕らえている。水は青く澄んでいて、泳ぐ魚や川底の小石まで見える。

立ち止まった瑠璃香は目をつむって深呼吸すると、笑顔で言った。

「暖かいだけじゃなくて生き生きしてて、何だか癒《いや》されるね」

「確かに、こちらの世界に来てからこんなに生き物を見ることなんてなかったからな……。俺たち人間以外の生き物がいるって、当たり前のはずなのに、なんだか不思議な感じがするよな」

和輝も大きく息を吸い込んだ。

14

和輝と瑠璃香はミアプラシノスの塚の前に立っていた。見上げると五、六階建てのビルの高さは優にあり、塊全体から翡翠色の光が放たれている。

「すごい……」

塚を見上げながら瑠璃香が声を漏らした。和輝もその大きさと美しさに息を飲んだ。

——自ら光る石なんて、元の世界にあったかな。まさか……放射線を出している？

和輝は慌てて周囲を見回した。足元には花も咲いているし蝶々も飛んでいる。

——危険はなさそうだな。

和輝がそんなことを考えていると、瑠璃香が手袋を脱いで、手の平を塚の表面に近づけようとした。

「待て！」

和輝の大きな声に、瑠璃香はびくりと手を止めた。

「まず俺が触ってみる」

和輝も手袋を脱ぐと、手の平を恐る恐る塚に近づけた。暖かさは感じるが火傷《やけど》をするような熱はないようだ。でも、なかなか触る勇気が出ない。触った途端にその中に吸い込まれたり、岩が裂けて巨大な竜が現れたりといった、映画でよく目にしたシーンがよぎった。

和輝は思いきって、塚の表面にちょんと指を触れた。

——そんなに熱くない、それに何も起こらない。

和輝はごつごつした塚の表面に手の平を付けた。

「温かい……」

瑠璃香も同じように手の平で触れると声を漏らした。

「ほんとうだ……あったかい」

和輝と瑠璃香はしばらく手の平で温もりを感じながら、ミアプラシノスを見つけた感動に浸っていた。

その時、和輝が数メートル先の地面に、周囲の岩とは異なる平らな白い石を見つけた。日本の縁側の上がり口に置いてある踏み石のような大きさと形をしている。和輝が近づいてよく見ると、表面に何か彫ってある。

——何だ、これは？

表面の砂を払うと、何やら記号のような文字が現れた。後ろからのぞき込んできた瑠璃香が声を上げた。

「えっ、これって！」

瑠璃香はリュックの中から一枚の紙を取り出すと、石に刻まれた文字と並べた。その紙は、鍛冶屋ヴァルナルが残したあの三つの文章を書き写したものだった。二人は息を飲んで、並べた二つの文章を見比べた。

「……」

二つの文章は全く同じだった。

「じゃあこの石碑は、ヴァルナルさんが残したんだよね？」

和輝が石碑を見たまままうなずくと、瑠璃香が続けた。

「ハルドルさん、この文字は古代のルーン文字って言ってたね。何でこんな普通の人が読めないような文字を使ったんだろう。それに石碑まで作ったのに、この場所を秘密にしていたなんて……」

「……」

和輝もヴァルナルが何を考えていたのかはかりかねた。

和輝と瑠璃香は、草原やそれを取り囲む森を歩いて回った。測量用のロープを使って、森全体の大きさを測って地図を描いたり、土や植物、木の実や葉っぱなどを採取しながら歩いた。

森に入ると辺りは薄暗いが、懐かしさと優しい気持ちを呼び起こす香りに包まれていた。

瑠璃香が見上げると、重なり合う木々の葉が淡い黄金色に照らされている。

「ああ、気持ちがいい……。何だか懐かしい感じがするのはなぜだろう」

「だよな、俺も感じてた。俺たちの先祖は森の中で生活していた。森は人類にとって〝故郷《ふるさと》〟なんだろうな」

「ここは私たちの故郷だった……か。何だか不思議だね」

瑠璃香は見上げていた視線をすぐそばの木に戻すと、その幹にそっと手を当てた。


ミアプラシノスの塚を中心に森で囲まれたこの場所は、外界から切り離された別世界だった。周囲は切り立った断崖に囲まれていて、二人が通ってきた洞窟以外のいかなる場所からの侵入も拒んでいる。断崖から流れ落ちる滝の水は小川となり枝分かれしながら草原を潤した後、森の端の湖に流れ込んでいる。湖から外界に流れ出る水路は見当たらないので、地下水となって山脈の麓に流れ出ているのだろう。

二人はこのミアプラシノスの森に神秘的な畏怖《いふ》の念、人を寄せ付けない威厳、そして母親の懐に抱かれているような安心感を覚えた。

15

和輝と瑠璃香は調査と採取を終えると、ミアプラシノスの塚が正面に見える草原に並んで腰を下ろした。

気持ちの良い風が吹き、時おりサアッと草がざわめく。二人は何も言わず、翡翠色を放つ塚を見上げていた。和輝はバサッと仰向けになった。

「俺たち本当に見つけてしまったな、ハルドルさんが教えてくれた翡翠色の巨大塚――。ミアプラシノスがあったってことは、ここは三百年前の地球じゃなくて別世界ってことだよな。なのにまだ、瑠璃香と二人でこの世界に迷い込んでしまったことが信じられなくてさ……」

「……」

無言の瑠璃香に構わず、和輝は続けた。

「俺は今でも思うことがあるんだ。これは夢で、何かの拍子にその夢が覚めたら、いつも自分が寝ているアパートの部屋のベッドにいるんじゃないかって。もし夢なら、こんな夢早く覚めたらいいのにって」

しばらくの沈黙の後、瑠璃香は足元の黄色い花に目を落とすと、穏やかな口調で言った。

「もし夢だとしたら、私はこのまま覚めなくてもいいかな」

「……？」

和輝は上体を起こして瑠璃香を見た。

「見て、かわいいね」

瑠璃香はささやくように言うと、数メートル先の草むらを指さした。オレンジ色の小動物が、ちょこんと顔をのぞかせていた。野ウサギだ。

カサカサッ。

野ウサギが逃げた後の草むらを、和輝は無言で見つめていた。

瑠璃香が「あっ」と何か思い出したように、肩に掛けた画板を手に取った。

「つい景色に見とれちゃって忘れてた」

瑠璃香はそう言いながらスケッチの準備を始めた。

和輝も瑠璃香も、目の前のミアプラシノスやこの森を観察するのに夢中で、この場所を絵に残すことをすっかり忘れていたのだ。瑠璃香は画用紙とミアプラシノスを交互に見ながら、黙々とペンを動かしている。スケッチが終わると筆で色を付け始めた。

和輝は瑠璃香の手元を見ながら言った。

「期待してるぜ、三百年先の『画伯』さん」

「『画伯』って」

瑠璃香は満更でもない様子で微笑んだが、うつむき加減につぶやいた。

「こんな時スマホがあったら、絵なんか描かなくもいいのにね」

「そうだよな」

二人のスマートフォンはとっくに電池切れになり、ハルドルの家に置いてある。

「こんなすごい景色をＳＮＳにアップしたら、友だちからいっぱい『いいね』がもらえただろうな」

「……」

和輝の頭に、友だちやゼミの仲間と過ごした日々が思い出された。まだこちらの世界に来て二ヵ月ほどなのに、なぜかそれらが遠い過去のことのように思えた。

太陽は崖の向こうに隠れ、さっきまで鮮やかに彩られていた風景は淡い橙色《だいだいいろ》に包まれている。ミアプラシノスだけが相変わらず柔らかい翡翠色の光を放っていた。

「終わったあ」

瑠璃香が筆を置くと、和輝がのぞき込んだ。

「さすが、高校美術部だっただけはあるな。ヴァルナルさんのスケッチとは全然違うよ、フルカラーだし」

「ハルドルさんにちゃんと伝わるかな」

「これなら大丈夫だよ」

「後はミアプラシノスの欠けらを採って……他にすることはないよね？」

画材道具を片づけながら瑠璃香が言った。

「そのことだけど、俺……ちょっと怖いんだ。あの塚にノミを入れてもいいのかな……？　何だか神聖なものを侵すみたいでさ」

「そうね……」

瑠璃香も複雑な表情を浮かべた。

「今日はここに泊まるでしょ。ミアプラシノスを採るのは明日にしない？」

「ああ、そうだな」

その夜二人は草原にテントを張った。洞窟まで戻ればテントを張らなくても済んだのだが、草原で眠りたかったのだ。遠くミアプラシノスの光が、二人のテントをうっすらと翡翠色に照らしていた。


翌朝、和輝と瑠璃香はミアプラシノスの塚の根元に立っていた。和輝は石ノミとハンマーを手にしている。

和輝は自らを納得させるように深呼吸すると、塚に歩み寄った。塚の表面に適当な大きさの突起を見つけると、石ノミを当てて震える手でハンマーをゆっくり掲げた。

和輝は思いきってハンマーを振り下ろした。

カッ！

鋭い音を周囲に響かせて、その突起は二つに割れて落ちた。その音に驚いた遠くの川辺の水鳥たちが、いっせいに飛び立った。

和輝は地面に落ちた翡翠色に光る欠けらを拾うと、丁寧に布袋に入れてリュックに収めた。

「この辺りの岩はなんだろうね？　ミアプラシノスじゃないとは思うけど……」

瑠璃香は塚の周囲に所々突き出ている緑白色の岩を指さした。

「そうだな、光っていないし色も質感も全然違う」

「ほら、あそこにも……。キレイな石だね、これもサンプルに持って帰らない？」

「ああ、ハルドルさんに見てもらおう」

和輝は石ノミとハンマーでその緑白色の岩も採取した。

二人は名残惜しさを覚えながらも、彩りと暖かさに包まれた緑の世界を後にした。

16

その夜二人は、山の麓の避難小屋に一泊し、翌日には、次の避難小屋を目指して雪原を渡っていた。明日の午後にはハルドルの家に帰ることができそうだ。心配なことがあるとすれば、食糧が底をついたことだ。明日は何も食べずに歩き続けることになる。ただ、ミアプラシノスを見つけたという興奮が、和輝と瑠璃香の足を軽くしていた。

「和輝、ありがとうね」

後ろを歩いていた瑠璃香がぽつりと言った。

「ん？　何だ？」

「ミアプラシノス探しに付き合ってくれて。和輝、あまり乗り気じゃなかったじゃない。一緒にハルドルさんを説得してくれたけど、あれって私のためだったのかなって」

「ああ、確かにあの時はな……。ただ俺だって、ハルドルさんたちとあの家でずっと暮らしたいという気持ちはあったよ。それにヨアンさんの訓練を受けたり、こうして探索を続けているうちに、俺たち何だかすごいことをやろうとしているんじゃないかと思うようになったんだ」

和輝は歩みを止めないで続けた。

「俺たちは元の世界では学生で、『これをやり遂げた』といえるものは何もなかった。就職のプレッシャーはあったけど、『この仕事に就きたい！』という夢もなかった。こちらの世界に来たとき、そのプレッシャーから解放されたようでホッとしたんだ。でも、ここでも何もできないんじゃないかという漠然とした焦りもあった」

「……」

「でも探索をしていて思ったんだ。もしミアプラシノスを見つけることができたなら、それが、俺がこの世界に生きていた証になるんじゃないかって……」

「生きた証か……。私はそんなこと考えもしなかったけど、和輝が私のためだけじゃなく、自分のためにもって思ってたと分かって良かった。それにこうして、ミアプラシノスを見つけることができたしね」

瑠璃香が、和輝の言葉を思い返しながら歩いているうちに、前を歩く和輝との距離が少し開いた。

「うあっ！」

叫び声と共に和輝の姿が窪地《くぼち》に消えた。瑠璃香が駆け寄ると、窪地に座り込んだ和輝が、顔をしかめながら左足首を押さえている。

「どうしたの？」

「足を挫《くじ》いたみたいだ。そこの段差をゆっくり降りれば良かったんだけど、飛び降りたら……いたたたっ！」

瑠璃香は苦痛に顔をゆがめる和輝のブーツと靴下を脱がせた。見た目には異常はないが、靴下を脱がせるだけでも和輝はかなり痛がった。

「ひょっとするとどこか折れてるかも……ちょっと待って」

瑠璃香は救急袋から湿布薬と包帯を取り出した。足首に湿布薬を塗り、包帯で固定していった。少し動かすだけでも痛みがあるようで、和輝は何度も顔をしかめた。

「私が肩を貸せば、何とか歩けない？　避難小屋はもうすぐのはずだから」

包帯でぐるぐる巻きの左足をじっと見ていた和輝が口を開いた。

「いや、この痛さじゃ歩くのは無理だ……これだと、ブーツも履けないしな」

「じゃあ、今日はここにテントを張って休もうよ」

「……」

和輝は少し考えた後、自分のリュックの紐を緩めて布袋を取り出した。

「このミアプラシノス、瑠璃香のリュックに入るか？」

「えっ……うん、いいよ」

「それをハルドルさんに届けてくれ、そして救援隊を頼んでくれないか。俺はここにテントを張って待ってるから」

瑠璃香の顔色が変わった。

「えっ！　和輝をここに置いて行くってこと？　そんなことできないよ、和輝のために残しておく食べ物だってないんだよ」

「考えてもみろよ。ここに二人でテントを張ったとして、その後どうするんだよ。偶然誰かが通りかかるまでここで待つのか？　それまでに二人とも餓死してしまうぞ。それにもし誰も見つけてくれなかったら、せっかく見つけたミアプラシノスをハルドルさんに届けられないんだぞ」

「イヤだよ！」

瑠璃香が叫んだ。

「和輝を置いてくなんて……そんなのできないよ」

しばらくの沈黙の後、瑠璃香は和輝を説得するように言った。

「和輝、避難小屋まで行こうよ。私がおんぶするから」

「……」

和輝は包帯で巻かれた左足首をしばらく見ていたが、瑠璃香に向き直った。

「そうか、どうしてもって言うんだな」

そう言うと和輝はナイフを取り出して、鞘《さや》から抜いた。

「和輝、な、なにするの？」

瑠璃香がさっきよりも大きな声を上げた。和輝は構わずナイフの先をブーツに近づけた。

「やめて！」

17

ハルドルは胸騒ぎを抑えきれないでいた。和輝と瑠璃香は帰投予定日を二日も過ぎているのに、帰って来ないのだ。

——今回、天候は荒れなかった。だが何と言っても洞窟の探索だ。不測の事態に巻き込まれていなければよいが……それに食糧も、もうとっくに無くなっておるはずだ。帰投予定を過ぎた二日目も暮れようとしていた。その時だった。

コンコンコン。

玄関のノッカーが鳴った。

ハルドルは玄関に飛んで行くと、勢いよくドアを押し開けた。そこには疲れ果てた瑠璃香の顔があった。

「おかえり！　心配しておったぞ」

「ハルドルさん、助けて！」

ハルドルは瑠璃香がひとりであることに気づいた。

「どうしたのだ？　和輝は？」

瑠璃香はハルドルにつかまって、息を整えながら言った。

「和輝、足をけがしたんです。手を貸してやってください」

ハルドルが道に目をやると、暗がりの中をゆっくりこちらに向かって来る人影が見えた。和輝だった。ハルドルは急いで和輝の方に駆け寄った。和輝は軽装で何も背負っていない。両手に木の枝で作ったと思われる杖《つえ》を突いて、苦痛に顔をゆがめている。

「和輝！　大丈夫か」

ハルドルはすぐさま両手を差し伸べた。和輝は右手の杖を放して、その手をハルドルの方へ伸ばした。しかしその手はハルドルの手をかすめて、和輝はドサッと地面に崩れ落ちた。

ハルドルと瑠璃香は、和輝を担ぐようにして家の中へ連れて入ると、リビングの長椅子に寝かせた。ハルドルは救急箱を持って来て、すぐに治療を始めた。

一番上の包帯は、ブーツの上から巻いてあった。ブーツは、包帯で膨らんだ左足でも履けるように、切り裂かれていた。ハルドルはそのブーツをゆっくり脱がすと、その下の包帯と古い湿布を慎重に剥《は》がした。和輝は時おり痛そうに顔をゆがめた。

「旅先での処置としては、申し分ないな」

ハルドルが手を動かしながら、和輝に言った。

「瑠璃香がやってくれたんです」

「ブーツを切って履いたのは、和輝のアイデアです。和輝がナイフを取り出した時には、心臓が止まるかと思ったよ」

瑠璃香は和輝を見て苦笑いしながら言った。

湿布薬を塗り直して、包帯で足首を固定しながらハルドルが言った。

「中度の捻挫のようだ、大事には至っておらん」

「ありがとうございます。少し楽になりました」

和輝の表情が少し和らいだ。

「しばらくは安静にしておいた方が良かろう」

その時だった。
グ、ググー……。
瑠璃香の腹が空腹を主張するように鳴った。

「実は私たち、昨日から何も食べてなくて……」

「おお、そうか。ひとまず二人とも温かい食べ物じゃな。足はまた後でわしが診《み》る」

ハルドルは笑顔を見せると、救急箱を置いたまま台所へ向かおうとした。その時、長椅子に横になっていた和輝がゆっくり上体を起こした。

「ハルドルさん、ちょっと待ってください」

「ん？　なんだ」

ハルドルが足を止めて振り返った。

「見つけたんです……僕たち、ミアプラシノスを見つけたんです」

「ん……？」

ハルドルが一瞬固まった。

「そうなんです。ミアプラシノスの巨大塚があったんです」

瑠璃香はリュックから、布に包まれた塊を注意深く取り出した。そしてその塊を長テーブルの上に置くと、布を縛っている紐をゆっくりほどいていった。布の隙間から光が漏れ始めた。

瑠璃香が袋を開くと、そこには翡翠色に光る石があった。

「……」

ハルドルは言葉を失い、ただただそれを見つめた。

瑠璃香は両手の平に乗せたその石を、ハルドルにそっと差し出した。ハルドルは恐る恐る両手を伸ばし、その石を手に取った。

「暖かい……そして、美しい」

ハルドルはそうつぶやくと、手にした石の向きをゆっくり変えながら眺めた。

——あれっ？　あの輝き方、何か違うような気が……。

和輝はハルドルが手にしたミアプラシノスに、わずかな違和感を覚えた。

18

温かい食事を取って元気を取り戻した和輝と瑠璃香は、探索の経緯をハルドルに話し始めた。テーブルの上には、瑠璃香が描いた地図やスケッチ、ミアプラシノスの森で採取した植物や石が並んでいる。ミアプラシノスの森を発見した話が終わると、ハルドルは瑠璃香が描いたスケッチを手に取った。

「うーむ……わしもこの目で見てみたいものだな」

瑠璃香のスケッチはハルドルに、ミアプラシノスの森の美しさを十分伝えられたようだった。

「それにしても『黒い雷《いかずち》』がコウモリだと？　……うむ、おぬしらの言う通りで間違いあるまい。後の二つの文についても何か意味があると思うのだが、何か気づかなかったか」

「後の文については、分かりませんでした」

瑠璃香が答えた。

帰り道に和輝が足を挫いた時の状況を聞き終えたハルドルが、二人を見て言った。

「そうだったか。前回は和輝が瑠璃香を助けたが、今回は瑠璃香が助けたのだな」

「はい、僕が無事に帰れたのは瑠璃香のおかげです」

「和輝もすごいと思ったよ。だって、あれから一度も弱音を吐かなかったんだもの。すごく痛かったはずなのに……」

瑠璃香はそう言うと、ハルドルの方へ向き直った。

「ハルドルさん、ごめんなさい」

「何がじゃ？」

「身軽になるために、テントや道具を全部途中に置いてきてしまったんです。せっかく準備してもらったのに」

ハルドルは口を大きく開けて笑った。

「なーに、構わんよ。二人が帰ってきてくれたのだからな。それにおぬしらはミアプラシノスを見つけたのじゃ！　道具はまたヨアンにでも取りに行かせるわい」

そう言うとハルドルは、和輝と瑠璃香を交互に見た。

「二人とも疲れているところ、いろいろ話を聞かせてくれてありがとう。まだ聞きたいことは山ほどあるが、またにしよう。今日は休むがよい」

ハルドルはミアプラシノスの温もりを確かめるように、テーブルの上の布袋に手を当てた。

「これから後はわしの仕事だ。さっそく、この欠けらが持っている力を試してみるとしよう」

19

翌日、和輝と瑠璃香はリビングで遅い朝食を取っていた。

ガチャッ。

ドアの音に二人が振り返ると、作業部屋に続くドアからハルドルが入ってきた。

「すまぬ、ちょっと見てほしいものがある。来てくれぬか」

ハルドルを追うように瑠璃香は作業部屋へ向かった。和輝も左足を引きずりながら続いた。

作業部屋の壁や棚には色々な道具が並んでおり、壁際の大きな机の上には、二人がミアプラシノスの森で採取したものが並べられている。ハルドルはその机の上にある、木製の採集箱の蓋を開いた。中から翡翠色の光がぼんやりと漏れ出た。二人はその箱をのぞき込んだ。

「あっ……！」

和輝が声を上げた。

「……」

瑠璃香は言葉が出ない。箱の中のミアプラシノスが放つ翡翠色の光は、昨夜より明らかに弱くなっていた。

「見ての通り、光がだんだん弱まっておるのだ」

「はい……実は僕も昨夜、『あれっ』て思ったんです。採取した時より暗くなってるように見えたので」

「このまま輝きを失ってしまうということはあるまいな……」

考え込むように長い顎《あご》ひげをさすっていたハルドルが顔を上げた。

「塚の輝きはどうだった？　時間によって明るさに変化があったとか」

和輝と瑠璃香は顔を見合わせた。

「いえ、そんなことはなかったと思います」

瑠璃香が答えた。

「うむ、そうか……もう少し調べてみるとしよう。悪かったな、食事の途中に」

ハルドルはそう言って採集箱の蓋を閉じた。

リビングのテーブルに戻ると、和輝がぼそりとつぶやいた。

「俺が石ノミで、無理やり剥がし採ったのが悪かったのかな……」

瑠璃香は励ますように言った。

「そんなことないよ、鍛冶屋だって欠けらを持って帰ってるんだよ」

「でも、どうやって採取したかまでは書いてなかった。ひょっとしたら、落ちていた欠けらを持って帰っただけかもしれない。あの塚の前に立った時、何だかすごく神聖な空気を感じたんだ。無理やり剥がし取って、神の怒りに触れてしまったのかもしれない……。塚を傷つけたことで、あの欠けらと同じように塚全体が死にかけてるなんてことはないだろうな」

「……」

瑠璃香も、どう言葉を返せばいいか分からなかった。

その日、ハルドルは作業部屋に籠《こ》もったまま出てこなかった。


翌朝、和輝と瑠璃香がリビングに入ると、ハルドルが背中を丸め、うつむいて座っていた。

瑠璃香が思いきって声をかけた。

「ハルドルさん、おはようございます」

ハルドルは目を伏せたまま、弱々しくつぶやいた。

「やはり……だめだった」

「え……見てもいいですか？」

ハルドルが無言でうなずくと、和輝と瑠璃香はすぐに作業部屋へ向かった。

机の上に置かれた採集箱の蓋は開いていた。和輝と瑠璃香は机の前まで行くと、採集箱を恐る恐るのぞき込んだ。

「そんな……」

瑠璃香が思わず声を漏らした。

その中には、ただの石ころ——光を失った暗緑色の欠けら——が転がっていた。知らぬ間に二人の後ろに来ていたハルドルが、力なく口を開いた。

「鍛冶屋が残した冊子も色々と解読を試みたのだが、何も分からんかった。輝きを取り戻すことを祈りながら、ずっと観察しておったのだが……」

「ハルドルさん、すみません……きっと僕が無理やり剥がし取ったのがいけなかったんです」

ハルドルは両拳《こぶし》をぐっと握り締めて答えた。

「だとしてもそれは和輝のせいではない。欠けらを持ち帰るように指示したのはわしじゃ、和輝はわしの指示に従っただけだ」

「それに……この欠けらを剥がし取ったために、あの塚全体が死んでしまったのではないかと不安なんです。神聖なミアプラシノスを傷つけてしまい、僕には神罰が下るかもしれません」

「塚全体が、か……。だがもし神罰が下るとしても、わしに下るはずだ。いや、もう神罰が下ったのかもしれんな。ミアプラシノスで村を救うという最後の希望が絶たれたのだから」

村を救う希望が絶たれたということは、和輝と瑠璃香も村を出ていくことを意味していた。失望と不安が二人の頭を支配した。

ハルドルはゆっくりと椅子に座り、光を失った石ころをぼんやりと見つめた。

「すまぬ、しばらく独りにしてくれぬか」

20

この二晩ほとんど寝ていなかったハルドルは、そのまま眠りに落ちると、恐ろしい夢を見た。

ハルドルは光を失った巨大塚の前に立ち尽くしていた。周囲の草原は緑を失い、それを取り囲む森も枯れ果てている。小川の水面は凍り、川底を流れる水の音が微かに聞こえるだけだ。空は暗い雲に覆われ、土色の太陽さえ見えない。えも言われぬ虚しさと後悔がハルドルを襲い、思わず地面に膝をついた。巨大塚に許しを乞うかのようにひれ伏すと、肩を震わせてむせび泣いた。

その時、雷鳴のような音と共に大地が揺れ、目の前の地面が大きく裂けた。巨大塚がゆっくりと傾き、崩れるようにその裂け目の闇底に落ちていった。裂け目は一気に広がり、ハルドルの体が宙に浮いた。真っ暗な裂け目に吸い込まれながら、もう一度故郷の空を見ようと振り返った——。

全身を巡る痙攣《けいれん》と共に、ハルドルははっと顔を上げた。そこは地底ではなく作業部屋だった。

——おお、夢だったか……。

どれくらいの時間寝ていただろうか、窓からは弱々しい陽の光が差し込んでいる。顔を上げて窓の外を見たハルドルの目の隅に、もうひとつ光る何かが見えた。

——ん？

その光は、蓋の開いた採集箱から放たれていた。ハルドルはさっと採集箱を引き寄せて、中をのぞき込んだ。

——これは……！

何とミアプラシノスの欠けらが、翡翠色の光を放っているではないか。欠けらの内側から漏れ出すような淡くも鮮明な光。それはまるで、暗く無表情だった女神が息を吹き返し、穏やかな笑みを浮かべているかのようだった。

その日の夜、数日ぶりに帰ってきたヨアンも加わり、ハルドルと和輝、瑠璃香の四人がテーブルを囲んでいた。テーブルの中央には、ミアプラシノスの欠けらが淡く暖かな光を放っている。四人の前には、羊肉の燻製とジャガイモのスープ、カブと玉ねぎのサラダが並んでいる。どれも和輝と瑠璃香が毎日食べているものと代わり映えはしないが、こうして同時にテーブルに並ぶことは少なく、贅沢感《ぜいたく》がある。和輝と瑠璃香の前には赤ワイン、ハルドルとヨアンが手にしているのは地酒のブレニヴィンだ。ブレニヴィンは、和輝たちが初めてこの家に来た時に、ハルドルが飲んでいた透明の蒸留酒だ。

ヨアンがショットグラスのブレニヴィンを一気に飲み干すと、テーブルの上で光るミアプラシノスを見て言った。

「それにしても、ミアプラシノスがお日さまの光を受けて輝くとはなあ」

「うむ、それはどうやら間違いない、陽の光を受けている間にみるみる輝きを取り戻したからの。つまりあの巨大塚も、わずかでも太陽が出ている限り、輝き続けるということだ」

ハルドルがそう答えると、ヨアンは歯を見せながら親指を立てた。

「親父、大発見だな」

「いやいや、大発見はわしではない」

ハルドルはそう言うと、和輝と瑠璃香を見た。

「ミアプラシノスを見つけてくれたのは、この二人じゃ」

ハルドルは和輝を見て目尻を下げた。

「良かったな和輝、塚は死んではおらぬ。わしらに神罰が下ることもない、安心じゃな」

「はい」

和輝の声も明るい。

「今夜はわしの好物を頂くことにするか」

ハルドルは小さく笑みを浮かべて立ち上がると、いったん台所に消えた。しばらくすると、チーズのようなモノを載せた小皿を持って戻ってきた。

「うっ……」

和輝と瑠璃香の鼻を強烈な臭いが襲った。二人が初めてこの部屋に入った時に嗅《か》いだ、アンモニア臭が混ざった異臭だ。

ヨアンがしかめっ面《つら》の二人を笑いながら見ている。

「親父、おれにも少しくれよ」

それはアイスランド名物で、鮫《さめ》の肉を発酵させて作った『ハウカットル』という食べ物だと、ヨアンが説明してくれた。

「味は折り紙付きなんだがな。騙《だま》されたと思って食べてみなよ、ほら」

ヨアンはそう言いながら、ハウカットルの載った小皿を二人の前に差し出した。あからさまに和輝と瑠璃香は顔をそらした。

「はっはっは！」

それを見たヨアンは太い声で愉快そうに笑った。

四人は酒と料理を口にしながら会話を楽しんだ。

話題が洞窟探索の話になった時、ハルドルが意外なことを言った。

「おぬしらが洞窟で見つけたハンマーと矢尻だが、調べたところあれは鍛冶屋ヴァルナルのものではなかった。千年以上前のもので、この地の原住民が使っていたものと思われる」

「えっ！」

ヴァルナルより前にあの洞窟に入った者がいたなどとは、和輝も瑠璃香も想像すらしていなかった。

「だからミアプラシノスの塚の根元にあったという石碑も、ヴァルナルではなく、彼らが残したものではないかとわしはにらんでおる。ヴァルナルはそれを写して持ち帰っただけではないかとな」

「じゃあその人たちはあの洞窟に入っただけではなくて、ミアプラシノスも見つけていたということですか」

瑠璃香が言った。

「うむ、わしの推測が正しければな」

それを聞きながら和輝の頭には、これまでのことが巡っていた。

――だとすれば石碑が古代文字で書かれていたことも説明がつく、ミアプラシノスの伝説が伝わっていたことも……。『黒い雷《いかずち》』がコウモリだとすると、コウモリたちは大昔からずっと変わらずあの場所で、ミアプラシノスを守っていたことになる。

瑠璃香がテーブルの上で光を放つミアプラシノスを見つめながら言った。

「千年よりずっと前から守られてきたミアプラシノスが、今……私たちを救ってくれようとしているんですね」

21

地酒のブレニヴィンが入ったグラスを片手にしたハルドルが、うつむき加減に話し始めた。

「実はわしは、おぬしら二人に会うまでは……酒に溺《おぼ》れていた。ミアプラシノスという希望を村人に与えておきながら、それを見つけることができんかった。それればかりか、二人の若者を死に追いやった。長老会としても、この村を捨てる選択しかできなかった。フィンブルの冬という巨大な自然の力の前に、おのれの無力さを思い知らされた」

ハルドルはゆっくりと顔を上げ、和輝と瑠璃香を見た。

「だがわしは、和輝と瑠璃香に出会えたおかげで、自分にできることをまたやってみようと思うことができた。未来に希望を感じるようになったのじゃ。わしにもよく分からんが、二人は何か不思議な力を持っているのかもしれんな」

そう言ったハルドルは、翡翠色の光を放つミアプラシノスを見た。

「二人はわしに生きる力を思い出させてくれただけでなく、こうしてミアプラシノスという大きな希望を見つけてくれた。これからミアプラシノスの力を見極めて、これを村の存続にどう役立たせるかの計画を立てねばならぬ。やがて厳しい真冬の大寒波が来る。あまり時間はない。おぬしたちにもぜひ手伝ってほしい」

「はい、分かりました」

二人はうなずいた。和輝がハルドルを見て言った。

「ミアプラシノスをどう活用するかですが、ハルドルさんは鍛冶屋のヴァルナルさんの冊子にあったように、村の中にミアプラシノスを配置することを考えているのでしょうか」

「うむ、そのつもりじゃ。どれくらいの量をどういう風に配置するかは、ミアプラシノスの力を確認してからになるがな」

「あのミアプラシノスの森を見たとき、僕にはそこがユートピアのように見えました。ミアプラシノスを村に持ち帰るのではなく、僕たちがあのユートピアに移り住むというのはどうでしょうか」

「わしもそれは考えた。だが、おぬしたちが調べてきてくれた結果を見ると、村自体をあの森へ移すというのは現実的ではない。羊の放牧には広い土地が必要じゃ。ミアプラシノスの森の広さは、村の放牧農家数軒分の広さしかない。それに険しい山を登り、危険な洞窟を抜けなければたどりつけない。元気な若者ならまだしも、子どもや年寄り、家畜の羊たち皆で移り住めるとは思えん。それに、他の町や村との交易《こうえき》もできないしな」

「……」

「一時的な避難場所としては使えるかもしれんが、村の移住先にはならんと思っておる」

「確かにそうですね」

和輝も納得したようだった。

「さあ、明日から忙しくなるぞ」

ハルドルが三人を見回して言った。

「すまぬが、わしが活用計画を長老会に報告するまでは、ミアプラシノスを発見したことは黙っておいてくれぬか。また村の者に希望だけ与えて、結局実現できなかったと失望させたくないのでな」

22

次の日からハルドルは、ミアプラシノスの力を調べる実験や、和輝たちがミアプラシノスの森から持ち帰った様々なサンプルの調査、鍛冶屋ヴァルナルが残した実験ノートの解読に没頭した。和輝と瑠璃香は、ミアプラシノスの森までの地図を作成したり、探索記録をまとめたりした。

ハルドルが作業部屋に籠もってから一週間が過ぎた。

「和輝、瑠璃香、おぬしらに見せたいものがある」

ハルドルにそう言われて、和輝と瑠璃香は作業部屋に入った。

「これを見てくれ」

ハルドルは部屋の壁際に置かれた二つの木箱を示した。木箱には前面がなく、中には苗を植えた小さな鉢が三つずつ置いてある。左手の箱には上部に棚があり、そこには輝くミアプラシノスが置いてあった。右手の箱の中は薄暗くひんやりしている。

「これが、一週間の違いじゃ」

ハルドルが左手の箱の中の植物を示した。ミアプラシノスに照らされた鉢の苗は、茎を真っすぐ伸ばして、いくつもの若緑の葉っぱを広げている。右手の箱の鉢には、数枚の小さな葉っぱしか付けていない小さな苗が佇《たたず》んでいる。

「わあ、すごい！　ミアプラシノスは植物を成長させるんですね」

瑠璃香が感動した様子で言った。

「うむ、そうじゃ」

そう答えるとハルドルは、机の上に一枚の大きな紙を広げた。それはミアプラシノスを使って、このソウルスモルク村が『フィンブルの冬』を乗り越えるための計画書だった。

まず元気な若者を中心に採掘隊を編成する。採掘隊は、暖を取るためのミアプラシノスを持ち帰り、それを各家庭に配る。それで薪の不足を補いながら、今年の冬を乗りきる。春を待って本格的な採掘隊を送り込み、農地や牧草地に配置するミアプラシノスを持ち帰る。持ち帰ったミアプラシノスは、鍛冶屋ヴァルナルが記していたように、櫓のような高い建物の上に置いて、そこから放たれる光で野菜や羊の餌になる草を育てるという内容だった。

「二人が持ち帰った欠けらの力を見るに、各家で暖を取るのに必要なミアプラシノスは背負って持って帰れる大きさだ。だが農地に置く石は、一人で持ち帰るのは無理だ。石の運搬手段も織り込んだ採掘計画にしておる。後はどこに櫓を建てるかを決めるだけだ」

ハルドルの説明を聞いて和輝と瑠璃香の目が輝いてきた。

「これで私たちも、この村に住み続けられるんですね」

瑠璃香が声を弾ませた。

「だが、真冬になれば採掘に行くことはできん。そう時間はない。さっそく長老会議で説明するつもりじゃ。計画が動き出したら、おぬしらにもいろいろ手伝ってもらうぞ」

和輝と瑠璃香は、和輝の部屋で丸テーブルを囲んでいた。テーブルには紅茶の入った二つのコップが湯気を立てている。コップで両手を温めながら瑠璃香が言った。

「ミアプラシノスってすごいよね。触ってもそんなに熱くないのに周りを暖めてくれたり、植物を育てる力も持っているなんて」

「俺もあまり詳しくないけど……太陽の光って一つの白い光に見えても、実は色々な波長を持つ光の集まりだって聞いたことあるだろ？」

「確か……虹が七色に見えるのも、そういう理屈なんだっけ？」

「ああ、そのことだよ。それぞれの波長の光には特徴があって、例えば赤外線は周囲を暖める波長の代表みたいなものだ。同じように植物を育てる波長の光もいくつかあるらしい。ミアプラシノスは周囲を暖める光と植物を育てる光――少なくともその二種類の光を放ってるってことだと思う」

「なるほど」

コップの水面に浮いている茶葉に目を落としていた瑠璃香は、顔を上げて微笑んだ。

「ミアプラシノスの話を聞いてたら、お父さんの愚痴を茶化して笑いに変えるお母さんや、ピクニックサークルの集まりで冗談を言って場を盛り上げてくれる先輩を思い出しちゃった」

「うーん、その例えって……でも瑠璃香らしいよ」

和輝も小さく笑った。

第三章

1

翌日ハルドルは、ミアプラシノスの欠けらの一つと採掘計画書を携えて、意気揚々と長老会議に向かった。

和輝と瑠璃香は作業部屋の片づけをしていた。窓際のテーブルに置かれたミアプラシノスが、淡い光を放っている。

和輝が、壁に掛けられた工具を並べ替えていた手を止めた。

「長老会議、もう終わる頃だよな」

瑠璃香が感慨深そうに言った。

「私たちが見つけたミアプラシノスが、本当に村を救うことになるんだね。これでずっとここで暮らせるね」

「ハルドルさん、俺たちにも手伝って欲しいって言ってたよな。足も治ってきたし俺は採掘隊を先導するつもりだよ」

「あら、和輝は無理しない方がいいわよ。採掘隊は私が引っ張るから」

「おいおい、一番おいしいところを瑠璃香が取るつもりか？」

二人は笑い合った。

その時、玄関から音がした。ハルドルが帰ってきたようだ。

リビングのドアを開けて入ってきたハルドルは、渋い顔をしていた。

「ハルドルさん、長老会議はどうでしたか？」

瑠璃香が聞くと、ハルドルは防寒着を脱ぎながら言った。

「うむ……今日は決まらんかった。明日また長老会議を持つことになった」

「えっ、どうして……」

瑠璃香は納得できない様子で声を漏らした。

ハルドルの話によると、ミアプラシノスの欠けらを見た長老たちはみな驚き、この石が村を救うかもしれないという期待を抱いてくれた。しかし、ミアプラシノスを村に持ち帰る具体的な計画の話になった途端、それは現実的でないという意見が大勢を占めてしまったという。

「若者たちで採掘隊を編成してミアプラシノスの石を持ち帰り、それを各家に配る計画だが、今この村には、よその家のために何かをしようという若者などいないというのだ」

「……」

「自分の家の石なら採りに行くはずだから、採掘に参加できる家しか生き残れないのは仕方がないという意見もあった。だがそれでは、村を存続させる計画とは言えぬ」

和輝が聞いた。

「では明日も、ミアプラシノスをどうすれば活用できるか議論するのですか？」

ハルドルが渋い顔で続けた。

「いや……今日の話では、ミアプラシノスをこの村の存続のために使うのは無理があるということになった。ミアプラシノスは素晴らしい力を持っているかもしれんが、それを使えるようにするためには、村人総出による労力と時間がかかる。今の村には、それだけの体力はないし、残された時間も少なすぎるというのじゃ」

「そんな……」

瑠璃香も言葉が続かない。

「そこでわしは、結論を明日まで延ばすように頼んだのだ。今夜もう一度、計画を考え直してみると言ってな。とは言え、良い案があるわけではないのだが……」

2

その日はヨアンも帰ってきて、四人で夕食のテーブルを囲んだ。いつもは陽気なヨアンも、ハルドルから長老会議の結果を聞いて、悩ましい表情をしている。

「そうか……確かに今の村の若者を見ていると、採掘隊を編成するのは難しいかもな。今日は東部落が薪を採りに行く日だったんだけどよ、手伝ってくれる若者が一人もいなかったんだ。それだけじゃない。最近では、長老会が非常時のために残している村の林に忍び込んで、薪を盗み取るヤツもいるっていう話だ。することはしないで盗みまで働くなんてな」

ハルドルもうつむいたまま言った。

「本当に困ったものだ……。以前なら、村のルールを破る者は他の者からつまはじきにされていた。ところが今では、ヒーロー扱いされる者さえおる。そ奴らは、厳しい生活が続くのは長老会の采配が悪いからだと言い張っておる。このフィンブルの冬でさえ、自然を冒瀆《ぼうとく》したわしら年寄りのせいで神罰が下ったのだと……」

「……」

和輝と瑠璃香は黙って聞いている。

「だがそうやって反発するのは、まだ元気のある者たちだ。抗うことのできないこの状況に絶望して、自分たちの薪を集めることもせず、そのまま朽ち果てる者もおる……それよりはマシかもしれんな」

少し間があってから、和輝がぼそりとつぶやいた。

「僕たちも……同じかもしれません」

ハルドルとヨアンが和輝を見た。

「未来に希望を持てないのは、元の世界の僕たちも同じかな……って」

和輝は言葉を選ぶように続けた。

「僕たちの住んでいる日本でも、生きる喜びを感じられず、将来に希望が持てない若者が増えています。自分が生きることに希望を失った彼らは、他人のことまで考える余裕はありません。周りの人と関わらないように引きこもったり、中には自ら命を絶つ人さえいます」

そう話しながら和輝は元の世界のことを思い出していた。東京で一人暮らしの和輝は千葉の実家に帰った時、両親から「単位はちゃんと取れているの？」とか「何の仕事をするかもう決めたのか？」と聞かれる度に、逃げ場のないプレッシャーを感じていた。大学の仲間や地元の友人とも、本音ではなく表面的な付き合いをしているように感じていた。冗談を言い笑い合っていてもどこかに疎外感があり、「ひょっとして、気を遣って俺と一緒に居てくれてるだけなのだろうか……」と思うときさえあった。そのように、巧妙に責任や義務を押しつけてくる社会や、表面的なつながりしか感じ合えない仲間に対して、漠然とした不満や空《むな》しさを抱いていた。

和輝の話を聞いて、ハルドルがしみじみと言った。

「傷つく経験や理不尽に直面した時、人はそこから逃げるか誰かを攻撃することで、自分を守ろうとする。残念ながらそれは……どんなに文明が進んでも同じなのかもしれぬな」

瑠璃香が静かに口を開いた。

「ハルドルさんが言われた通り、人間にはそういう側面があると私も思います。それに和輝が言う通り……私たちの世界でも、生きる気力を失ったり生き辛さを抱える若者が多いのは確かです」

瑠璃香は顔を上げて続けた。

「でも、希望を持ってイキイキと生きている若者もいます。私の周りには、起業して充実した生活を送っている人、慎ましいながらも温かい家庭を持って幸せに暮らしている人、地球環境や世界平和のために声を上げる若者など、色んな人がいました。この村にだって、エルマルくんのように村のことを考えている若者もいます。ですから私が見ている世界は、和輝が見ている世界と少し違うんです」

「……」

和輝は無言のままじっと瑠璃香を見ている。瑠璃香は和輝の視線を感じながらも構わず続けた。

「希望のない世界があるのではなく、希望を感じられない人がいるだけだと思うんです。希望というのは有るか無いかではなく、その人が感じるか感じないかだと」

瑠璃香が言い終わると、和輝が責めるような口調で言った。

「それじゃあ瑠璃香は、希望を失って家に引きこもったり自殺したりするのは本人が悪いっていうのか」

「いえ、本人のせいと言ってるわけじゃないんだけど……前向きな捉え方次第で、もっと楽な生き方ができるんじゃないかって」

「違う。前向きに捉えるとか、そんな風に冷静に考えられないほど追い詰められたり傷ついたりしたから、そうしてしまうのに……。瑠璃香は、『心理学を学んで、苦しんでいる人を救いたい』って言ってたよな。もっと人の心に寄り添うことができる人間だと思ってたよ」

「……」

瑠璃香はうつむいて唇を噛《か》んだ。

「まあまあ、二人ともそこまでにしよう」

ヨアンが二人の間に割って入った。

瑠璃香が顔を上げて、きりりと和輝を見た。

「災害があった時、和輝もボランティアに参加したり義援金を寄付したりしたって言ってたよね。和輝だって、困っている人を救いたいという思い、苦しんでいる人に寄り添う心をちゃんと持っているんだよ」

瑠璃香はハルドルに視線を移した。

「私たちの国では大きな災害があると、その復旧や後片づけのために若者たちが集まります。同じ町の若者だけでなく、それ以外の町の若者もたくさん——それなのにこの村では……」

ハルドルは目を落として言った。

「そうか……。おぬしらの国の話を聞くと、うちの村の若者は恥ずかしい限りじゃの」

「あ、すみません。私たちの国の人が良くて、この村の人が悪いと言っているわけではないんです。ただ、『どうして！』って思ってしまうんです……」

四人とも黙り込んだ。瑠璃香が独り言のように言った。

「自分が苦しい時や家族に心配なことがある時って、他の人のことを考える余裕なんて無くなると思うんです。それは、日本でもこの国でも……。日本でボランティアに行く人は、ちゃんと保険に入るし、手当ての出る活動もあるし……自分の生活に安心できるからボランティアに行けるんだろうな」

「そうだよな……それにこんな大きな計画は、国がお金を出して進めるよな」

和輝も日本のことを思い出して言った。

「ん？　というと」

ハルドルが身を乗り出した。

瑠璃香は日本の福祉と税金の仕組み、災害における国の復興支援や被災地支援のボランティア活動について説明した。個人を助けるために税金を使うという発想はこの時代にはまだなく、ハルドルはじっと耳を傾けていた。

説明を終えた瑠璃香が、控えめに言った。

「採りに行ってくれた人には、村から手当てを出してあげられないかなと……」

ハルドルは渋い顔のまま腕組みをしている。

「この村には、税金という仕組みはない……長老会がお金を持っているわけではないのだ」

「……」

社会の仕組みのあまりにも大きな違いに、瑠璃香と和輝も黙り込むしかなかった。

「待てよ――」

その時、ハルドルが顔を上げた。

「金はないが、薪と食糧の備蓄がある！」

他の三人の視線がハルドルに注がれた。

「冬場や不作時に備えて、各家から少しずつ出してもらって長老会が蓄えておるのだ。ミアプラシノスを採りに行く者にそれを配ることにすれば、不公平感も無くなるし留守を預かる家族も安心だ。行くという者も多いだろう」

「そりゃ名案だな」

ヨアンも明るくうなった。

「よしっ、明日の会議ではこの案を進言してみる」

ハルドルの力の籠もった声に、和輝と瑠璃香も顔を見合わせてうなずいた。

翌日の長老会議では、村の備蓄を『手当て』に使うという前例のない案に驚いた長老もいたが、最終的にハルドルの案が採用された。ただ、村の共有財産である備蓄を使うには、村民投票で過半数の賛成が必要だった。各地区の長老が、自分の地区の住民に対して計画の概要を事前に説明した上で、三日後に全村集会を開き、その後投票が行われることになった。

3

全村集会の前日、ハルドルが庭で仕事をしていると、ヨアンがやって来て耳打ちした。

「おやじ、ミアプラシノス採掘計画に対する村のみんなの反応は、あまりよくないぞ。塚を切り崩すなどすれば、祟《たた》りがあるなんて噂《うわさ》も広がっている。それに、ミアプラシノスを信じていない者も多い。この春に探索中止を発表した時点で、ほとんどの人間がミアプラシノスは夢物語だったという印象を持ってしまっているからな」

「そうか……」

ハルドルは作業の手を止めた。

「それにみんな、この村を出る準備を始めている。その時に分けてもらえると思っていた村の備蓄を、採掘計画に使うことにも不満を感じているようだ」

「ミアプラシノスが救世主になるかどうかは、明日の全村集会で、どう説明するかにかかっているということだな」

遠くを見ながら考え込んだハルドルに、ヨアンがささやいた。

「明日の全村集会には、和輝と瑠璃香も出るんだよな」

「ああ、ミアプラシノスを発見した立役者だからな」

「いや……悪い噂を耳にしてな。『長老たちは村の備蓄で外国からの流れ者を養っている』と言い触らしている奴らがいるんだ」

「なに？　……許せん」

ハルドルが憤然とした口調でそうつぶやくと、ヨアンは低い声で続けた。

「だから気をつけた方がいい。二人がイヤなことを言われて傷ついたりしないように」

「うむ……そうか。ありがとう」

ハルドルは灰色の空に目を向けた。

4

次の日、ミアプラシノス採掘計画を説明する全村集会が予定通り開かれた。

全村集会の会場は、花崗岩を切り出した跡地を整備したものだ。会場は演説台を中心に扇形をしていて、外側に行くほど高くなっている。弧を描くように上り階段が付いていて、それが座席の代わりになる。千人は優に収容できる野外会場だ。雲に覆われた空の下、七百人近く、ほぼ村人全員が集まっている。演説台の横の席には最長老のセゴルとハルドル、他の三名の長老が座っており、その後ろに和輝と瑠璃香が座っている。

進行役のヨアンの声で集会が始まり、最初に最長老のセゴルがこの集会の趣旨を述べた。計画書に記されたミアプラシノス採掘計画について、直接村民に説明して理解を得たいという内容だった。セゴルの話の中で、ミアプラシノスという言葉が出てくる度に会場がざわついた。どうやら、ミアプラシノスに懐疑的な声が上がっているようだ。

セゴルに代わってハルドルが演説台に上がると、会場全体がさらにざわついた。

「皆の者、静粛《せいしゅく》に！」

ハルドルのその一声に会場が静まった。

「今、セゴル氏の話にあったミアプラシノスだが、実物を見ずして説明だけ聞いても絵空事に思えることだろう」

ハルドルはそう言うと、演台の上に置いた箱の中にそっと両手を入れた。会場にいる村人たちの視線が、ハルドルの手元に注がれた。

ハルドルが取り出した拳大《こぶしだい》の石は、眩《まばゆ》い翡翠色《ひすいいろ》の光を放っていた。

「おお！」

会場がどよめいた。

ハルドルは改めて、この石が太陽の光に反応して長時間光り続けること、そしてその光は、周囲を暖めるだけでなく、植物を育てる力があることを説明した。

「和輝と瑠璃香よ、あれを持って来てくれぬか」

ハルドルが二人の名前を呼んだことで、会場がまたざわついた。

和輝と瑠璃香は植物の生育実験の箱を持って演説台に上がると、中が見えるように箱の前面を会場に向けた。箱の中の苗の背は、一段と高くなっていた。ハルドルが実験の内容と苗の成長の違いを村人に説明した。

「このミアプラシノスには、周囲を暖める力がある。それだけでなく、こうして作物を育てる力もあるのだ」

ハルドルはそう言うと、ミアプラシノスを持って演説台を下り、村人の中へ入っていった。

ハルドルの周りに人だかりができた。ある者は翡翠色の光に見入り、ある者は手をかざしてミアプラシノスから放たれる暖かさを感じた。

「あったけえ」

「ああ、ほんとだ。あったかい」

ハルドルの周りの村人たちから声が上がった。

一人の男の子が近寄ってミアプラシノスに手を伸ばしてきた。

「だめよ、触っちゃ」

母親の声に、その男の子は手を引っ込めた。ハルドルは少し屈むようにして、ミアプラシノスをその子の方に差し出した。男の子は恐る恐る手を伸ばし、ミアプラシノスに触れた。

「わあ、あったかい！　おかあさん、あったかいよ！」

男の子は弾んだ声で母親に叫んだ。

「すまぬが道を空けてくれ」

ハルドルはそう言いながら、できるだけ多くの村人にミアプラシノスを見せて歩いた。翡翠色の光は優しい温もりを帯び、その温度を保ったまま周囲の村人に広がっていった。

ハルドルが会場を一回りして演説台に戻った時には、村人たちはミアプラシノスの不思議な力に魅了されていた。

「この石が不思議な力を持っているとしても、村を救うためにはかなりの量が必要だ。だが心配はいらん、十分な量のミアプラシノスを見つけておるのだ。瑠璃香、あの絵を出してくれ」

ハルドルの合図で、瑠璃香が一枚のパネル画を持って壇上に上がった。そこには、瑠璃香がスケッチしたミアプラシノスの森が、拡大して描かれていた。

「中央にあるのが、ミアプラシノスの巨大塚だ。わしらが長年探し求めていたものじゃ。それが、エイヤフィヤトラヨークトル山脈の奥深くにあったのだ」

村人たちは、色鮮やかなその絵に見とれている。

「ここで、この巨大塚を見つけてくれた二人の若者を紹介しよう。和輝と瑠璃香だ」

ハルドルは、実験箱の後ろに立っている和輝と、パネル画を持っている瑠璃香を紹介した。壇上の二人に会場から拍手が沸き起こった。拍手が静まるとハルドルが続けた。

「このミアプラシノスの巨大塚は幻の塚だった。長老会としてもその存在を信じて、長年に渡って探し求めてきた。だが、誰も見つけるどころかその手掛かりさえつかめなかった。それをこの二人がついに、見つけてくれたのだ」

その時、若者の一人が声を上げた。

「その二人って、村の人間じゃないよな？」

それを皮切りに、長老会に対する不信の声があちこちから上がった。

「村のみんなが飢えてるっていうのに、ハルドルがそんなよそ者を養っているという。俺は、ハルドルが本当に村のことを考えてこの計画を立てたとは信じられん」

「そもそも前回の全村集会じゃ、ミアプラシノスの探索は諦めたんだったよな。来年にはこの村を捨てて、別の場所に移住するって。俺たちはそのつもりで準備してきたんだ。それをミアプラシノスが見つかったからと言って、今度は採掘隊に加われと……？」

「長老会の言うことは、コロコロ変わって一貫性がないんだよ。今回の計画だって上手くいく保証なんてないんだろ？　いつ『やーめた』って言われるか分かったもんじゃない」

「採掘隊の派遣に備蓄を使うらしいが、もし失敗しちまったらどうするつもりなんだ。村から出ていく時に持っていく食糧も無くなるんだよな？　そうなるくらいなら、今すぐにでもその備蓄をみんなに配ってくれ」

「お前ら長老たちは、村人から吸い上げた備蓄で生活しているって噂を聞いた。ミアプラシノスを採りに行かせるのも、自分たちが独り占めするつもりなんじゃないか」

「俺はそもそも手当てを出すという考えが気に食わん。モノで俺たち若者を操ろうとしているわけだろ？　俺たちを信じてないってことだ」

不信の声が一通り出たところで、ハルドルが口を開いた。

「確かに和輝と瑠璃香は、遠い東の国からやって来た。だが、よそ者なんかではない。村の存続を諦めていたわしの心に再び希望の灯りをともしてくれたのは、この二人だ。わしの反対を押しきってミアプラシノスを探しに行ったのも、この二人だ。二人はわし以上にこの村を愛し、この村のことを考えてくれたのだ。和輝と瑠璃香はよそ者ではない、この村の仲間じゃ。そして、わしのかけがえのない家族だ」

ハルドルはそこで言葉を切ると、和輝と瑠璃香をよそ者呼ばわりした若者に鋭い眼差《まなざ》しを送った。ハルドルは視線を再び村人たちに戻した。

「長老会の方針が揺れていることは確かだ。この未曾有の大寒波はわしら長老にとっても未知の経験で、何が起きているのか、これからどうなるのか、完全に見通すことはできん。結果として、その時選んだ策が最善でなかったことも多々あった。それは、わしら長老の力が足りなかったということで謝るしかない。だがこれからも、その時々で最善と判断した道を歩むことしかできぬのだ。そして今は、ミアプラシノスを使って暖を取り、作物を育てることで村を存続させることが、最善の策だとわしらは信じておる」

ハルドルがそこまで言った時だった。一人の若者が立ち上がり、手を挙げた。和輝と瑠璃香が見覚えのあるその若者は、エルマルだった。

エルマルはゆっくりと話し始めた。

「あなたは方針が変わるのは仕方がないと言う。もしその選択が間違っていたら、謝るしかないと言う。ミアプラシノスの探索はこの春でやめたはずです。探索をやめたのは、長老会の間違った選択によって、シモンとロベルトが命を落としたからです」

ハルドルの顔色が変わった。エルマルは続けた。

「あなたは間違っていたなら謝るしかないと言われたが、二人の死も謝れば済むとお考えですか？　僕は、二人の死を踏み台にして成り立つこの計画で、生き延びようとは思いません」

会場が静まり返った。

ハルドルはうつむいたままで何も言えない。進行役のヨアンが救いを求めるように最長老のセゴルを見たが、セゴルも腕組みをして黙り込んだままだった。

時が止まったかのように会場の空気が固まった――。

5

その時、一人の女性が声を上げた。

「私はロベルトの母です」

皆がいっせいにその女性を見た。

「愛する息子を亡くして、気持ちをぶつけるところもなく、私も最初は長老会を恨みました。でも今は、恨む気持ちはありません。ロベルトはミアプラシノスを信じていました。ハルドルさんを信じていました。ミアプラシノスを発見して、それが村の救世主となることを願っていました。そしてこの村で、家族や仲間が幸せに暮らし続けることを夢見ていました。ですから、みなさんがミアプラシノスの採掘計画を成功させて、私たちがこの村で幸せに暮らすことは、ロベルトの死を踏み台にすることではありません。ロベルトが果たせなかった願いを叶《かな》えるということです」

ロベルトの母親はそう言うと、村人を見回した。

「どうかみなさん、この計画に協力をお願いします」

そして壇上のハルドルを見た。

「ハルドルさん、どうかロベルトのためにも、必ずこの計画を成功させてください」

そう言うと、ハルドルに静かに一礼した。

会場のあちこちから啜《すす》り泣きが聞こえてきた。

「俺……俺もミアプラシノスを採りに行きます！」

一人の若者が声を上げた。それを皮切りに次々と若者が声を上げていった。

「僕も行きます。いえ、行かせてください」

「俺も行く。手当てなんて関係ない、あってもなくても行く！」

「私も行きます」

若い女性も泣きながら言った。それを見た和輝の胸に、熱いものが込み上げてきた。ハルドルは会場に向けて深く一礼をすると、何も言わずに演説台から下りた。

「みなさん、計画の賛否を問う投票を開始します。投票の締め切りは明日の日没です。みなさんの村を想う気持ちの一票を、どうかお願いします。また、計画が承認された暁《あかつき》には、ミアプラシノス採掘への協力をお願いします。これで本日の全村集会は終わります」

進行役のヨアンが集会を締め括《くく》った。

和輝と瑠璃香が村人を見送っていると、二人の周りに若者たちが集まってきた。

その中からエルマルが現れ、駆け寄って来た。

「和輝！」

エルマルはそう叫ぶと、和輝を抱き寄せた。

「瑠璃香もありがとう」

エルマルはもう片方の手で、瑠璃香の肩をたたいた。エルマルは二人の肩から手を降ろすと、うつむき加減に言った。

「実は僕も、以前ミアプラシノス探しに参加したことがあったんだ。けど、雪崩にあって大けがをしてしまって……。それでシモンとロベルトに期待して、探索に行くことを勧めたんだ。でも、あんな目に遭わせてしまった……。あれからずっと自分を責め、長老会を責め、ハルドルさんを責めていた。でも和輝と瑠璃香のおかげで、大きな間違いに気づけた」

そこまで言うとエルマルは、澄んだ青い瞳で和輝と瑠璃香を見て微笑んだ。

「君たちは、村のために命懸けでミアプラシノスを見つけてくれた。そして、シモンとロベルトの無念も晴らしてくれた。君たちはもう、よそ者なんかじゃない。僕もミアプラシノス採掘に協力させてもらうよ」

そう言うとエルマルは、右手を差し出した。和輝はその手をしっかりと握った。

いつの間にか、透き通るような白い肌をした娘が、エルマルの隣に寄り添うように立っていた。

「はじめまして」

瑠璃香が微笑みかけると、その娘は慎ましい口調で返した。

「私は、エルマルのフィアンセのシーラです。私も何か手伝えることがあれば、ぜひやらせてください」

「これから、どうぞよろしく」

瑠璃香は笑顔でシーラと握手を交わした。

「和輝、瑠璃香！　ありがとう」

「みんなで採掘に行くぞ！」

二人を囲む若者たちからも次々と声が上がった。

6

ハルドルとヨアンが帰路に就くために、会場を出ようとした時だった。

「ハルドル殿、ちょっと待っていただきたい」

二人の前に、深緑色の装束を羽織った背の低い老婆が現れた。村の占い師のヴェラだ。ヴェラは、占い師として村人の相談に乗るだけでなく、村の祭事では神官の役をすることもあった。

「おお、ヴェラではないか。何か用かな？」

ハルドルは、いつものヴェラと様子が違うことに気づいた。ヴェラが血走った目で、ハルドルをにらみながら言った。

「ミアプラシノスの採掘計画は、ただちに取りやめるべきじゃ。このままだと祟りが起きるぞ」

見るとヴェラの後ろには、紺色の装束に身を包んだ屈強な二人の男が控えている。ヨアンがハルドルを守るように、一歩前へ出た。ヴェラが低い声で続けた。

「ミアプラシノスは伝説の守護神として、人間を寄せ付けない山の奥深くから、この島を守り続けてきた。あの塚とそれを取り巻く森は、侵してはならぬ神聖な場所だ。ハルドルよ、おぬしら長老会はその神聖な場所を踏みにじろうとしておるのだぞ」

ヨアンが答えた。

「あのミアプラシノスが幻の塚として、大昔から語り継がれてきたことは、おれだって知ってる。でもあの巨大塚に神さまが宿ってるっていうなら、祟りなんて起きないはずだ。塚が持つ神さまの力を、村を救うために使おうとしてるんだからな」

ヴェラはヨアンをぎろりとにらみつけた。

「何を罰当たりな。神はわしら人間だけを守ってくださっているのではない、この島全体を守ってくださっておるのだ。この草も木も、大地も空もな。人間だけの都合であの塚を切り崩すことなど許されん、神罰が下るぞ」

「おおそうかい。だけどよ、今回の投票で承認されればおれたちは採掘に出かけるぞ。それはおれたちだけじゃなく、長老会と村のみんなが決めたことだからな。それに――」

まだ何か言おうとしたヨアンを、ハルドルが片手で制した。

「おぬしらが、ミアプラシノスを神聖なものとして崇《あが》める気持ちはよく分かった。だが、ミアプラシノスの採掘が神を冒涜することになるとは思っておらぬ。それでも本当に神罰が下るなら、わしは甘んじてそれを受けるつもりだ」

ハルドルは、ヴェラとその取り巻きの者をじろりと見回した。

「道を空けてくれ」

遠ざかるハルドルとヨアンの背中に、ヴェラが天を仰いで叫んだ。

「おお！　呪われし者たちよ！」

7

和輝と瑠璃香は、ハルドルたちより一足先に家に着こうとしていた。

「すみません。和輝くん、瑠璃香さん」

一人の男に呼び止められた。眼鏡をかけた聡明《そうめい》な顔つきの男だった。

「突然すみません。私はレイキャヴィクにある大学からやって来た、植物学者のアルニと申します」

レイキャヴィクは、島南西部沿岸にあるアイスランド最大の町だ。

「先ほどの集会を見させていただきました。ミアプラシノスの不思議な力、その塚を取り巻く美しい森、そして村人たちの熱い想い……胸を打たれました」

「あ、ありがとうございます」

和輝は少し緊張した様子で答えた。

「私はアイスランドの植物——今はこの辺り一帯の『トールの森』の植物を調べています。そこでお願いがあって、こうしてお二人をお待ちしていたのです」

「はい……何でしょうか？」

アルニという男の真意をはかりかね、瑠璃香が尋ねた。

「私たちの祖先が千年前にこのアイスランドに入植した時、この島には多くの森林があり、ありのままの自然が広がっていました。このソゥルスモルク村、いえ、このトールの森も緑豊かな森だったのです。ところが人々は、家を建てたり暖を取ったりするために森林を伐採してしまいました。そしてこの長引く寒波が、それに追い打ちをかけたのです。このトールの森も、他の地域と同じように伐採されたのですが、なぜか他より痛手が少なかったのです。もしその理由が分かれば、この地に緑を取り戻すヒントが得られるのではないかと思っているのです」

「そういう研究をされているのですね」

和輝と瑠璃香は、この植物学者がアイスランドに緑を取り戻すための研究をしていることを知り、感激した。

「植物に携わる者として、お二人が発見されたミアプラシノスの森に大変興味を持ちました。そこには、この辺りとはかけ離れた豊かな緑が広がっていたようですね」

そう言うアルニに、瑠璃香が弾んだ声で答えた。

「はい、まるで別世界でした。あの絵の通り、森には木々が生い茂り、草原には色とりどりの花も咲いていていました」

「そうですか」

アルニはそう微笑むと、改まって続けた。

「お願いというのは、そのミアプラシノスの森に行ってみたいのです。案内していただくのは無理としても、場所と行き方を教えてもらえないかと……」

「はあ……」

和輝と瑠璃香には予想外の願いだった。

「この荒寥《こうりょう》とした島の中で、そこがどういった環境で、どんな植物があるのか興味があります。どうでしょう、行き方を教えてもらえませんか？」

瑠璃香が答えた。

「はい、私は構いません」

自分たちが見つけたミアプラシノスの森を解明してもらえることは、うれしいことだった。

しかもそれが、トールの森やこの島の緑の再生に役立つかもしれないというのだから。

「ね、いいよね、和輝？」

「あ、ああ……俺もいいと思う。でもハルドルさんにもＯＫをもらわないとな」

和輝はアルニの方を向いた。

「どうですか、これからうちに来ませんか？　ハルドルさんもすぐに帰ってくると思います」

「はい、お願いします」

アルニは頭を下げた。


ハルドルとアルニ、和輝、瑠璃香の四人がリビングの長テーブルを囲んでいる。まだ陽は高く、小窓からは微かな陽の光が射し込み、テーブル中央に置かれたミアプラシノスが淡い光を放っている。

「ということで、ミアプラシノスの森にぜひ行かせていただきたいのですが」

一通りの説明を終えたアルニがハルドルに言った。

「うむ……おぬしたち植物学者の研究に対する姿勢には、大いに敬意を抱く。このトールの森の再生はわしの願いでもある。だがアルニ殿……おぬしをミアプラシノスの森に行かすわけにはいかぬ」

「え？」

ハルドルの予想外の返事に、和輝と瑠璃香は声を漏らした。瑠璃香が納得いかない様子で言った。

「ハルドルさん……なぜなんですか？　アルニさんの研究はここに住む私たちのためにもなるって、ハルドルさんも今言われたばかりではないですか」

ハルドルは瑠璃香の疑問には答えず、アルニを真っすぐ見て言った。

「おぬしの研究には期待もしておるし、応援したいと思っておる。だから、今は行かせるわけにはいかないとだけ言っておこう」

強い意志を感じるハルドルの言葉に、瑠璃香もそれ以上聞くことはできなかった。アルニは不服そうな様子は見せず、穏やかに言った。

「何かしらご事情があるとお察ししました。ご検討いただきありがとうございました」

「すまぬな」

ハルドルは一言だけそう返した。部屋に気まずい沈黙が流れた――。

「そういえば――」

何かを思い出したのか、瑠璃香がハルドルを見た。

「ハルドルさん、私たちが持って帰った木や草のサンプルですが……あれをアルニさんにあげるのは構いませんか？」

「ん？　ああ、あれなら構わんぞ」

ハルドルも今度は、快く首を縦に振った。

「えっ、持ち帰ったサンプルがあるのですか」

アルニの顔がぱっと明るくなった。

瑠璃香と和輝はハルドルの許可を得ると、アルニを作業部屋へ案内した。三人は手分けしてサンプルを切り分けたり、採取場所のメモを書き写したりした。瑠璃香たちが持ち帰ったサンプルはすでに萎《しお》れていたり枯れたりしていたが、アルニは何度も作業の手を止めて興味深そうに見入っていた。

「たくさんのサンプルを頂き、どうもありがとうございました。皆さんにお会いできて良かったです。私はしばらくこちらの村に泊まって、この一帯を調べる予定です。気が向けば、いつでも宿にいらしてください」

アルニはそう言うと三人に深々と頭を下げ、ハルドルの家を後にした。

アルニを見送ると、和輝がハルドルに尋ねた。

「ハルドルさん、先ほどアルニさんがミアプラシノスの森に行くのを断ったのは……？」

ハルドルは小さく息をついてから、低い声で話し始めた。

「あの植物学者を信用していないわけではない。地図が悪い人間たちの手に渡って、あの森が荒らされてしまうことを恐れておるのだ。計画が決まり、村として大々的に採掘を始めるまでは、誰にもあの森に行かせるつもりはない。瑠璃香の地図は、他の長老たちにもまだ見せておらんのだ」

「そうだったんですね」

和輝も瑠璃香もうなずいた。

村へ下る道を歩いていたアルニは、岩陰の緑の苔に目をとめた。苔の種類を確かめようと屈み込んだとき、その苔の上に、透明な膜を左右に広げた茶色い粒を見つけた。

――ん？　これは確か……。

周囲を見ると、同じ粒が数個落ちている。アルニはリュックから採取用の小瓶を取り出すと、それらの粒をその瓶に収めた。

8

村民投票の結果、村人の八割の賛成で採掘計画は可決された。ハルドルと和輝、瑠璃香、ヨアンの四人は胸をなで下ろした。

その日の夜、ハルドルは和輝と瑠璃香、ヨアンの前に数ページの資料を開いていた。

「これがミアプラシノス採掘の具体的な計画書だ。和輝と瑠璃香、ヨアンも協力をありがとう」

明日から、採掘隊の応募が始まる。応募の中から先発隊を編成し、まず先発隊がミアプラシノスの森へ行って来る。先発隊は採掘隊が寝泊まりできる中継キャンプの設営や、洞窟で後の者が迷わないよう道にロープを張ったり、コウモリから身を守る防御籠《かご》を準備したりする。また、採掘隊の装備の見直しや旅程の最終化も先発隊の仕事だ。

「ミアプラシノス採掘の成否は、先発隊の働きにかかっているといっても過言ではない。採掘隊の応募は明日からだ。応募者の中から、先発隊メンバーを選ばねばいかん」

ハルドルの説明が終わると、和輝が最後のページの地図を見ながら言った。

「ハルドルさん、この地図だと大まか過ぎて実際には役に立ちませんね」

その地図では、中継キャンプや洞窟を経由してミアプラシノスの森に到達することは分かるのだが、その洞窟の入り口がどこにあるのか、ミアプラシノスの森がどこにあるのかまでは分からない。

「うむ、実際に採掘に向かう時には、おぬしらが作ってくれた探索用の地図が必要だ。だが、あの地図があっても迷わずに行くのは難しいだろう。和輝、瑠璃香、おぬしらには先発隊を先導してもらいたいのだが、よいかな？」

「はい、ぜひやらせてください！」

「もちろん、僕も喜んで！」

瑠璃香と和輝は元気よく答えた。

「またあの森を見ることができるなんて、ワクワクするな」

瑠璃香はミアプラシノスの森を再び見ることができると喜んでいる。和輝は全村集会での若者たちの熱気と、ミアプラシノス採掘に協力させてほしいと手を握ったエルマルの青い瞳を思い出していた。和輝の胸に、大きな希望と使命感が湧き上がってきた。

9

次の日の朝、和輝とヨアンは採掘隊募集の準備のため、すでに村へ出かけていた。瑠璃香は台所で食事の後片づけを、ハルドルは自室で長老会へ持参する資料を準備していた。

コンッ、コンコン！

乱暴にドアノッカーが鳴った。

「はーい」

瑠璃香は食器を洗っていた手を止め、玄関に駆けて行った。

ガチャッ。

「きゃっ！」

瑠璃香は思わず声を上げて後ずさった。

開けたドアの先には、小柄だが鬼のような形相の老婆が立っていた。それは、全村集会の帰り際にハルドルの前に立ち塞がった、占い師のヴェラだった。だが、瑠璃香はそのことは知らない。

「ハルドルを出せ！」

ヴェラがうなるように言った。瑠璃香はハルドルを呼ぼうとしたが、声が出ない。

「どうしたのじゃ！」

瑠璃香の悲鳴を聞いて、ハルドルがやって来た。

「またそなたか……」

玄関先のヴェラを見たハルドルは、不愉快そうに顔をゆがめた。そのハルドルをヴェラがにらんだ。

「ミアプラシノスの採掘計画は、まだ中止しておらぬようだな」

「おぬしも聞いておるだろう。村民投票でミアプラシノスの採掘計画は可決された。もう村として決めたのだ」

「村として決めたというが、計画を作ったのはおぬしであろう。おぬしには、計画を止めることができるはずだ」

「この期《ご》に及んで中止などできぬ。それに中止するつもりもない」

「昨日の夜、大地の神のお告げがあったのじゃ。神は直々《じきじき》に、おぬしに神意を告げると仰せられた。今からここで、神意を問う儀式を執《と》り行う」

見ると二人の従者が、ハルドルの家の前に小さな祭壇を据えて、その後ろに薪を積んでいる。どうやらその薪に火をつけるつもりのようだ。

「人の家の前で何をする！　火事にでもなったらどうするのじゃ」

ハルドルがそれを止めようと一歩を踏み出した時、ヴェラが叫んだ。

「愚か者め！　これは神の儀式じゃ。神を冒涜するつもりか！」

ヴェラの気迫に、ハルドルの動きが止まった。瑠璃香はハルドルの後ろに隠れるようにして、見守るしかなかった。

準備が終わり、積んだ薪に火がつけられた。

「これより、神意を問う炎の儀を執り行う。ミアプラシノスの塚は大地の神が創られたものだ。その塚を切り崩すことだけでなく、あの森に足を踏み入れることも、大地の神の許しが必要だ。もしこの炎が青くなれば、神はミアプラシノスを人間が使うことを許してくださるということだ。赤くなれば、許されないということだ。もし神の意に背いたなら、神罰が下される」

ヴェラは再びハルドルをにらみつけた。

「おぬしは、神罰が下るなら甘んじてそれを受けると言ったな。だが、神罰はおぬし一人に降りかかるのではない。大地の神のお告げは、それは恐ろしいものだった……。もし神意に背いたなら、大蛇が村人も家も、すべて飲み込むというお告げじゃ」

ハルドルはヴェラを見据えたまま、黙って聞いている。

「おぬしは村の長老じゃ。この村と村人を守る責任があるはずだ。心して、神のお言葉を聞くのだ」

ヴェラはそう言うと祭壇の前に歩み寄り、呪文のようなものを唱え始めた。祭壇の後ろで燃える炎が、だんだんと勢いを増してくる。ヴェラの声が一段と大きくなり、叫び声になったときだった。橙色《だいだいいろ》だった炎が紅蓮《ぐれん》に変わり、大きく燃え上がった。燃える薪の左右に控えていた従者は、さっと後ずさりすると、炎に向けてひれ伏した。ハルドルと瑠璃香は身じろぎもせずに、燃え上がった真っ赤な炎を見つめている。

ヴェラの声が低くなり、呪文の言葉がゆっくりになるにつれ、炎も小さくなっていった。儀式を終えたヴェラがゆっくりと振り返った。

「ハルドルよ、神のご意志をしかと見たであろう。この村のためにおぬしがすべきことは何か、もう分かったはずじゃ」

「……」

瑠璃香が、黙っているハルドルを見た。ハルドルの顔からは血の気が引き、額に汗を浮かべている。ハルドルは無言のままヴェラから目を離すと、家の中に入っていった。瑠璃香もその後を追うように家に駆け込むと、ガチャリと鍵をかけた。

その日の午後、村から帰ってきた和輝とヨアンは、瑠璃香から話を聞いていた。

「家の前の燃え跡を見たときには、何があったのかと驚いたぜ。そんなことがあったとはな……。で、親父はどうしてる？」

「少し休むと言って、部屋に入ったきりです」

「そうか、なんとも気味の悪い儀式だったようだからな。親父もショックだったのかもしれない。おれが後で様子を見てみるよ」

「私も怖かった……この村に、とんでもないことが起こるような気がして。だって本当に、炎の色が真っ赤に変わったんだもの」

「おい、瑠璃香、まさか大地の神や神罰の話を信じているんじゃないだろうな。炎の色が変わったのだって、何かからくりがあるんだよ」

「私だって、あのおばあさんの言葉を信じたつもりはないよ。でも怖かったのは確か。なんだか、体の奥からぞっと寒気がしたの……」

二人の話を聞いていたヨアンが、和輝を見て言った。

「和輝は、大地の神を信じていないようだな。和輝はクリスチャンなのか？」

「え……？」

和輝が質問の意図が分からず返事に困っていると、ヨアンが続けた。

「この島では町を中心に、多くの人間がキリスト教を信仰しているんだ。奴らは、神はただ一人、父なる神がいるだけだと信じている。おれは、大地の神をはじめとした多くの神々に守られていると信じているのだがな。和輝が大地の神を信じていないってことは、日本人はみんなクリスチャンなのかと思ってな」

和輝はやっとヨアンの質問の意味を飲み込めた。様々な宗教があることを知らないヨアンにとって、八百万《やおよろず》の神々を信じていない人は、クリスチャンということになるようだ。

――俺は、どちらかというと無宗教かな。でも仏教やキリスト教の行事もやってるから、多宗教かな……。ただ、その宗教を信仰してるって感じでもないな。

和輝は、自身や日本人の宗教観をヨアンに説明することは諦めた。

「日本には、いろいろな宗教が入っているんです。それに、それを心から信じてるって人も少ないんです」

「信じていない宗教……？」

ヨアンは想像できないようだった。和輝は話題を戻した。

「ハルドルさんがショックを受けたということは、ハルドルさんも神罰を信じているのですか？　まさか今日のことで、ミアプラシノス採掘を中止するなんてことはないですよね」

「もちろん親父は神々を信じ、崇めている。ただ、占い師のヴェラを信じているかどうかは別の話だ。今日のヴェラの儀式で、おやじがミアプラシノス採掘を中止することはないよ」

「なら良かったです」

和輝はほっと息をついた。

10

次の日から採掘要員の募集が始まった。ヴェラの儀式以降、ハルドルの体調は優れなかったが、和輝と瑠璃香、ヨアンの三人は、採掘に向けた準備に精力的に動いていた。準備の拠点は、村にある長老会の集会所だ。集められた装備品や食糧が集会所の半分近くを占めるようになり、若者たちが頻繁に出入りしている。重く暗い空気に包まれていた村全体に、若者たちの活気が広がっていくようだった。

そんなある日、ヨアンと一緒に集会所で採掘の準備をしていた和輝は、ヨアンより一足早く家に帰ってきた。

和輝がリビングに入ると、ハルドルと瑠璃香が長テーブルを挟んで二人の男と談笑していた。

「おお、おかえり。待っておったぞ」

ハルドルが和輝に声をかけた。和輝は男の一人が植物学者のアルニだと気づいたが、もう一人の男には見覚えがない。アルニより一回りも二回りも年配で、英明な風格がにじみ出ている。

てやり、頭を下げた。


「アルニさん、こんにちは」

和輝がアルニに挨拶をすると、もう一人の年配の男が立ち上がり、頭を下げた。

「和輝さんですね。私はステファンと申します、レイキャヴィクの大学で植物学の教授をやっております」

「ステファン博士は私の先生です」

アルニが付け加えた。ステファン博士はこのアイスランドだけでなく、ヨーロッパ本土でも名の知れた植物学の権威とのことだった。

瑠璃香が明るい声で言った。

「今、すてきな話を聞いてたんだよ。あのミアプラシノスの森、世界から孤立した場所だと思っていたけど、私たちのいるこの村ともつながってるかもしれないんだって」

和輝がテーブルに着くと、ステファン博士とアルニが説明してくれた。

二十年前にやって来た極寒――フィンブルの冬が来るまでは、この村を囲むようにトールの森が広がっていた。その森の代表的な木が『エルムの木』だった。和輝もエルムの木のことは聞いていた。

北欧神話では、神が二本の木に息を吹きかけて人類最初の男と女を創った。その時、女性になったのがエルムの木だったと言われている。葉は家畜の飼料として使え、若葉や若芽は食べることができ、樹皮は炎症を鎮める薬になる。このソウルスモルク村の生活に欠かせない木だった。そのエルムの木も他の樹木と同様に、フィンブルの冬と共に激減した。残っている木も実や種を付けることはなくなり、枯れかかっている。

アルニが説明を続けた。

「この前いただいたミアプラシノスの森の植物のサンプルの中にも、エルムの木があったのです。先ほど瑠璃香さんから伺ったのですが、あの森にはエルムの木が多く生えていたそうですね。それだけではありません――」

アルニはテーブルに置いていた、小さなガラス瓶を示した。コルクで蓋がしてあり、中には透明な膜を左右に広げた茶色い粒がいくつか入っている。

「これはエルムの木の種です。先日ここからの帰り道、道ばたの苔を観察していて、この種が落ちているのを見つけたのです。ご覧のようにこの種は、風に乗ってその生息域を広げることが分かっています。しかしこの寒波のせいで、この付近には実を付けるような木は存在しないはずです。そこで私たちは、この種がミアプラシノスの森から飛んできたのではないかと考えたのです」

アルニは種がよく見えるように、小瓶を和輝の前に置いた。

「ということは、トールの森のエルムの木の起源が、ミアプラシノスの森だった可能性が出てきたのです」

「……」

和輝は小瓶を手に取り、中の種をじっと見ている。

「ね、和輝、すてきでしょ？　村の人たちにとって恵みの木だったエルムの木を、ミアプラシノスの森が育ててくれていたなんて。私たちが見つけたミアプラシノスは村の救世主になったけど、そのずっと昔から村を見守ってくれていたんだね」

瑠璃香が笑顔で言った。

「まだ〝可能性〟ではありますが……。今日はそのご報告と、植物のサンプルを頂いたお礼に伺ったというわけです」

ステファン博士はそう言うと、ハルドルの方を向いた。

「それと、ひとつ教えていただきたいことがあります。ミアプラシノスの塚を切り崩して持ち帰るとのことですが、どれくらいの量を切り崩す計画なのでしょうか」

「今のところ、塚の三分の一程度を持ち帰る予定です」

「三分の一……ですか」

ステファン博士はしばらく考えてから、アルニを見た。

「アルニ君は、どう思うかね？」

「そうですね……森の規模が小さくなるなど、何らかの影響は避けられないと思います。ただ、草原や森がなくなることはないでしょう。実際に見ていないので、確かなことは言えませんが……」

「うむ。私も、何らかの影響はあると思う」

ステファン博士はそうつぶやくと、ハルドルに向き直った。

「ということで、皆さんが発見されたミアプラシノスの森は、トールの森の生みの親だった可能性があります。母親のような存在のその森の力を弱めることがないように、塚の切り崩しは、必要最小限にとどめていただければと思います」

「分かりました、そのようにいたします」

ハルドルがうなずいた。


ステファン博士とアルニが帰ると、瑠璃香が話し始めた。

「ハルドルさん、ちょっと聞いてもらえますか」

「ん？　なんじゃ」

「私たちの元の世界では、深刻な環境問題が次々と起きていました。人間が生きていくために良かれと思って取った行動が、思いもよらない悪影響を自然界に与え、それが地球全体に広がってしまうケースがたくさん起きているんです」

和輝は、瑠璃香が大学で環境ボランティアの活動をしていたことを思い出した。ハルドルはじっと耳を傾けている。

「例えば、石炭や石油で大きな機械を動かせるようになり、人々の生活は豊かになりました。

ところが、それが地球の気候を大きく変えてしまい、自然災害や食糧危機が起きています。加工しやすく、水を通さず、腐食しない夢の素材――プラスチックも発明されました。プラスチックは人々の生活を便利に、清潔にしました。ところがそのプラスチックが、分解されずに海に流れ出たり、粒子になって空気中を漂い世界中に広がっています。人類が良かれと思ってしたことが、思いもよらない影響を自然界に与え、それによって私たちの生活や命を脅かしているのです。今後、どこにどれだけの影響が出るかさえ分かっていません。ステファン博士の話を聞いていて、そんなことを思い出して……」

一瞬、言葉を詰まらせた瑠璃香が続けた。

「だから私、恐くなったんです。たとえミアプラシノスの塚を一部しか切り崩さなかったとしても、思いもよらない影響が出るんじゃないかって」

和輝が口を開いた。

「確かに、地球環境のことは大きな問題になっていたよな。でも、ミアプラシノス採掘は地球規模の話じゃなくて、アイスランドの中の、しかもこの村の問題だ。それに今の採掘計画を進めないと、この村を守ることはできないしな」

「……」

何かを考えている瑠璃香を見て、和輝は続けた。

「エルムの木の起源がミアプラシノスの森だというのは、まだ仮説に過ぎない。もしそうだったとしても、ミアプラシノスを一部だけ持ち帰ることに大きな問題はないって、博士も言っていた。それに今の計画に替わる計画なんてない。見えない不安に躊躇《ちゅうちょ》するんじゃなくて、やるべきことをやるしかないよ。そうですよね、ハルドルさん」

和輝はそう言うとハルドルを見た。ハルドルは心ここにあらずといった表情で、壁の一点を見つめている。

「ハルドルさん、大丈夫ですか？」

和輝が声をかけると、ハルドルは我に返ったように瞬《まばた》きをした。

「あ、ああ……大丈夫じゃ。少し疲れたようだ、休んでくる」

ハルドルはそう言うと、自分の部屋に続くドアに消えて行った。

11

その二日後の朝、和輝と瑠璃香、ヨアンの三人が採掘準備のため村へ出かけようとしていたところへ、ステファン博士とアルニが再び訪れた。

「朝早くから申し訳ございません。大事な話があって伺いました」

ステファン博士の言葉に、瑠璃香が急いでハルドルを呼びに行った。ハルドルはこのところほとんど出かけることもなく、自室か作業部屋で過ごしていた。

リビングに全員がそろうと、アルニがテーブルに大きな地図を広げた。この地方の地図だが、赤や青で手書きの図や文字が書き込まれている。

「和輝さん、瑠璃香さん。最初に確認したいのですが、ミアプラシノスの森はこの辺りにあったのではありませんか？」

アニルがエイヤフィヤトラヨークトル山脈の中に描かれた赤い円を指さした。

「は、はい、そうです」

瑠璃香が答えた。アルニがステファン博士を見た。

「博士、間違いないようですね」

ステファン博士はうなずくと話し始めた。

「この前は、エルムの木とミアプラシノスの森との関係の可能性についてお話ししました。その後の調べで、もっと重大なことが判明したのです。トールの森のエルムの木だけでなく、この地方すべての木々が、ミアプラシノスを起源としているのではないかということです。また、ミアプラシノスの塚の三分の一を持ち去ることは、ミアプラシノスの森を消滅させる可能性が高いということです」

「……」

ハルドルらは無言で聞いている。

「あれから村の書物庫を漁《あさ》っていて、貴重な資料を見つけました。今から三十年前、この寒波が来る十年ほど前に作られた、この地方の森と木々の分布図です。その木々の中から、風で種子を運ぶ種類の木の分布をこの地図に写し取りました。エルムの木もそのひとつです。次に、それぞれの木が種子を飛ばす時期と、その時によく吹く風の向きを考慮すると、その木がどのように広がっていったか推測することができます。もちろん風向きは変わりますから、きれいな扇形の分布にはなりませんが、広がっていった方向は分かります。その方向線が集まるところがあれば、その場所がそれらの木々の起源だったと考えられます」

ステファン博士が、先ほどアルニが示した赤い円――ミアプラシノスの森を再び指さした。その円には、いくつもの直線が集まってきていた。

「また、二人にもらった二十五種類の草花のうち七種類は、ミアプラシノスの森だけに見られるものでした。その七種類のどの種もキツネやウサギといった動物が運ぶものなので、周囲から隔絶されたあの森からは広がらなかったと考えられます。これらのことから、エルムの木だけでなく、またトールの森だけでなく、この島全部の緑がミアプラシノスから始まったと考えられるのです」

「せ、先生、ちょっと待ってくれ」

ヨアンが遮った。

「じゃあ、ミアプラシノスの森の緑はどこから来たんだい？　森の神さまが、それだけたくさんの種類の緑をあの場所だけに与えたって言うのかい？」

「その点に関して私どもはこのように考えています。この島は過去何度も大きな気候変動に曝《さら》されてきました。温暖な時代には、この島全体に緑が広がっていたことでしょう。ところが大きな寒波が来ると、そういった植物は絶滅してしまいます。その時も、ミアプラシノスの森だけは存続できたのです。そしてその寒波が去ると、ミアプラシノスの森から緑が再び広がっていったのだと」

ハルドルが口を開いた。

「ということはあの森さえあれば、この寒波が去った後にトールの森は再生すると……」

「はい、そのはずです。数十年、ひょっとすると百年単位の年月がかかるかもしれませんが……。でも、もしミアプラシノスの森が無くなれば、寒波が去ってもこの島の緑は再生しません」

ハルドルもヨアンも言葉が出ない。

「ミアプラシノスの塚が三分の二になれば、森は無くなります。陽射しや気温の変化に伴う植物の生態の変化から予測すると、ミアプラシノスの森が小さくなるのではなく、森が消えて草原だけになる可能性が高いと思っています」

部屋は重苦しい沈黙に包まれた――。

しばらくの沈黙の後、ハルドルがステファン博士を見た。

「それで先生は、わしらにどうしろと言われるのですか」

「私たちは皆さんにどうしろとか、どうすべきという立場にはありません。もちろん植物学者としては、ミアプラシノスの森が存続することを望みますが……。私たちは植物学者としての知見と可能性を皆さんにお伝えして、後は皆さんの判断に委《ゆだ》ねるしかありません」

「……」

ハルドルは再び黙り込んだ。皆が、ハルドルの次の言葉を待った。

「貴重なご意見をありがとうございました」

ハルドルはそう言うと、ステファン博士とアルニに深く頭を下げた。

ステファン博士とアルニを見送ると、和輝と瑠璃香、ヨアンの三人は村の集会所へ出かけるのを中止して、ハルドルと今後の対応を話し合った。

腕組みをして黙っているハルドルに、ヨアンが言った。

「おやじ、この寒波でもうトールの森は失われたんだ。それにあのミアプラシノスを採って帰れば、この寒波がずっと続いたとしても、おれたちが愛するこの村に住み続けることができる。それを第一に考えるべきだ」

和輝もヨアンに同意するように続けた。

「僕も計画を中止することには反対です。確かに僕も……あのミアプラシノスの巨大塚を見上げて、侵してはならない神聖なものを感じました。塚を切り崩すことには、抵抗感を覚えます。ただそれが、村を守る唯一の方法のはずです。寒波が終われば、この村でエルムの木を増やしていくことだってできます」

和輝は目を伏せた。

「それに……村の人たちにこの村を捨てないで済む希望を与えたのは、僕たちです。今さらやめるなんて、とても言えません」

「うむ、そうなのだが……」

ハルドルが組んでいた腕をゆっくりとほどいた。

「瑠璃香がこの前、元の世界では、予測できなかった環境問題が次々起きていると話してくれたな。実はあの話を聞いた時、石碑に刻まれた三つの文章が突然浮かんできたのだ」

ハルドルは一呼吸置くと、三つの文章のうちの三番目を暗唱した。

「古《いにしえ》より崇《あが》められし大いなる磐《いわ》、遥《はる》かなる地へ礎《いしずえ》と恵みの種を蒔《ま》かん」

「あっ……」

瑠璃香が小さく声を上げた。

「まさに博士が言ったこと――ミアプラシノスがこの島全体の緑の源であることを、この文は伝えておったのではないかとな」

ハルドルは大きく息を吐いた。

「占い師のヴェラが、家の前で儀式をした日があったであろう。実はあれから毎夜、悪夢にうなされておるのだ。わしが大蛇に食い殺される夢ではない。わし一人が、見渡す限り荒寥とした灰色の大地に取り残されておる夢じゃ。そこには緑の森もなければ、人も動物もいない……おぬしらの姿さえないのだ。気が狂いそうになって大声をあげたところで、いつも目が覚めるのだ」

いつも威勢のいいヨアンもうつむいている。ハルドルは声を震わせた。

「わしは恐いのだ。村人にとって、いやこのアイスランドにとって、取り返しのつかない過ちを犯してしまうのではと……」

ハルドルは硬い三人の顔をゆっくり見回した。

「わしは長老会でありのままを伝えようと思う。ステファン博士から聞いたままをな。今のわしにはそれしかできん」

12

その日の午後ハルドルは、たくさんの資料をリュックに詰めて長老会へ向かった。

和輝と瑠璃香は、ハルドルが長老会議から帰るのを待っていた。このような状況になり、とても採掘の準備に参加する気持ちになれなかったのだ。

「私、恐い……」

ハルドルやヨアンとの話し合いの時には何も言わなかった瑠璃香が、ぽつりと言った。

「今日の長老会議でどちらに決まっても……恐い」

「そうだな……俺もだ。だけど採掘中止に決まったとしたら、その後どうなるのか想像がつかないんだ。誰がどうやって村のみんなに説明するんだ？　俺はみんなの顔を見る勇気もないよ」

和輝は全村集会のことを思い出していた。ロベルトの母親の言葉、若者たちから次々と上がる「俺も行く！」という声、「私も行きます」と泣きながら言った若い女性、「シモンとロベルトの無念を晴らしてくれてありがとう」と言って喜んでくれたエルマルの青く澄んだ瞳。そしてこの瞬間にも、献身的に採掘の準備をしてくれている若者たち――。

和輝は小さく息をついた。

「やっぱり俺は……計画は続行すべきだと思う。でも決めるのは長老会だ。俺たちは、長老会が決めたことをサポートするしかない。なったらなった時、その時にやれることをやろう」

「うん」

その言葉に瑠璃香は小さくうなずいた。

その日の夜遅く、和輝と瑠璃香、ヨアンの三人は夕食も取らずに、ハルドルの帰りを待ちわびていた。

ガチャ。

長老会議から帰ってきたハルドルに、三人が駆け寄った。ハルドルは疲れきった中にも、何かを思い詰めたような険しい表情をしている。

「おやじ、どうなったんだい？　長老会の方針は」

ヨアンが聞いた。ハルドルはすぐには答えず、長テーブルまで歩み寄ると椅子にすとんと腰を下ろした。

「今日は決まらんかった。また明日、話し合いをする」

ハルドルはうつむいて、ぶっきらぼうに答えた。和輝も瑠璃香も色々聞きたいことはあるのだが、言い出せる雰囲気ではない。

しばらくの沈黙の後、ハルドルが静かに言った。

「ということで、明日も朝から出かける。しばらく家には帰れぬが、心配せんでくれ」

翌朝、和輝たちが目を覚ますと、ハルドルはもう出かけていた。和輝たち三人は、長老会の方針が決まらない状況で、採掘準備のために村へ行く気にはならなかった。その日ハルドルは、家には帰ってこなかった。

13

次の日の朝、三人で薪を集める作業をしていると、瑠璃香がぼそりと言った。

「ねえ……村に下りてみない？　長老会の話し合いがどうなっているか気になるし」

「うーん、だけど俺たちが口を挟めることではないからな。それに話し合いがどうなっているかだって教えてはもらえないよ」

和輝も長老会議のことは気になるが、自分たちは待つしかないと思っていた。

「それに私……なんだか胸騒ぎがするの。長老会の話し合いが長引いても、今まで泊まりがけで続けるなんてことなかったと思うんだ」

「確かに、ちょっと変だな……」

ヨアンも首を傾《かし》げた。


その日の午後、和輝と瑠璃香、ヨアンの三人は、議論を続けている長老たちに差し入れを持参するという口実《こうじつ》で、長老会を訪れることにした。『長老会議』といっても会議室でするわけではない。長老は最長老のセゴルを入れて五名しかいないので、長老たちが集まる長老会室で議論しているはずだ。

三人は村の長老会室まで来た。

トントントン。

ヨアンがドアをノックすると、最長老のセゴルがドアを開いた。

「お、おお。ヨアンか」

セゴルは、ヨアンの背後に和輝と瑠璃香がいることに気づくと、声をかけてきた。

「これはこれは、和輝くんと瑠璃香さんではないか」

「長老会のみなさんに差し入れを持ってきました」

パンと果物のシロップ漬けが入った籠《かご》を持っている瑠璃香が答えた。

セゴルは外をきょろきょろと見回した。

「ハルドルは一緒ではないのかの？」

「えっ、親父ですか？」

ヨアンが聞き返した。

「親父は昨日の朝から、長老会議に来ているはずなんだが……」

「長老会議？　会議は一昨日に終わったが……」

セゴルとヨアンの話が噛み合わない。

「立ち話もなんじゃ、中に入るがよい」

セゴルは三人を部屋に通した。

セゴルの話は、ハルドルから聞いていた話と全く違っていた。一昨日の長老会議で最終的に賛否を問うたところ、採掘中止はハルドル一人だけだった。その結果、採掘計画を続行することに決まったという。そして採掘計画を最終化するため、ハルドルがミアプラシノスの森への地図を持って来ることになっていたという。

セゴルは首を横に振ると、心配そうに言った。

「そうか、ハルドルは会議があると言って家を出たきり、帰っていないのか。一体何があったのか……。だが困ったたな、あの地図が無いと採掘計画を進めることができぬ」

和輝と瑠璃香、ヨアンの三人は顔を見合わせた。和輝が口を開いた。

「あの……地図って、ミアプラシノスの森へ行く地図ですよね。その地図なら僕たちが持っています。もともと、瑠璃香が描いたものなんです」

和輝はそう言うと、瑠璃香を見た。

「すぐに帰って探してみよう。いいだろ？」

「う、うん」

やや間があって、瑠璃香がうなずいた。

和輝と瑠璃香、ヨアンの三人は家への道を急いでいた。

「私……今朝、差し入れを準備してて気づいたの——保存食がずいぶん減っていることに。それに一昨日のハルドルさんの口ぶりだと、事故とかじゃなくて、ハルドルさんが自分から姿をくらましたんじゃないかって……」

そう瑠璃香がつぶやくと、和輝が答えた。

「俺もそんな気がする。でも何でそんなことしたんだろう、俺たちにも長老会にも何も言わないで……。とにかく、ミアプラシノス採掘を早く始めないと手遅れになってしまう」

――真冬の大寒波が来れば採掘隊を送ることはできない。それぞれの家にミアプラシノスを配って大寒波を乗りきるという計画が崩れてしまう。せっかくミアプラシノスを発見したのに、村を救えなくなってしまう……。

和輝は歯がゆさと焦りを感じていた。


三人は家に帰ると地図を探した。しかし、どこにも見当たらない。地図だけでなく、鍛冶屋ヴァルナルが残した冊子も消えていた。

瑠璃香がぼそりとつぶやいた。

「ハルドルさんが持って行ったってこと……？」

「……」

ヨアンも和輝も言葉が出ない。ヨアンが気を取り直したように言った。

「おれは今から長老会へ戻って、地図が無かったことを報告する。お嬢ちゃんと和輝はもう少し探してみてくれないか」

和輝と瑠璃香は家中を隈《くま》なく探したが、地図は見つからなかった。村を二往復して疲れた顔のヨアンが言った。

「地図が無かったと最長老に言ったら、お嬢ちゃんと和輝に地図を描いてもらえないかと言ってきた。二人なら探索用の地図も洞窟の地図も、思い出して描けるんじゃないかってな」

「それでヨアンさんはなんて？」

瑠璃香が聞いた。

「そういう要望があったことは二人に伝えておくが、まずは親父が帰るのを待つつもりだと言っておいた」

「地図を描くか……俺は無理だけど――」

和輝が瑠璃香を見た。

「瑠璃香なら描けるよな？　瑠璃香、さっそく描き始めたらどうだ」

「うーん……、少し考えさせて」

煮えきらない瑠璃香の返事に、和輝の語気が強まった。

「考えさせてってどういうことだよ。ハルドルさんが帰って来なければ、瑠璃香の地図が必要になるんだ。それが無いと、ミアプラシノスでこの村を救う計画が進められないんだぞ」

瑠璃香は和輝の顔を見ずに言った。

「ハルドルさんが地図を持って行ったのだとしたら……よほどの理由があったんだと思う。私が勝手に地図を描いたりしちゃいけない気がするんだ。長老会から帰って来た時のハルドルさんを見て思ったの。何かを決意していたというか、覚悟していたというか……。私、ハルドルさんを信じたい」

和輝は少し落ち着いた声で言った。

「俺だってハルドルさんを信じたいよ……。でも今はハルドルさんを信じること以上に、この村のこと、村のみんなを裏切らないことの方が大事なんじゃないか」

唇を噛んで聞いていた瑠璃香がつぶやいた。

「ごめん……やっぱり私は無理」

瑠璃香は椅子から立ち上がると、走るようにして自分の部屋に去っていった。

14

数日が過ぎたが、ハルドルは帰って来なかった。その日の昼過ぎ、家の表のほうが何やら騒々《そうぞう》しい。

「大変だ、和輝！」

突き破るような勢いでドアを開けて、ヨアンが和輝の部屋に飛び込んできた。

「どうしたんですか」

「村の奴らが大勢で押しかけて来やがった。ハルドルを出せ、地図を渡せって口々に言ってるんだ」

騒ぎを聞きつけて、瑠璃香も部屋から出てきた。三人がリビングへ行くと、玄関をドンドンとたたく音や罵声《ばせい》が聞こえる。ヨアンが二人に話した。

「親父が地図を持って行方をくらませたという噂《うわさ》が、村に広がったみたいだ。みんな、親父は家に隠れているんだろうとか、ミアプラシノスを独り占めするつもりだろうなんて叫んでる」

その時、外が静かになった。エルマルの声がした。

「和輝、瑠璃香、いるんだろ？　僕を中に入れてくれないか。何がどうなっているのか、ちゃんと説明を聞きたいんだ」

玄関に向かおうとした和輝を、ヨアンが両手で制した。

「和輝とお嬢ちゃんは、ここで待ってろ。おれが行く」

そう言って玄関に向かったヨアンは、エルマルを連れてリビングに戻ってきた。和輝と瑠璃香は、ハルドルがいなくなった経緯を説明した。

「そうか。ハルドルさんのことだから、何か考えがあってのことだとは思うけど、誰にも何も言っていないんじゃ非難されても仕方がないな。しかも君たちにまで嘘をついたなんて許せないよ。それに、長老が長老会の決定に従わないなんてさ……」

「……」

「それで、和輝と瑠璃香はどうなんだい？　ミアプラシノスでこの村を守ろうと言ったのは君たちだよ。まさか今になって、採掘はしないなんて言うんじゃないだろうね」

「そ、そんなことは思ってないよ」

和輝が慌てて打ち消した。

「でも……でも瑠璃香は、ハルドルさんを信じたいと言ってるんだ」

エルマルが瑠璃香を見た。しばらくの沈黙の後、うつむいていた瑠璃香が顔を上げた。

「分かった。私、地図を描く。探索用と洞窟の地図だよね、二日だけ待って」

「ああ、よかった。瑠璃香、ありがとう」

エルマルはほっとした様子でそう言うと、玄関の方に目を向けた。

「外で待ってる者たちには僕が説明する。瑠璃香が地図を描いてくれると言えば、みんなも引き下がるだろう」

エルマルと村の者たちが帰っていくと、瑠璃香はリビングの棚から探索中に書いた資料を集め始めた。

「ヨアンさん、作業部屋を使わせてもらいますね」

すぐに地図作成に取りかかるようだ。資料を脇に抱えてリビングを出ようとした瑠璃香の肩に、和輝が手を置いた。

「瑠璃香……大丈夫か？」

「もちろん、大丈夫よ」

瑠璃香は和輝の顔を見ると、わずかに笑顔を作った。

15

その翌日の明け方、和輝はノックの音で目を覚ました。

「和輝、起きて」

ドア越しに瑠璃香のささやくような声が聞こえた。和輝は飛び起きると、ドアを開けた。

「ハルドルさんが帰って来てるの」

「えっ！」

「シーッ」

思わず声を上げた和輝に、瑠璃香は自分の唇に人差し指を当てた。

「今、台所。リュックに食べ物を詰めてる」

瑠璃香が小声で言った。

「じゃあ、また出ていくつもりだな。でも、ここで引き止めようとしても逃げられるかもしれない……」

「食べ物を取りに帰ったってことは……この近くに隠れてるってことだよね。こっそり跡をつけてみない？」

瑠璃香の提案に和輝は黙ってうなずいた。

防寒着を身に着けた和輝と瑠璃香は、窓際に身を潜めてハルドルが出ていくのを待った。窓の外は東の空から白んできていて、見失うことはなさそうだ。リュックを背負ったハルドルが裏口から出ていくのを確認した二人は、続いて家を出た。

木立はほとんど無いので、ハルドルが進む方向さえ分かれば、かなり離れていても見失うことはない。二人は道の窪みや岩陰に隠れながら、ハルドルの後を追った。

家を出て三十分ほど歩いた頃だろうか、登り坂が終わり広場に出た。その広場の向こうに、薄い朝陽に照らされて巨大な箱型の建物が浮かび上がっている。

「和輝、あれって……倉庫だよね？」

「いや……ただの倉庫じゃないみたいだ」

その建物には太く長い煙突が突き出していて、そこからは煙が出ている。

瑠璃香が小さく声を震わせた。

「ハルドルさん、いったい何を燃やしてるんだろう……」

瑠璃香の脳裏に一瞬、ホラー映画の一場面がよぎった。悪魔に取り憑《つ》かれた殺人鬼が、手にかけた何人もの遺体を焼却炉で焼くシーンだ。

建物の中にハルドルの影が消えると、和輝と瑠璃香はその建物にそっと近づいていった。二人は建物の入り口の横にある小窓の下に息を潜めた。

――カッ、カッカッカッ。

ハルドルが何か始めたようだ。石か何かだろうか、硬い物をたたくような音が聞こえる。

和輝が中をのぞくために立ち上がろうとすると、瑠璃香が和輝の防寒着の裾を引っ張った。防寒着を握った瑠璃香の手が震えている。和輝は瑠璃香の震える手をそっとつかみ、目で合図を送ると、その手を自分の服からそっと離した。和輝は背伸びをして小窓から中をのぞいた。

しばらく中をのぞき込んでいた和輝が、瑠璃香のそばに屈むと小声で言った。

「やっぱり倉庫じゃなくて、何かの作業場みたいだ。石の加工場というか、陶器を焼くところというか……。大きな機械や天井近くまである炉みたいなものもあった。ハルドルさん、何かをハンマーでたたいてたよ。瑠璃香も見てみろよ」

その言葉に、瑠璃香も恐る恐る立ち上がったが、小窓が高すぎて中が見えない。

それに気づいた和輝は、入り口のドアノブに手を掛けると、音がしないように少しだけドアを開いた。瑠璃香がその隙間から中をのぞき込んだ。

和輝が言った通り何かの作業場のようだが、何をする場所かまでは分からない。その隙間からはハルドルの姿は見えないので、瑠璃香はもう少しドアを押し開けた。

ギイーッ……。

ドアが軋《きし》んだ。

ハンマーを振っていたハルドルの動きが、ピタッと止まった。

「和輝と瑠璃香だな」

ハルドルは前を向いたまま言った。瑠璃香は慌てて顔を引っ込めた。どうやら尾行していたことは気づかれていたようだ。

ハルドルは何事もなかったかのように、またハンマーを振り始めた。

カッ、カッカッカッ。

「あれほど探してくれるなと言ったものを」

和輝は観念したように、ドアを大きく開いた。

「すみません……つい跡をつけてしまいました」

和輝がそう言うと、ハルドルは作業の手を止めた。

「ハルドルさんこそ何をしていたんですか、こんな所で何日も」

和輝は語気を強めて続けた。

「村は大変なことになっています。みんなハルドルさんが村を裏切ったとか、ミアプラシノスを独り占めしようとしていると騒いでいます。昨日なんて村の人たちが家に押しかけて来たんです」

ハルドルが作業用の椅子に座ったまま、ゆっくりとこちらを向いた。

「そうか、苦労をかけてしもうたな。すまなかった……」

「僕は村の人たちに何も言い返すことができませんでした。でも瑠璃香だけは、ハルドルさんをずっと信じていたんですよ」

「瑠璃香がな……」

そうつぶやくハルドルの顔は、ランプの灯りの影になってよく見えない。それまで和輝の後ろで黙っていた瑠璃香が、前に歩み出た。

「苦労をかけただなんて、どれだけ心配したと思ってるんですか！」

「……」

「ハルドルさんのためなら、いくら苦労したって構わない。でも心配したんです。私たちに何も言わずに出ていくなんて……もっと信じてほしかった」

「そうか……本当にすまなかった。おぬしらは何も知らない方が、迷惑が及ぶまいと思ったのだ」

瑠璃香は涙声で続けた。

「ハルドルさんは私たちのこと、家族だって言ってくれたじゃないですか。あれは嘘だったんですか」

ハルドルが椅子から立ち上がった。

「嘘ではない。わしは、この村を救いたかった。そしておぬしらと、この村で暮らし続けたかった。その最後の可能性を、ここで見つけようとしておったのじゃ」

ハルドルは瑠璃香の前まで来ると、強く胸に抱き寄せた。

「瑠璃香も和輝も、わしの大切な家族じゃ」

16

ハルドルが和輝と瑠璃香に経緯を語り始めた。

「最初に植物学者のアルニとステファン博士が、一緒にうちに来たことがあっただろう。あれからわしは、鍛冶屋のヴァルナルが残した冊子の解読をもう一度試みたのだ」

和輝と瑠璃香はあの時、ハルドルが二日間部屋に籠もりきりだったことを思い出した。

「完全に解読することはできんかったが、ヴァルナルが他の石からミアプラシノスを作り出そうとしていたことが分かったのだ。そんな時にまたステファン博士がやって来て、ミアプラシノスがトールの森だけでなく、この島の森の源になっていることを知らされた。それを聞いてわしは、ミアプラシノスの塚は切り崩してはならんと思うようになったのだ。そしてミアプラシノスを作る実験に賭《か》けてみようと。成功すれば、ミアプラシノスの塚を崩さずに村を守ることができるはずだと……」

「そんな発見があったなら、なぜ僕たちや長老会に言ってくれなかったんですか」

「うむ……。ただ、作り出せる可能性に気づいただけで、その方法が分かったわけではない。今回のミアプラシノスの採掘計画では、村の者たちに希望を与えて皆をその気にさせておきながら、後で大きな問題があることが分かった。ミアプラシノスの生成も、確証が持てるまでは言うべきでないと思ったのだ」

「……」

「それにな、生成が出来ようが出来まいが、ミアプラシノスの塚は切り崩すべきではないと思っておる。呪いや神罰が恐くなったのではない。この島自体を滅ぼしてしまう人間の暴挙だと気づいたのだ。だがわしには、他の長老たちを説得するだけの力がなかった。それでやむ無く、地図を持ち出すことで採掘計画を止めるという強硬手段に出たのだ。もしミアプラシノスを作り出せなかったとしても、村人たちを採掘に行かせてはならんからな」

「では、その場合は……」

「うむ、この村を捨てざるを得んと思うておる」

「……」

和輝と瑠璃香は言葉が出てこなかった。

「そうなるとまた方針を変えることになる。納得しない村の者も多いだろう。恨みや怒りを買うだろう。何をされるか分からん。おぬしたちを巻き込みたくなかったのじゃ」

しばらく重い沈黙が流れたが、瑠璃香が聞いた。

「それで、ミアプラシノスを作り出すのは上手くいきそうですか？」

「いや……それが、これまでのところダメなのだ」

ハルドルは力なく答えた。

「実は今、最後の実験をしているところだ」

ハルドルは、作業台に置かれたトレイに並んでいる六個の石を指さした。

「今、これと同じ六個の石を炉で熱しておる。鍛冶屋の記録を頼りに、このトールの森にある石や岩を一通り集めてこうして炉にかけてみたものの……これが最後の六個だ」

「あ、これって……私が持って帰った石ですよね」

瑠璃香はトレイの六個の石の中にある、緑白色の石を手に取った。

ミアプラシノスの塚の周囲に突き出していた岩で、瑠璃香が「キレイだから」と言って、削り採って持ち帰ったものだ。

「おお、そうだったな。実はあの石は『ウイリディサイト』という石でな、この辺りにもよくある石だ。今、実験に使っている石も瑠璃香が持ち帰ったものではなく、この近くで採ってきたものなのだ」

「なんだ、あの塚で見つけた時は珍しい石だと思ったのに……」

瑠璃香は少し残念そうに言うと、その石をトレイに戻した。

「その炉というのがあれじゃ」

ハルドルは奥の壁際に据えてある、天井近くまでそびえる円錐台《えんすいだい》の構造物を指さした。炉に近づくと熱気が伝わってきた。見上げると、高さは大人の背丈の四人分はあるだろうか。外壁はレンガを積み上げて出来ており、長年使い込んだのだろう、煤《すす》で黒ずんでいる。正確には『高炉』と呼ばれるもので、これで石を高温に熱して、性質の違う石に変えるという。

最後の実験ではすでに規定量の石炭を投入しており、後は石炭が燃えきって炉が冷えるのを待つだけだった。

17

三人は、建物の一角にある休憩所で遅い朝食を取りながら、炉が冷えるのを待つことにした。朝食といっても、パンと干し肉と紅茶だけだ。

——もしこの最後の実験も失敗したら、ハルドルさんはこの村を捨てるつもりなんだよな。自分たちはどうなるんだろうか。村の人たちにはどう説明するつもりなんだろう。ハルドルさんは、村に顔を見せただけで袋だたきに遭うかもしれない……。

そう思うと和輝はパンが喉を通らない。見ると瑠璃香も、ちぎったパンを手に持ったままぼんやりしている。

そうしていると、ハルドルが口を開いた。

「実はな、以前ここはわしの仕事場だったのだ」

和輝と瑠璃香は、はっとしたようにハルドルを見た。二人ともハルドルがここで何をしているかだけに関心を持っていて、この建物が何なのかについては考えてもいなかった。

「わしも鍛冶屋だったのじゃ。わしの父親も鍛冶屋でな、この鍛冶場は親父が建てたものだ。わしが物心ついた時には、お袋はもう死んでいた。だからわしは、親父に育てられた。子どもの頃から、親父の背中を見てきた。わしは親父に憧れ、親父に教えてもらって鍛冶の腕を磨いた。わしが十六歳の時には、農具や大工道具の鍛冶を任されるようになった。だが間もなくして……親父も逝ってしもうた」

和輝と瑠璃香は黙って聞いている。

「わしはその後も、村里から離れた今の場所に住み、長い間この鍛冶場で鍛冶に打ち込んでおったのだ」

「……」

「わしは結婚しておらんのだ。村に、男の子を残して両親が亡くなった家があってな、わしはその子を引き取って育てた。それがヨアンじゃ。だからわしは、自分の本当の家族というものを知らんのだ」

ハルドルは少し間を置いて続けた。

「わしはおぬしらが知らん方がいいと考えて、何も言わずに行方をくらませた。そのために、おぬしたちを余計に困らせ、心配させ、窮地に追いやってしまった……。おぬしたちは、家族であればこそ言って欲しかったと言う。家族というものを知らないわしの至らなさが、おぬしたちを苦しめてしまった。本当にすまなかった……」

　聞き終えた瑠璃香が静かに言った。

「ハルドルさん、それは違うと思います」

「……？」

「これが家族とか、家族ならこうするなんて決まったものはないと、私は思うんです。ハルドルさんは、何も言わずに出ていく方が私たちのためだと思ったんですよね。それだけで十分です。その気持ちがあるということが、家族なんだと思うんです」

　しばらくの沈黙の後、ハルドルは目を伏せたまま言った。

「ありがとう、瑠璃香」

18

　三人は火を落とした高炉の前に立っていた。

「さて、最後の出来はどうか」

ハルドルが、炉の前面に付いている石で出来た取っ手を、ミトンをはめた手でゆっくりと引き出した。

「……」

和輝と瑠璃香もハルドルを挟むように、左右からじっと見ている。陶器のトレイに載っていたのは、煤にまみれた六個の石の塊だった。ハルドルはそのトレイを作業台に置くと、ブラシで煤を払っていった。光沢のある茶色い石、くすんだ灰色の石、まだら模様の石……六個すべての石の煤が払われた。しかし、三人が期待していたミアプラシノス——暗緑色の石は、そこにはなかった。

「……」

三人は言葉なく立ち尽くした。

「ハルドルさん……私はどうしたらいいんでしょうか」

瑠璃香がうつむいたまま言った。

「エルマルや村の人たちには、地図を描くと約束しました。でもそれは、ハルドルさんの意志に背くことになります。かといって地図を描かなければ、村のみんなを裏切ることになります……」

「また瑠璃香を苦しめてしまったな。もう地図は描かんでもよい、わしが村へ下りて説明する」

それを聞いた和輝が張り詰めた声で言った。

「村へ行ってどうするつもりですか。村は、ミアプラシノス採掘を中止できるような雰囲気ではありません。それに長老会にたどり着く前に、村人に袋だたきにされるかもしれません。どうかこのまま逃げてください」

「そうだな……わしも、皆を説得できるとは思っておらん。袋だたきに遭うかもしれん、殺されるかもしれん。だが逃げるわけにはいかん、村の皆に謝らねばならん」

「……」

和輝も瑠璃香もうつむいたまま、三人にやり場のない沈黙が流れた。

その時だった。

「えっ」

突然、瑠璃香が声を上げると、トレイの上の石の一つを手に取った。まじまじとその石を見ていたが、急に窓の方に向かって駆け出した。瑠璃香は手の平に乗せたその石を、窓から差し込む陽の光にかざした。石は少しずつ光り始め、明るさを増していった。

「なんと……」

瑠璃香のそばまで来たハルドルが、声を漏らした。隣の和輝も、光り始めたその石をじっと見ている。

「この石はウィリディサイトだったな。瑠璃香、わしに見せてくれぬか」

　ハルドルは瑠璃香からその石を受け取ると、ポケットからルーペを取り出して、観察し始めた。

「石の中に小さな結晶が出来ていて……それが翡翠色《ひすいいろ》に光っておる！　ミアプラシノスじゃ、ミアプラシノスができたのだ！」

　それを聞いた和輝が歓喜の声を上げた。

「やりましたね！」

　和輝がその石を受け取ると、その石はすでに柔らかな温もりを帯びていた。

　三人は柔らかく光るその石を囲むように座っていた。皆、表情は明るい。

　和輝はハルドルを見た。

「ハルドルさん、ハルドル、この石を持ってすぐに村へ下りましょう」

「うむ……」

　ハルドルはしばらく考えてから口を開いた。

「瑠璃香が地図を描くといった期限は、明後日だったな。明日までもう一日、時間をくれぬか。ウィリディサイトからミアプラシノスができることは分かったが、純度はまだまだじゃ。この石では、おぬしらが持ち帰ったミアプラシノスの欠《か》けらの、半分の力もないだろう。村の皆を説得するには、もう少し純度の高いミアプラシノスが欲しい。それに長老会には、大量のミアプラシノスを作る計画を示す必要もある」

「分かりました。明日一日、純度を上げる実験をしてみるのですね、それと計画も。僕たちも手伝います」

「いや、実験はわし一人で続けるつもりじゃや。もし今回純度を上げることができんでも、その時はこの石を長老たちに見せればよい。おぬしらには別にやってほしいことがあるのだ」

「……？」

和輝と瑠璃香はハルドルを見た。

「まずは明後日、長老会議を開くよう段取りをつけてほしいのだ。わしが姿を出すと、最長老に言ってくれていいぞ。あと、連絡を取ってほしい人物がおるのだ」

19

和輝と瑠璃香がハルドルのいる鍛冶場に戻ってきたのは、次の日の夕方だった。

「ハルドルさん、言われた通りにしておきました。あのお二人とも連絡がとれました」

「そうかありがとう」

瑠璃香が口をとがらせた。

「ヨアンさん、怒ってましたよ。親父は無茶苦茶《むちゃくちゃ》だって。ミアプラシノスを作るのに成功したから良かったが、もし失敗していたらどうするつもりだったんだって」

「そうか、ヨアンにも迷惑をかけてしまったな……」

が、ハルドルの顔は明るい。

「そうじゃ、わしの方は上手くいったぞ。今、陽の光を当てておるところだ、ちょっと待っておれ」

ハルドルはそう言うと、トレイに載った石を持ってきた。それらの石は鮮やかな翡翠色の光を放っていた。

「わあ、明るい！」

瑠璃香が声を上げた。よく見ると、光っている部分はまだらではあるが、昨日の石に比べると格段に明るさを増している。

「石炭の量をさらに増やして、また試しておるところだ」

三人は高炉から出る熱で暖まりながら、最後の実験の結果を待つことにした。

ゴーゴーと炎が燃え上がる音に混じって、機械が動くようなギーッ、ギーッという音がする。

「あの音はなんですか？」

和輝が高炉の方を見ながら聞いた。

「あれは炉に空気を送っておる音じゃ。この建物の裏に水車があってな、その水車で機械式の鞴《ふいご》を動かしておるのだ」

──水車で機械を……この時代ならではの工夫だな。

「石炭の量を増やしたということですが、温度は何度まで上げるのですか？」

和輝の質問にハルドルが首を傾げた。

「ん？　オンド？」

この時代、温度計は発明されてはいたが、まだ普及はしていなかった。まして、千度を超える高炉の温度など測れるはずもない。和輝の話を聞いたハルドルは、ただただ驚いている。

「おぬしらの時代では、このような炎の温度も測れるというのか……」

「ではハルドルさんは、どうやって鉄を溶かしたり石を生成したりしてるんですか？」

「ふむ、勘というか経験というか……。石炭の量や、炎の色や鉄の色を見ておるのだ。それができるのが、一人前の鍛冶屋だ」

「そうですか……僕にはその方がすごい技術のように思えます」

和輝が感心したように言った。

昨日、不安と期待の緊張の中で実験の結果を待っていたことを思うと、今日は何と穏やかで、和やかな時間だろうか。

「私があの塚の根っこで見つけた石からミアプラシノスが出来たなんて、なんだか運命のようなものを感じるな」

瑠璃香が翡翠色に光る石の一つを手に取って続けた。

「でも、なんであの塚だけミアプラシノスになって、その周りやこの辺の石はウィリディィサイトのままなんだろう」

「それはわしにも分からんが、何というか……大地の力を感じるのだ。ミアプラシノスは、この島を統《す》べる〝大地の神〟が生み出したものではなかろうかと。そう、占い師のヴェラも言っておった大地の神じゃ」

「大地の神……」

瑠璃香がつぶやいた。

「地中の奥深くには、大地の神の魂であるマグマが眠っている。遠い過去のある日、大地の神が突然、叫び声を上げた。その叫び声によって、地面が大きくずれ動いて地底からマグマが湧き出した。そのマグマが地表近くで固まったのがウィリディイサイトだ。ところが、あの巨大塚だけは特別な条件で冷えたことで、ミアプラシノスの大きな結晶になったのではないかとな。その特別な条件をこの高炉で再現できたというわけだ」

「なるほど、そういうことだったんですね」

瑠璃香が声を漏らした。

「最後の実験結果が出るのは明日の朝だ。今夜はもう寝よう」

ハルドルが寝袋を広げた。

「わしはここで寝る。炉の番をせんといかんからな」

20

ミアプラシノスの純度を上げる最後の実験結果は上々だった。翌朝、三人が高炉から取り出した石は、朝陽を浴びると、天然のミアプラシノスに負けない輝きを放った。

和輝、瑠璃香と共に家に戻ったハルドルは、身支度を整えると、フードを目深に被って長老会へと向かった。


「そうか……それで、このミアプラシノスを生成することに成功したのだな」

ハルドルの説明を聞いた最長老のセゴルが、生成したミアプラシノスを手にして言った。

「この大成果に免じて八日間の不在は大目に見るとしても、我々に何も言わずに大事な地図を持って行方をくらませたことには、目をつぶれぬな」

ハルドルは深々と頭を下げた。

「ご迷惑とご心配をおかけして、誠に申し訳ございませんでした」

「だが今は、誰が良い悪いと言っている場合ではない。まずは村をどう救うかだ。他の皆もそれでよろしいな」

セゴルの言葉に他の三人の長老たちもうなずいた。その一人であるオットーが口を開いた。

「ハルドル殿がミアプラシノス生成に成功したとはいえ、いつまでにどれだけ作れるかはこれからです。採掘計画も並行して進めてはどうでしょうか？」

「そのことですが……」

ハルドルは皆の顔をゆっくりと見回した。

「ミアプラシノスの生成がどこまでできるかに関係なく、採掘計画は中止すべきと思っております。採掘を中止するだけでなく、あのミアプラシノスの森を封鎖すべきと」

それを聞いた一同の顔がこわばった。オットーが責めるような口調で言った。

「では、もしミアプラシノスの生成が上手くいかなければ、餓死者や凍死者が出てもよいとおっしゃるのですか。それに採掘計画については、この前の長老会議で続行することを決めたではありませんか。ハルドル殿はそれをまた蒸し返すのですか」

「村人が死んでもよいなどと言っているのではありませぬ。ですが、ミアプラシノスの塚は壊してはならないと言っておるのです。さらなる災いを招き、この村だけでなくこの島全体に不幸をもたらすと……。わしは今、皆さんが探しておられる地図を持って来ております。ですが採掘計画をやめない限り、この地図を渡すつもりはありませぬ。もしどうしてもと言われるなら、わしを殺して奪いなされ」

ハルドルの気迫に部屋の空気が硬直した。セゴルがゆっくりと口を開いた。

「ハルドルよ、おぬしの並々ならぬ決意は分かった。だがそれは村への背任行為じゃ。そこまで言えるのは、まずはわしら長老を説得できてのことではないのか」

「分かりました」

ハルドルはそう言うと、入り口を向いて呼びかけた。

「お二人よ、どうぞお入りください」

皆がドアに注目した。ドアを開けて入ってきたのは、植物学者のステファン博士だった。

「おお、ステファン博士……」

セゴルが声を漏らした。

ステファン博士に続いて、背の低い黒い人影が部屋に入ってきた。

「おおっ！」

皆が声を上げた。それは、深緑色の装束に身を包んだ老婆——占い師のヴェラだった。

二人はハルドルの横に並んで腰を下ろした。

「皆さんご存知の通り、ステファン博士とヴェラさまです。私が頼んで、ここに来てもらいました。皆さんに直接話を聞いてもらいたいと思ったからです。まずはステファン博士、お願いできますかな」

ハルドルに促され、ステファン博士が資料を見せながら話を始めた。前回の長老会議でハルドルが説明した内容と変わりはないのだが、博士自らの言葉には説得力があった。博士は最後をこう締め括った。

「私はこの前ハルドルさんに、私はどうすべきという立場にはない、村の皆さんの判断に委ねるしかないと言いました。その後の調査で、あのミアプラシノスの森がこの島全体の緑の源であることを確信するようになりました。ですから今は、こう言わせていただきます。目先のこと、しかもこの村のことだけを考えてミアプラシノスの塚を壊してはなりません。それにより、あなたたちは後悔するだけでなく、歴史上の汚点として名を残すことになるでしょう」

「……」

言葉を発する者は誰もいない。

「ではヴェラさん、お願いします」

ハルドルがそう言うと、場違いな招待者に長老たちの視線が集まった。

「まず最初に、これまで祟りが起きるなどと言って、皆さんを不安にさせたことをお詫《わ》びします」

これまで聞いたことのない、落ち着いたヴェラの声だった。

「わたしがこれまで採掘に反対していたのは、神のお告げがあったからではありませぬ。すべては私の高祖父――ガダルの遺言《ゆいごん》なのです」

ガダルは神官として、このソウルスモルク村でとりわけ尊敬されていた人物だった。語り継がれてきたその名前は、セゴルや他の長老たちも知っていた。皆が次の言葉を待った。

「今から百年ほど前に、鍛冶屋のヴァルナルがミアプラシノスを見つけました。そのヴァルナルは、ガダルの甥《おい》っ子なのです」

ヴェラは高祖父ガダルと、その甥のヴァルナルについて話し始めた。

ヴァルナルは今から百年前に、偶然あの洞窟に迷い込んでミアプラシノスの森を見つけた。ヴァルナルは尊敬するガダルに、すぐにそのことを報告した。ガダルは伝説のミアプラシノスが実際に存在したことに驚くと同時に、ヴァルナルからその神秘的な美しさを聞いて、アイスランドの創造主として語り継がれてきた話が真実だと確信したという。ガダルは、ヴァルナルが塚を傷つけて欠けらを持ち帰ったことを酷く叱りつけたが、ミアプラシノスの欠けらの力を研究することは認めた。そして、その場所を秘密にすることをヴァルナルに誓わせ、将来に渡って誰もあの森に立ち入らせてはならないと、一族に遺言を残した。そしてその遺言は、四代後のヴェラにも伝えられたという。

ヴェラは目をつぶると静かに言った。

「ミアプラシノスの森は何人《なんぴと》も侵してはならない。その場所の秘密は守り、もし誰かが秘密を知ったとしても、あの森に立ち入らせてはならない――それが、高祖父ガダルが残した一族の掟《おきて》だったのです。ですが、わたしは学者でもなければ鍛冶屋でもない……占い師です。あのような方法でしかその掟を守れんかったのです。重ねてお詫び申します」

ヴェラは深々と頭を下げた。

……。

部屋にしばらく沈黙が流れた後、セゴルが他の長老たちを見回した。

「皆よ、どうかな？　わしも採掘は中止するしかないと思うが……」

長老の一人が発言した。

「私も採掘中止に同意です。幸い、ハルドル殿がミアプラシノスを作り出せることを発見してくれました。採掘を中止してもこの村を守ることができます」

「村を守るためには、かなりの量のミアプラシノスが必要だ。ここで採掘中止を決めるということは、万が一ミアプラシノスの生産が上手くいかなかった場合でも、採掘はしないということ。言い換えると、その場合はこの村を捨てるということ。採掘を中止するということは、その覚悟を持つということだ」

セゴルがそう言うと、再び沈黙が訪れた。

「私はその覚悟を持って、採掘中止を支持します」

オットーが静かにそう言った。

「私も採掘は中止すべきと思います。たとえ今この村が助かったとしても、将来に渡ってこの島が不毛の地になるようなことは避けねばなりませぬ」

「はい、私も」

他の長老たちも口々に言った。

「では全員一致で、ミアプラシノスの採掘は中止するということでよろしいな」

セゴルはそう言ってハルドルを見た。

ハルドルとステファン博士、ヴェラは頭を下げた。

21

部屋の中が長老たちだけになると、これからどうするかという話になった。

オットーが提案した。

「まずは私が、採掘の準備を進めている者たちに採掘中止を知らせます。最長老とハルドル殿は、全村集会の準備を進めるということでどうでしょう。採掘中止を決めたからには、できるだけ早く村民に説明する必要があります」

「全村集会はちょっと待っていただきたい」

ハルドルが口を開いた。

「わしらは村を捨てることをこの春、皆に伝えました。そして先日、その方針を撤回してミアプラシノスを採掘することにしました。そして今回は、その採掘を中止することに……。わしは採掘中止を言うからには、確信の持てるミアプラシノス生産計画を合わせて示すべきだと思っております。必要な量を生産できるはずという希望的観測を示して、またそれを変えるような事態になれば、誰も長老会を信じてくれなくなります」

「ハルドル殿の懸念はよく分かります。かといって、無駄になる採掘準備を村人たちに続けさせるおつもりですか？」

「いや、採掘の準備は止めるとして、全村集会はこれからの計画がはっきりしてからにしたいということです」

「ハルドル殿は山に籠もっていて、今の村の空気を知らないからそんなことが言えるのです。理由も説明せずに採掘準備を止めたら、村の者たちがここに押し寄せて来ますぞ」

「……」

ハルドルは言い返す言葉がなかった。

「どうだろう、ここはわしに任せてもらえぬか」

最長老のセゴルが口を開いた。

「若者らには近々全村集会で説明すると言って、採掘の準備を中止させる。その時、噂《うわさ》を流すのだ。『ハルドルがミアプラシノスを作り出す方法を見つけたらしい』と。この噂を耳にすれば、若者らも全村集会を待ってくれるだろう」

ハルドルも他の長老も異存はなかった。

ただ、村を存続させるだけの大量のミアプラシノスを生産するには、大きな問題があった。

燃料に大量の石炭が必要なのだ。ハルドルの鍛冶場に残っていた石炭は、八日間の生成実験でほとんど消費してしまった。高価な石炭は村でも備蓄していないため、この島で唯一の炭鉱があるケルドゥル村で調達するしかない。

オットーをはじめ、ハルドルを含めた長老四人から次々と意見が出た。

「今の我々には、それを買うだけの資金がありません」

「作ったミアプラシノスを売って、石炭を買う資金に当てるというのはどうでしょう。この村を救う力があるのですから、他の村でも売れるはずです」

「なるほど。それであれば、ケルドゥル村には最初の支払いさえ待ってもらえばいい」

「あの大噴火の時には、うちの村からも救援隊を出しました。最初の支払いを待つことくらいはしてくれるでしょう。代金を払わないわけではないのですからな」

ケルドゥル村は、このソゥルスモルク村の西にある炭鉱の村だ。往復には三日かかる。ソゥルスモルク村では暖房には薪を使っているので、普段の行き来はあまりない。ただ、関係が悪いわけではない。ケルドゥル村の近くに活火山——ヘクラ火山があり、二十五年前に大噴火があった。その時はソゥルスモルク村からも、大勢の救援隊を送った。

ケルドゥル村との交渉には、ハルドルとオットーが行くことになった。オットーは長老の中では四十代と一番若く、活動的で、同世代のヨアンとも親しい間柄だ。

その日の夜のことだった。

「それならぜひ僕も連れていってください」

和輝が身を乗り出しながら言った。ハルドルが、ケルドゥル村に石炭調達の交渉に行くことを、和輝と瑠璃香に話したのだ。

「ミアプラシノスに村を救う力があることを信じてもらうには、あの森の様子を話すのが一番です。実際にあの森を見た僕なら、説得力のある話ができると思います」

「では、私も！」

そう瑠璃香も声を上げた。

「あの森のスケッチを描いたのは私です。あの森の話なら、私の方が上手く伝えられます。それに環境問題の話では、私もお役に立てると思います」

「環境問題の話は、俺たちが未来から来ていることをハルドルさんが知ってるから信じてくれたんだ。ケルドゥル村で信じてもらうのは難しいと思う」

「未来の話をするつもりなんてないよ。でも今後、石炭が地球環境の問題を起こす可能性があることは言えると思う。私も交渉の役に立ちたいの」

「そうじゃの……馬車で行くとはいえ、とんぼ返りの旅は結構きついし、危険もある。瑠璃香は待っていた方がよい」

瑠璃香はハルドルをきりりと見た。

「ハルドルさん、あの山奥の洞窟の向こうにミアプラシノスを見つけたのは、私です。ハルドルさんより元気だし、体力もあります」

「う……」

瑠璃香の勢いにハルドルは一瞬困った顔をしたが、すぐにその顔を緩めた。

「わかった。二人にも一緒に行ってもらおう」

ハルドルは、たくましくなった瑠璃香と和輝の顔を見て言った。

22

ハルドルとオットー、和輝、瑠璃香の四人は、ケルドゥル村に着いた翌朝から、ケルドゥル村の長老たちと交渉を開始した。ハルドルが、翡翠色の光を放つミアプラシノスを見せると、長老たちは感嘆の声を上げた。ところが、交渉はすぐに暗礁《あんしょう》に乗り上げた。

暖房用の石炭は使えば無くなるので、また買ってもらえる。しかしミアプラシノスは、一度作ればずっと使える。ミアプラシノスがアイスランドの各家に普及すれば、石炭が売れなくなってしまう。だからケルドゥル村としては、ミアプラシノス生産のために石炭を売るわけにはいかないというものだった。

交渉は昼休憩に入り、四人は渋い顔でテーブルを囲んでいた。

「確かに理屈ではそうなる。でも、何か違う気がするんだよな。視野が狭いというか短絡的というか……」

和輝がつぶやいた。

「価格や納期の話なら、まだ交渉の余地があります。でも、ミアプラシノスの生産に使うなら売れないと言われれば、もう何も言えませんね……」

オットーがそう言いながらハルドルを見た。ハルドルは腕を組んで黙り込んだままだ。

「私、環境問題のことを話してみます」

瑠璃香はそう言うと、ちらりとオットーを見た。

「私、日本の大学で習ったんですが、これから石炭や石油が世界中で大量に使われるようになります。そうすると地球上の空気を汚すだけでなく、気温を上昇させて暴風や豪雨、森林火災といった、それまで人類が想像していなかったような大問題を次々に起こす危険があるというのです。ミアプラシノスは一度生み出してしまえば、太陽が出ている限りずっと安心して使うことができます。ミアプラシノスが世界中に広がれば、環境問題を心配しなくて済む未来を描ける気がするんです」

瑠璃香たちが未来から来たことを知らないオットーは、感心したように言った。

「日本の大学ではそんなことを学ぶのですか……。ミアプラシノスを作るということは、うちの村やケルドゥル村にとってだけでなく、この世界に暮らす人類にとって将来的にメリットがあるはずということですね。なんだか途方もなく大きい話ですね」

それまで黙っていたハルドルが顔を上げた。

「地球環境の話をケルドゥル村の者たちに分かってもらうのは、難しいかもしれんな……。だが瑠璃香よ、午後の話し合いではその話をしてみてくれ。他に、こちらから提案できることはないか」

ハルドルの言葉に、また皆うつむいて黙ってしまった。

その時だった。

「そうだ！」

和輝が顔を上げて叫んだ。

「ん……？」

他の三人が和輝を見た。

「ケルドゥル村から買った石炭でミアプラシノスを作り、それを売ったお金で石炭の代金を払うという関係ではなく、ミアプラシノスを共同で生産して、それを他の村や国に売るという関係ならどうでしょうか？」

「……」

きょとんとしている三人に、和輝は経済学部で学んだ『Ｗｉｎ《ウィン》―Ｗｉｎ《ウィン》』の関係について話した。取引きでは、自分の損得だけを計るのではなく、相手にどんな得があるかも計ることが重要だという。一方が得をして他方が損をするという勝ち負けの関係ではなく、お互いが得をするＷｉｎ―Ｗｉｎの関係が、長続きして発展していく関係だ。自分たちはミアプラシノスを作ることで、ケルドゥル村も石炭が売れて良いのではと考えていた。しかし、石炭は暖房に使うモノと考えているケルドゥル村の人々にとって、ミアプラシノスは石炭の役割を奪うモノで、石炭が売れなくなって〝損をする〟取引きに思えたのだ。

「ミアプラシノスを共同で生産すれば、石炭は暖房に使うモノではなく、ミアプラシノスの生産に使うモノに変わります。ケルドゥル村も、ミアプラシノスを作れば作るほど得をします。まさにＷｉｎ－Ｗｉｎの関係です。もしミアプラシノスがこの島に行き渡ったとしても、これだけの価値のあるものなら世界中で売れると思います。それに炭鉱の村は、石炭を掘り尽くしてしまえばそれで終わりです。でもミアプラシノスの生産地としてなら、石炭さえ調達すれば、生産を続けて利益を上げ続けることができます。どうでしょう、ハルドルさん？」

「なるほど、そういう話なら分かってもらえるかもしれん。午後は、まずは瑠璃香の地球環境の話で視野を広く持ってもらい、その後、共同生産を提案することにしよう」

希望が見えたことで、四人の顔に明るさが戻った。

23

交渉を終えたハルドルとオットー、和輝、瑠璃香の四人は、暗い表情で馬車に揺られていた。結局、瑠璃香の地球環境の話も、和輝の共同生産の提案も、ケルドゥル村の長老たちの心を動かすことはできなかったのだ。オットーが馬車の手綱を手に、話し始めた。

「それにしても残念です。双方の村にとってメリットのあるこんな良い提案を、あれほどかたくなに断るとは……」

オットーは隣に座っている和輝をちらりと見て続けた。

「我々の提案が良いか悪いかというより、信頼関係ができていなかったのではないかと……。ケルドゥル村とは、もう何年も行き来がありません。それにこの寒波で、人々はこの島から出ていっています。石炭の代金を払ってもらえないまま、その村が姿を消したこともあったと聞きました。ケルドゥル村の長老たちは、周りの村を信じられなくなっているのでしょう。これまで長老をやっていて思うのは、『何を話すか』ではなく『誰が話すか』が重要ということです。信頼できる人の話でないと、どんな良い話も信じてもらえないのです。それに和輝さんの提案は、前例のない新しいものです。ケルドゥル村の石頭ではついていけなかったのでしょう。私も最初に聞いた時には驚きましたから」

「……」

オットーの話を黙って聞いていた和輝は、後ろの席のハルドルに言った。

「ハルドルさん、こうなるとアイスランド以外から石炭を調達するしかないですね」

「いや、それは難しい。遠くの国に交渉に行くだけでも、何か月もかかってしまう。とても間に合わん。それにうちにはカネがない。交渉を成立させる力はない」

和輝は、メール一本で交渉を始めることができ、資源を積んだ大きな船が行き来する元の世界との違いを改めて思い知った。

――でも、石炭が調達できないということは……。

和輝は暗澹《あんたん》たる思いに駆られた。


交渉の結果を長老会に報告して家に帰ったハルドルは、疲れきった顔をしていた。旅の疲れに加えて、石炭調達ができなかったことへの落胆が、追い打ちをかけているのだろう。和輝と瑠璃香、ヨアンの三人は、長老会が次に打つ手を聞こうと待ち構えていたが、それさえも聞き出しにくい雰囲気だった。

「和輝、瑠璃香、少し待っておってくれぬか。わしはヨアンと話がある」

ハルドルはそう告げると、ヨアンを連れて自分の部屋へ向かった。こんなことは初めてだった。瑠璃香と和輝は不安そうに顔を見合わせた。

しばらくして、ハルドルとヨアンがリビングに戻ってきた。二人が出ていって十分くらいしか経っていなかったが、和輝と瑠璃香には何時間も待っていたように感じられた。

ハルドルとヨアンは、神妙な顔で席に座った。ヨアンは神妙というより、打ちひしがれたようにうつむいている。

「おぬしたちも知っての通り、長老会ではミアプラシノス採掘を取りやめた。そして今、ミアプラシノスを生産するという道も絶たれた。ということは、わしらにはもう村を捨てるという道しか残されておらぬ。また全村集会を開いて、そのことを皆に告げねばならん。そうしたら、わしは責任を取って長老を辞め、この村を出ていく。そうでもしなければ、皆を納得させることはできんだろう。もちろん集会が終わった時に、まだわしが生きていればの話だが」

「そんな……」

瑠璃香が絶句した。和輝もどんな全村集会になるのか想像できず、身震いした。

「でも……でもすべて長老会で決めたことですよね。僕と瑠璃香だって一緒に考えたし、ハルドルさん一人の責任ではないはずです」

ハルドルは渋い表情で首を横に振った。

「いや、わし一人が責任を負うつもりじゃ。おぬしらにも大いに力になってもらったが、採掘計画もその中止も、最終的にはわしが提案したことだ。それに他の長老たちには残ってもらわんといかぬ。この冬を乗りきるために、村の者へ備蓄の分配をせねばならん。来年には村人を移住させ、この村を閉鎖するという大仕事があるのだからな」

黙り込んでいる和輝と瑠璃香にハルドルは続けた。

「二人に謝らねばならんことがある。たとえこの村を去ることになっても、ずっと一緒にいようと言ってきた。だが、それができんことになってしまった。わしとヨアンは全村集会が終わったら、この村から出ていく。その時、全財産を村のために残して行くつもりだ。責任を取ると言いながら、財産を持って出ていくわけにはいかんからな。だから、わしらと行動を共にするということは、路頭に迷うということじゃ。わしらはもう、おぬしたちを守ってやることができんのだ」

「私はどんな場所でも、たとえひもじい思いをしてもハルドルさんたちと一緒に居たいです。連れて行ってください」

瑠璃香がすがるように言った。

「いや、おぬしらはエルマルのところへ身を寄せるがよい。そして春になったら、エルマルたちと一緒にこの村から出るのだ。わしらには行く当てはないが、エルマルは本土に親戚がおる。もしもの時のために、エルマルにはもう話をつけておる」

「……」

和輝は言葉が出ない。

黙って肩を震わせていた瑠璃香の目から、大粒の涙がこぼれ出した。

「ハルドルさんとヨアンさんと居られないなんて……ぜ、絶体《ぜったい》にイヤ」

瑠璃香はそのままテーブルに突っ伏して、泣きじゃくった。

どれくらいの時間そうしていただろうか。瑠璃香の嗚咽《おえつ》は止まったが、突っ伏したままだ。

誰も動こうとしない。いつの間にか、壁のランプの一つは油が切れて消えている。テーブルの中央に置かれたミアプラシノスの欠けらだけが、微かに光っている。

和輝は、ミアプラシノスの光をぼんやりと見つめながら、この世界に来てからのことを思い出していた。この家にいることができると聞いてほっとしたこと、ミアプラシノスの塚の前に立って心奪われたこと、全村集会で若者たちの意気込みに胸が熱くなったこと、生成したミアプラシノスが光を放つのを見て心を弾ませたこと……あの時の喜び、あの時の未来への希望が、すべて虚しく感じられた。そう考えた時、一つ一つの場面に必ず瑠璃香がいることに気づいた。その時見た瑠璃香の笑顔が、その時の感情と一つになって蘇《よみがえ》ってきた。

――俺は瑠璃香を必ず守ると自分に誓ったのに、その誓いさえ守れなかった。ミアプラシノスは俺たちにとって、いったい何だったのだろう。ミアプラシノスなんて見つけない方が良かったんじゃないか……。

24

その三日後、村を存続させる代案が見つからないまま、全村集会が開かれることになった。村を捨てるという苦渋の決断を村人に告げる集会だ。

午後の全村集会の準備のため、ハルドルとヨアンは朝早くに家を出ていった。和輝と瑠璃香は、今回は出番が無いということで、家で待つことにした。出番が無いからというより、どんな顔をして参加すればいいのか分からなかったのだ。和輝と瑠璃香は体を動かす気力もなく、ランプもつけない薄暗いリビングで、幽霊のように座っていた。

コンコンコン。

玄関のドアノッカーの音がした。

——全村集会の日の朝に誰だろう……？

瑠璃香が恐る恐るドアを開けると、見覚えのある二人が立っていた。ケルドゥル村の長老の中でも若手の二人だった。背の高い方は確かフェリクスという名前で、交渉の席でもよく発言していた。

「あなた方はあの時の……」

「おお、瑠璃香さんですね、朝からすみません。ハルドルさまはご在宅でしょうか？」

「あ、いえ、ハルドルはもう出かけました。何のご用でしょうか？」

「いえ、今一度ミアプラシノス共同生産の件をご検討させていただきたいと思いまして」

瑠璃香は二人をリビングに通すと、慌ててランプを灯した。フェリクスたちはリビングの重苦しい空気に気づいたが、それには触れず本題を切り出した。

「あの会議では共同生産の提案をお断りしましたが、実は私ども一部の長老は、あの提案に乗ってもいいと思っていたのです。あの後もう一度話し合った結果、ミアプラシノス生成技術が確かなものなら、提案を受け入れてもいいのではという話になりまして……。また、和輝さんが言われた石炭はいずれ枯渇するという話や、瑠璃香さんの石炭が自然に影響を及ぼすという話が、どれほど信憑性《しんぴょうせい》のあるものなのか確かめて来いということになり、こうして私どもが代表して伺った次第です」

和輝はフェリクスの顔を見ることもせずに答えた。

「あの提案は無かったことにしてください。うちの長老会は、この村を捨てることを決めました。それを村人に説明する全村集会が、今日開かれるんです。今さら検討してもいいなんて言われても……手遅れです」

「……」

フェリクスは言葉を失った。

「そ……そうだったのですね。そうとは知らず大変失礼しました」

もう一人の長老はそう言うと、フェリクスを見た。

「フェリクス殿、残念ですが我々は失礼しましょう」

「せっかく遠路はるばる来ていただいたのに、申し訳ありませんでした」

瑠璃香が頭を下げた。フェリクスはまだ立ち上がろうとはしない。

「そうですか、そのような重大なご決断をされたとは知らず……。ではハルドルさまも、和輝さんと瑠璃香さんも、この村を出ていかれるのですね」

「出ていく……か。ハルドルさんは村を捨てることになった責任を、ひとりで背負い込もうとしているんです」

瑠璃香が堰《せき》を切ったように、ハルドルがしようとしていることを話し始めた。

もうすぐハルドルさん自身が、村のみんなに話すはずだわ、今この人たちに話したっていいじゃない。いや、誰かに話さずにはいられない——そんな気持ちだった。和輝も瑠璃香の話を止めようとはせず、ただうつむいていた。

沈痛な面持ちで聞いていたフェリクスが口を開いた。

「そうですか、そのようなお覚悟を……。もしあの時、私どもがあなた方を信じて提案を受け入れていれば、そのようなことにはならなかったのですね。本当に申し訳ございませんでした」

「……」

「それで、お二人もこれから全村集会に行かれるのですか？」

「いいえ、僕たちは今回は何の役にも立ちません。何より僕も瑠璃香も、参加する気持ちになれないんです」

「そうですか……でしたら、あのミアプラシノスを生成したという鍛冶場を見せて頂くわけにはいかないでしょうか？」

「え……？」

和輝も瑠璃香も首を傾げた。

「残念ながら、共同生産の話は手遅れでした。でも、あなた方の話が信頼できる話であったことを確かめて、それを村の長老会に報告したいのです。あなた方の名誉のためにも」

和輝と瑠璃香は顔を見合わせたが、フェリクスに向き直って答えた。

「分かりました。ご案内します」

25

それまで盛んに質問をしていたフェリクスたちは、鍛冶場の冷えた高炉の前に立つと、口数が少なくなった。もう一人の長老がフェリクスに話しかけた。

「あの時、我々が和輝さんたちの提案を受け入れていれば、この石炭庫にはうちの石炭が山と積まれ、高炉からはもくもくと煙が上がり、ミアプラシノスが次々と作られていたのでしょうね」

「そうですね。あの時、和輝さんたちを信じていれば……」

フェリクスは和輝と瑠璃香に向けて、改めて深々と頭を下げた。

「私どもが提案を拒否したことで、ソゥルスモルク村の皆さんを窮地に追い込んだことをお詫《わ》びいたします。また、私どもケルドゥル村にとっても、後悔する結果になったと思っております」

「いいえ、あの時みなさんを説得するだけの力が、僕たちに無かっただけです」

「あの時お二人がされた、炭鉱はいずれ廃《すた》れるという話や、石炭が地球環境に大きな問題を起こすという話を、もう少し詳しく聞かせていただけますか？」

和輝は、石炭はいつかは掘り尽くされ、やがては燃える水――石油がそれに取って代わるという話をした。瑠璃香はその石炭や石油を大量に使ったことで、世界規模の暴風や豪雨、砂漠化、森林火災といった深刻な環境問題が起きることを具体的に話した。

それを聞いたもう一人の長老が尋ねた。

「そこまでヨーロッパの未来が分かるということは、あなた方の国――東の果てにある日本では、ここよりも産業が発展しており、そのような問題が起き始めているということでしょうか」

「いえ、そういうわけでは……」

和輝がどう答えようか考えあぐねていると、瑠璃香が思いきったように口を開いた。

「私たち、実は未来から来たんです」

「……！」

その言葉にフェリクスたちは絶句した。和輝も驚いた様子で瑠璃香を見たが、瑠璃香は構わず続けた。

「私たちは、三百年後の世界の人間なのです。時空の裂け目――時間や場所を飛び越える空間に落ちて、この世界にやって来たのです」

フェリクスは、自らを落ち着かせるように深呼吸をしてから言葉を発した。

「あなた方はこれまでも、私たちを驚かせてきました。それに今では、あなた方を信じています。ただ、今のお話だけはどう信じていいものか……」

瑠璃香は和輝を見てうなずくと、フェリクスたちに向き直った。

「私たちが乗ってきた乗り物を、ご覧になりますか？」

和輝と瑠璃香は、スカイホイールのある場所へフェリクスたちを案内した。

スカイホイールを見たフェリクスたちは、ただただ驚いていた。帰り道、フェリクスたちは二人で何やら話しながら歩いていたが、ハルドルの家の前に着くと、改まった表情で和輝と瑠璃香を見た。

「和輝さん、全村集会は今日の午後でしたね」

「はい、そろそろ始まる時間かと」

「その集会、止めることはできませんか？」

「えっ」

和輝も瑠璃香も思わず声を上げた。

「私たちはお二人の話を聞いて、ミアプラシノスの共同生産計画は絶対に進めるべきだという結論に至りました。それが、私たちの村の将来だけでなく、この世界の未来のためでもあると確信しました。私たちはこれから急いでケルドゥル村に戻ります、そして長老会を説得します。三日以内に石炭を満載した荷車を引いて、ここに戻ってくることをお約束します」

和輝が遠慮がちに尋ねた。

「でも……お二人は、私たちの話の信憑性を確認するために来られたのですよね。共同生産をするかどうかを決める権限までは持たれていないのでは……？」

フェリクスは和輝の右手を取ると、両手でしっかりと包んだ。

「お二人は私たちを信じて、本当のことを話してくださいました。そして私も、あなた方を信じました。もう一度私たちを信じてもらえませんか」

和輝は、フェリクスの澄んだ青い目をじっと見た。

「分かりました。僕たちはすぐ村へ下りて、全村集会を中止させます」

和輝はそう言うと、瑠璃香の肩に手を掛けた。

「瑠璃香、急ごう」

和輝と瑠璃香が早足で村へ向かうと、フェリクスが後ろから声をかけた。

「お二人の秘密は絶対に他言しません、安心してください」

二人を見送ったフェリクスたちも、ケルドゥル村への道を急いだ。

26

和輝と瑠璃香が会場に着くと、全村集会はまだ始まっていなかった。ハルドルは演説台の横の席で静かに目をつぶり、出番を待っていた。二人はハルドルに駆け寄った。

「ハルドルさん、この集会を中止してください」

「ん？」

ハルドルは目を大きく開いて、和輝を見た。

「先ほどケルドゥル村の長老が二人やって来て、ミアプラシノスの共同生産をぜひ実現したいと言ってくれたんです」

「なんと！」

驚くハルドルに、二人は今朝の出来事を急ぎ足で話した。

「そうか……その長老は、必ず長老会を説得すると言ってくれたのか。うれしいことだな。だが、この全村集会を中止するのは無理じゃ。中止は長老会議で決めねばならん。だがその時間はない。それに、その二人の長老が口約束をしたというだけで、ケルドゥル村の長老会が約束したわけではない。もし今、最長老や他の長老たちにそれを話したとしても、全村集会中止に賛同は得られまい」

そうしているうちに、全村集会が始まった。開会の挨拶をするため、最長老のセゴルが演説台に立った。

「ハルドルさん。実は私たち、未来から来たことをそのお二人に話したんです。スカイホイールも見せました」

瑠璃香の言葉にハルドルの表情が一瞬動いた。

「お二人は私たちを信じてくれました。ですから私たちも信じたんです、必ず長老会を説得して石炭を持って来てくれるという、その言葉を。ハルドルさん、どうか私たちとケルドゥル村のそのお二人を信じてください」

その時、セゴルの挨拶が終わった。

「ではこの後は、ハルドル殿に説明してもらう」

セゴルはそう言うと、演説台の下の席にいるハルドルを見てうなずいた。

「瑠璃香、和輝、すまん。すべて手遅れじゃ」

ハルドルはそう告げると、セゴルに代わって演説台に上がった。

ハルドルは、どう話せば村人たちがパニックに陥らずに最後まで聞いてくれるか、今日のために考えていた。まず最初に、ミアプラシノス採掘計画中止の理由を話した。ステファン博士の説明の要点だけを分かりやすく話した後、こう締め括った。

「わしは大きな過ちを犯すところだった。ミアプラシノスの塚を切り崩すことは、このアイスランドを不毛の地にすることだったのだ。まさに神への冒涜だったのじゃ。そんな計画を提案して村の皆に期待を抱かせてしまい、本当に申し訳なかった」

小さなどよめきが起きたが、ハルドルがミアプラシノスの生成に成功したという噂《うわさ》を聞いている村人たちに、危機感はなかった。

ハルドルは、ミアプラシノスの塚を切り崩さずに村を救う方法を考える中で、その生成実験に成功したことを話した。演説台には、生成したミアプラシノスが入った木箱が置いてあるが、それを村人に見せるつもりはない。結局生産できないのだから、輝くミアプラシノスを見せても失望を大きくするだけだからだ。後は、生産に必要な石炭を調達できないためミアプラシノスは諦めざるを得ないこと、この村を閉鎖すること、そしてハルドルが責任を取って長老を辞めることを告げることにしていた。

ハルドルが長老を辞めることを聞いているのは、最長老のセゴルだけだった。セゴルはハルドルの覚悟に負い目を感じながらも、この集会が混乱なく終わることを願っていた。

ハルドルは目を伏せて話を続けた。

「だが、村を救うのに必要な量のミアプラシノスを作るには、大量の石炭が必要だ。残念ながら……この村にはそれほどの石炭も無ければ、調達できるほどの資金もない」

和輝と瑠璃香は会場の隅に座り、ずっとうつむいてハルドルの演説を聞いていた。

しばらく間を置いて、ハルドルはゆっくりと顔を上げた。

「だがなんと！　炭鉱のあるケルドゥル村と共同で、ミアプラシノスを生産することが決まったのだ」

……。

一瞬間があって、村人から歓声が上がった。

「ハルドル殿、そういった話にはなっておりませぬぞ！」

長老の一人が慌てて、ハルドルを止めようと立ち上がろうとした。

「待て」

セゴルが静かにそれを制した。

「ハルドルの話を聞いてやろう」

ハルドルは演説台に置いてある木箱の蓋を開けた。

「その生成したミアプラシノスが、これじゃ」

ハルドルが翡翠色の光を放つ石を取り出すと、また会場がどよめいた。

「純度では巨大塚のミアプラシノスに劣るが、わしらの家を暖め、わしらの食物を育てるには十分な力を持っておる。採掘隊に応募してくれた者たちには、ミアプラシノスの生産に協力してもらいたいと思っておる。計画ができ次第、また皆に知らせる。協力を頼む」

村人の盛大な拍手の中、ハルドルは演説台を下りると長老たちの所へやって来た。

ハルドルは長老たちに深々と頭を下げた。

「独断で勝手なことを言ってしまいました。長老会の規則に反したことは、重々承知しております。どのような処分も甘んじてお受けします」

長老の一人が咎《とが》めるように言った。

「この前も我々には何も言わずに姿をくらませ、今回も突然共同生産が決まったなどと。一体どういうおつもりですか？」

「まあまあ。ハルドルがああ言ったのは、よほどの覚悟と確信があってのことであろう。まずはハルドルの話を聞こうではないか」

セゴルが不服そうな長老たちを静めて、ハルドルに説明を促した。

「実はこの集会が始まる直前に、和輝と瑠璃香がこの話を持って来たのです」

ハルドルは、離れたところに居た和輝と瑠璃香を手招きした。

「詳しい話は、この二人にお願いしたい」

和輝と瑠璃香は、フェリクスたちとどんなやり取りがあったのかを長老たちに話した。自分たちが時空を超えてきた話を除いて――。

和輝と瑠璃香の話が終わると、ハルドルが話し始めた。

「ケルドゥル村の長老二人は、和輝と瑠璃香を信じてくれた。この二人も、その長老たちを信じた。わしもここで、この二人とその長老を信じてみようと思うたのです。わしは一度行方をくらませて皆さんを裏切った……、もう何も失うものはありません。何かあっても、わし一人で責任を取るつもりです」

最長老のセゴルが長老たちの方を向いた。

「実はハルドルは、この集会で村の閉鎖を告げたら、長老職を辞して身一つで村を去る覚悟だったのじゃ。これまでの決定はすべて長老会で決めたものだが、誰かが責任を取らねば村の者は納得しないだろうと言ってな」

「……」

長老たちは言葉が出ない。セゴルはハルドルの方を向いて、厳しい面持ちで続けた。

「だがハルドルよ。今回、長老会の決定を経ずして他の村と不確かな取り決めを発表したのは、明らかな規律違反だぞ。厳しい罰が下ることは、覚悟の上だろうな」

「はい……」

ハルドルは神妙な顔でうなずいた。

「ではどうだろうか、皆よ」

セゴルが他の長老たちを見回した。

「ハルドルには罰として、ケルドゥル村との契約の取りまとめと、その後のミアプラシノス生産を見届けてもらうということでどうだろう?」

セゴルはそう言うと、ハルドルを見てにんまりとした。

長老たちから拍手が起きた。

27

ハルドルは、集会が終わって人もまばらになった会場の後方に、ぽつんと座っている人影を見つけた。あの占い師の老婆、ヴェラだった。

ハルドルはヴェラのところへ歩み寄った。ヴェラの目は優しさを湛《たた》えており、採掘への警告をした時の険しさは消えていた。ハルドルはヴェラと向かい合うと、深々と頭を下げた。

「この前の長老会での発言、どうもありがとうございました」

「いえ……それまで祟りがあるだの喚《わめ》いたり、あなたの家に押しかけて脅したり、間違ったやり方でミアプラシノスの森を守ろうとしていました。本当に申し訳ございませんでした」

「わしこそ、これまであなたやあなたの縁者《えんじゃ》だった鍛冶屋のヴァルナルさんを誤解しておりました。私は、ヴァルナルさんがミアプラシノスの森の地図を残さなかったのは、ミアプラシノスを独り占めしようとしていたからだと思っていました。ですが彼は、あの森を侵してはならないと知っていた。そして、ミアプラシノスを自ら作り出そうと必死だった。今の我々と同じように、ミアプラシノスの森を守りながら、この村の役に立つ方法を見つけようとしていたのだと……」

ヴェラは穏やかな表情で、薄い紫色の空を見上げた。

「あの巨大塚は守られ、この村も守られました。ヴァルナルも、願いが叶って本望でしょう」

「ミアプラシノスの神聖さに気づかせてくれて、ミアプラシノスを守ることができたのはあなたのおかげです。お礼として……と言っては何ですが、何かして欲しいことはありませんか？」

ヴェラは首を小さく横に振った。

「気持ちはうれしいですが、もうこんな年で欲しいものなどありません」

「そうですか……」

ハルドルは少し考えてから言った。

「そういえば、ヴァルナルさんは突然姿を消したのでしたな。色々な石を探し回っている際に遭難したそうだとか……。では、彼のお墓を作ってはいかがでしょう？」

ヴェラが目を丸くした。

「えっ……よろしいのですか」

「わしがミアプラシノスを作り出すことができたのは、ヴァルナルさんが実験の記録を残しておいてくれたおかげです。彼への感謝と、彼の夢だったミアプラシノス生産の旗揚げを記念して、長老会に提案してみます」

「ありがとうございます」

ヴェラは微かに潤んだ目で、ハルドルの手を両手で握った。

ケルドゥル村から石炭を積んだ荷馬車の隊列が到着したのは、その三日後だった。隊列を先導したのは、ケルドゥル村の長老フェリクスだった。フェリクスと和輝は肩を抱き合って、再会の喜びを噛み締めた。

当面はハルドルの鍛冶場で生産することになった。できればもっと大きな高炉が欲しかったが、現状ではその資金も時間もない。鍛冶場は拡張され、石炭や材料となるウィリディサイトの置き場、双方の村から集まってきた作業員の宿舎などが増設された。そして一週間後には、各家庭に配るためのミアプラシノスが次々と出荷され始めた。

第四章

1

ミアプラシノスの生産が開始されてから、二週間が過ぎた。真冬の寒波を思わせる日もあるが、和輝と瑠璃香は穏やかな日々を過ごしていた。ハルドルはこのところずっと鍛冶場に泊まり込んでいて、家に戻ることは少なかった。この日もヨアンと和輝、瑠璃香は、三人だけで夕食を取った後、トランプゲームを楽しんでいた。

「やったあ！」

瑠璃香が歓声を上げた。

「くっそお……また一点差かあ。今日はお嬢ちゃんの一人勝ちだな」

ヨアンは手にした最後のカードに顔を伏せて、悔しそうに言った。

「ああ、なんで勝てないんだ。俺はもう抜ける」

和輝がぼやいた。

「ヨアンさん、どうする？　私と勝負する？」

「そうだな、お嬢ちゃんに負けたままじゃ今夜は眠れそうにないからな」

「じゃあ、一騎打ちね」

瑠璃香とヨアンはやる気満々だ。ヨアンがカードをシャッフルし始めた。

「ヨアンさん、お茶にしません？　私、いれて来ますよ」

「おお、いいな。ありがとう」

「和輝も飲む？」

「あ、うん、頼む」

和輝の返事を聞いた瑠璃香は、鼻歌を歌いながら台所に消えた。


三人は、ティーカップから白い湯気を上げる紅茶を、それぞれのペースで口に運んでいる。

窓際では、ミアプラシノスが淡い緑色に光っている。それをじっと見ていた瑠璃香が、ヨアンに視線を移した。

「こうして見ると、やっぱりミアプラシノスって癒《いや》されますね。そこにあるだけで、なんだか温かい気持ちになりますよね」

「そうだな」

ヨアンも瑠璃香を見て、笑顔で言った。

「さあ、今度はお嬢ちゃんに負けないぞ」

ヨアンはそう言うと、自分と瑠璃香の前にカードを滑らせるように配り始めた。

和輝が憮然《ぶぜん》とした表情で立ち上がった。

「俺はもう寝るから。瑠璃香も遅くならないうちに寝ろよ」

和輝は二人の顔を見ずにそう言うと、リビングを出ていった。


その翌日は風のない穏やかな日だった。その日ヨアンは、鍛冶場での仕事はないということで、家の裏で薪割りをしていた。和輝と瑠璃香もそれを手伝っていた。

薪割り台の横には、暖炉に入る長さに玉切りされた木が乱雑に積まれている。ヨアンはその木を一本ずつ薪割り台に立てて、斧《おの》を振り下ろしている。

「おれが割った薪を、あそこへ積んでくれないか」

ヨアンは軒下の薪置き場を顎《あご》で示した。

「はい」

瑠璃香が地面に散らばった薪を拾いながら、薪割り台に近づいた。

「おおっと、おれが薪割りをしている時は横に立つんじゃない。薪がぶっ飛んで危ないからな」

キャンプファイヤーで薪を燃やしたことはあっても、薪を切ったことのない二人にとって、薪割りは新鮮な光景だった。

　太い薪に軽くカッと斧を入れると、斧が薪に食い込んだ。

「こうしておいて、次の一発で割ればいい」

　ヨアンは食い込んだ薪ごと斧を振り上げると、真っすぐ薪割り台に打ち下ろした。薪は見事に割れた。ヨアンは次々と薪を割っていく。

「僕にもやらせてください」

　和輝もヨアンを手本にして何本か割った。思いのほか、綺麗《きれい》に割れた。

「私もやってみたーい」

　ねだるように瑠璃香が言うと、ヨアンは自分が手にしている斧と瑠璃香を見比べた。

「やってみるかい？　けど、お嬢ちゃんには……ちょっと重いかもな」

　ヨアンが差し出した斧の柄を、瑠璃香は両手でつかんだ。

「この持ち方でいい？」

　何ともぎこちない持ち方だった。

「右手はこの位置かな」

　ヨアンは瑠璃香の後ろに立つと、自分の右手を瑠璃香の右手に添えて、柄を持つ位置を正した。次に自分の左手を瑠璃香の左手に添えた。

「そう、それでいい」

ヨアンはそう言うと、軽く斧を薪に打ち付けて食い込ませた。ヨアンは瑠璃香から離れて言った。

「そのまま薪ごと斧を振り上げて、振り下ろせばいい。力で振り下ろすんじゃないぞ、斧の重みで割るんだ」

パーンッ！

瑠璃香が斧を振り下ろすと、薪は真っ二つに割れて左右に豪快に飛んだ。

「わあ、すごい！」

気持ち良く割れたのがうれしかったのか、瑠璃香はヨアンに手を添えてもらいながら、もう一本、もう一本と割っていった。

軒下で薪を積んでいた和輝がぶっきらぼうに言った。

「瑠璃香、もういいだろ。割った薪を集めるぞ」

2

数日後の朝、ハルドルと和輝、瑠璃香の三人は、ミアプラシノスを生産している鍛冶場へ向かっていた。

和輝が歩きながら話し始めた。

「ハルドルさん、今日は鍛冶場で手伝えることがあってうれしいです。以前ハルドルさんは、役に立たなくてもいい、居てくれるだけでいいと言ってくださいました。とてもうれしかったです。それまでは、ここに居させてもらうためには何か役に立たないといけないと思っていました……。でも今は、ただ役に立ちたいんです」

「私も役に立てるのがうれしい」

「うむ、そうか……。そういえば和輝よ、以前和輝は元の世界の若者も、未来に希望が持てないと言っておったな」

——そうか、そんな話をしたっけな。あの時は瑠璃香が「希望を持って生きている若者もいる。希望のない世界があるのではなく、希望を感じられない人がいるだけ」と言って、俺と喧嘩《けんか》になったんだよな。

和輝がそんなことを思い出していると、ハルドルが聞いてきた。

「ということは和輝にとっては、元の世界はあまり居心地がよくなかったということか」

「そうですね、確かに居心地は良くなかったかな……。卒業を前に仕事を探していたんですが、社会に出て働くことに何の希望も感じなかったんです。『働きたい』ではなく、『働かないと生きる資格は無い』と思っていて、人生って、ただただ苦しい日々が続くだけのような気がしていました。正直、生きることから逃げ出したいような気持ちでした。でもここに来てからは、そんな息苦しさを感じなくなったんです。ここでの生活は、元の世界にくらべるとずっと大変なはずなのに……」

　和輝は、うっすらと陽の光が差し込む曇り空を見つめながら続けた。

「ミアプラシノス探しも最初は、瑠璃香を一人で行かせるわけにはいかないという義務感を強く感じていました。でもいつの間にか、なんとか見つけたいと思うようになっていて……。自分のためだけじゃなく、ハルドルさんや村の人たちのためにもと」

　ハルドルも瑠璃香も黙って聞いている。

「今の自分の気持ちがよく分からないんです。家族の元に帰りたいという気持ちもあるし、ハルドルさんたちとずっと一緒に居たいという気持ちもあるし……。それに、居心地の悪かった元の世界を気がかりに思う自分もいるんです」

「……」

「僕らの世界では、多くの人やモノが、陸だけでなく海や空を越えてあっという間に行き来していきます。世界中の人が自分の通信機器を持っていて、いつでもどこにいてもコミュニケーションを取ることができます。ここと比べ物にならないくらい、便利で豊かなんです。でも……」

　和輝が次の言葉を言い淀《よど》んでいると、ハルドルが口を開いた。

「なんと夢のような世界ではないか。ここでは、村の者どうしが助け合って生きておる。和輝たちの世界では、地球がひとつの村のようになって、人類が助け合って生きておるのだな」

「いえ、そういう世界を目指していたはずなのですが……。現実は、豊かな国もあれば、何万もの餓死者が出る国もあります。戦争も絶えません。それに、瑠璃香が言っていたように地球規模での環境問題を起こしているし、一国で発生した感染症によって世界中で何百万人もの人たちが亡くなるということも起きました。僕らはいったい、何をやってきたんだろうって……」

「そうか、世界が一つの村のようにはなっておらんのだな。わしには、おぬしらの世界の人間たちが何を考えているのか、想像することさえ難しい」

うつむいていたハルドルは視線を上げた。

「だが、わし自身は難しく考えておらん。わしはこの村が好きじゃ。そしておぬしたちのこともな。それだけではない。トールの森も、この大地も、この冷たい風も……この自然が好きだ。ただ、それだけじゃ」

ハルドルがそこまで話した時、視界が開けて立ち昇る煙と黒々とした大きな建物、そしてその横に増設された建物群が見えた。

「おお、そろそろだな。二人とも、今日もしっかり役に立ってもらうぞ」

ハルドルがにこりと笑った。

その日の午後、和輝と瑠璃香は、増設された建物の中にある食堂で、遅い昼食をとっていた。作業員たちはすでに午後の仕事に就いており、隣の建物からは、材料の石をハンマーで砕く音や、燃料の石炭をトロッコで運ぶ音が聞こえてくる。

和輝がスープのスプーンを右手に持ったまま、話し始めた。

「今日ここへ来る途中で、ハルドルさんといろいろ話しただろ。それで、気づいたんだ。元の世界で両親のことを煩《わずら》わしく思ったり、大学の仲間や友だちとの関係を窮屈にしていたのは、〝みんな〟ではなく〝俺自身〟だったんじゃないかって。みんなは俺に何かを求めていたんじゃなくて、ただ一緒に居たかっただけなんじゃないかって。いや、たとえそうじゃなかったとしても、みんなのことが好きで、みんなと一緒に居たいっていう自分の気持ちを大事にするだけで良かったんだって。そう思った途端、これまで居心地の悪かった元の世界が急に愛おしく感じられて……」

「……」

「だけど不思議だよな。こちらの世界を好きになると元の世界がますますイヤになるかと思ったら、そうじゃなくて、元の世界も悪くないなって思うなんて」

「私は元の世界を居心地が悪いなんて思ったことなかったなあ。お母さんや友だちと喧嘩することはあったけど大切にされてるって感じてたし、私ががんばってる時もがんばれない時も先生や友だちは私を応援してくれたから……」

「へえ……お前がうらやましいよ」

和輝は嫌味ではなく心からそう言った。

「環境ボランティアの活動だってやりたいからやってただけだし」

そこまで言って、瑠璃香は何か思い出したようだった。

「でも……環境ボランティアの活動も、みんながみんな〝やりたいから〟ってわけじゃなかったなあ」

「え？」

「私が参加した頃、活動のリーダーは杏奈《あんな》さんっていう先輩だったんだ。ある時うちの活動がテレビで取り上げられてさ、杏奈さんはインタビューを受けたの。でもそれから、杏奈さん変になっちゃって……結局、うつ病になって活動はやめちゃった」

「何があったんだ？」

「私の想像なんだけど、テレビに出て期待とか責任を強く感じるようになったんじゃないかな。〝やりたかった〟活動が〝やるべき〟活動になって苦しくなったんだと思う」

「〝やるべき〟か……俺も、働くことをそんな風に考えてたかもしれないな」

「じゃあ、ミアプラシノスを探しに行ったり、どうすればミアプラシノスを村のために役立てるか考えてくれてた時は？」

「その時はどっちの気持ちかなんて考えてなかったよ。少なくともミアプラシノスを村のためにどう役立てるか考えていた時は、〝べき〟じゃなく、村のために何か〝したい〟という気持ちだった思う」

「そう」

瑠璃香はそうつぶやくと、微笑んだ。

「和輝、生き生きとしてたよ。ケルドゥル村との共同生産の発想なんて感心した」

「ありがとう。偶然だったけど、経済学を学んでいて良かったよ」

瑠璃香が思い出したように言った。

「でも、ハルドルさんに『責任を取って村を出ていく。もう一緒に居られない』って言われた時は、さすがにショックだったな……」

「ああ、俺も……」

和輝が少し間を置いてから続けた。

「だけど瑠璃香は……ヨアンさんと一緒に行けなかった方が堪《こた》えたんじゃないか？」

「私ショックだったけど、ハルドルさんやヨアンさんと別れても、生きていけるって思ってた
――だって一人じゃないから」

「……？」

「さあ、私たちも、仕事に戻りましょ」

瑠璃香はにっこり笑って、立ち上がった。

3

その三日後の朝、和輝と瑠璃香はエルマルとその恋人のシーラと、村の外れにある墓地へ行くことにしていた。春の探索で亡くなったシモンとロベルトにミアプラシノスの報告をし、出来上がったばかりの鍛治屋ヴァルナルの墓に花を手向けるために。

和輝と瑠璃香が花束を持って待ち合わせ場所に行くと、そこには何と植物学者のステファン博士とアルニも来ていた。

「アルニさんとステファン博士！」

瑠璃香がうれしそうに声をかけると、アルニが丁寧に頭を下げた。

「おはようございます、皆さん」

ステファン博士も深々と礼をした。

「ミアプラシノスが生産されることになって本当に良かったです。あなた方のご尽力のおかげで、ミアプラシノスの森が守られることになりました」

エルマルが和輝と瑠璃香に言った。

「アルニさんたちは、ミアプラシノス探しに命を懸けてくれた英霊たちにお礼に来られたんだ。僕と一緒にミアプラシノスの森へ出かける前にね」

「え……？」

和輝と瑠璃香はきょとんとした。

「ん？　まだハルドルさんから聞いてなかったのかい」

エルマルの話では、村の選抜隊が近々ミアプラシノスの森に行くことになったという。選抜隊の目的は、ミアプラシノスの森を守るために、そこに続く道を封鎖することだという。封鎖する前にあの森の生態系をしっかり調べてもらうため、若いアルニも同行を許されたというのだ。

確かに和輝と瑠璃香は、ここ数日ハルドルに会っていない。それにしても、そのような大事なことが自分たちの知らないところで決められたことは不満だった。とは言え、それをエルマルに言っても仕方がない。

墓参りの帰り道、村が見下ろせる丘で六人は立ち止まった。

ステファン博士が穏やかな表情で言った。

「亡くなったお二人も喜んでいるでしょう。それにあのように墓碑に刻まれて、これからもずっと語り継がれるのですな」

アルニが言葉を継いだ。

「はい、鍛冶屋のヴァルナルさんのお墓もできて良かったです。私たちより先にミアプラシノスを見つけただけでなく、それが作り出せることも教えてくれたのですから。お墓がなければ、そういう人がいたことさえ忘れ去られていたかもしれません」

それを聞いていた和輝がつぶやいた。

「よそ者の俺たちって死んだら忘れられるのかな……自分が生きた証が何も残らないって思うと、何だか恐いし虚しい気持ちになるな」

「そうか……人間って、自分が生きた証を残したいという本能があるのかもしれないな」

エルマルはそう言うと、和輝を見た。

「でも和輝、心配するな。君が死んだら僕が必ず墓を建てるから」

「おいおい待ってくれ、そんなに早く俺を死なせたいのか。それに、エルマルより俺の方が長生きするかもしれないいんだぜ。その時は俺がエルマルの墓を建ててるよ」

瑠璃香は茶目っ気のある笑顔で言った。

「私は証とかお墓とかじゃなくて、私と関わった人たちにずっと覚えておいてほしいな――瑠璃香は美人で優しかったって。でも、私を覚えてくれる人たちもいつかは天国に行くんだよね。そうすると、私を覚えている人はいなくなるか……」

それまで黙って聞いていたシーラが、ゆっくりと瑠璃香を見た。

「でも瑠璃香さんを忘れないということは、瑠璃香さんの言葉や想いが、その人に愛や勇気を与えてるってことですよね。だとすると瑠璃香さんからもらった愛や勇気は、その人から次の世代へと受け継がれていくのではないでしょうか。そのようにして瑠璃香さんの想いは、未来の人たちの心に生き続けることになるのだと思います」

「そうか、そう考えると何だかほっとする」

瑠璃香がにっこりと微笑むと、アルニが静かに口を開いた。

「私は植物学者なので、ちょっと違った考えを持っています。人であれ他の動物であれ、死んだら土に帰ります。そしてその土は植物を育みます。その植物を食べて生きる動物がいて、その動物も土に帰る。ということは〝死〟というものはなくて、色々と姿を変えて私たちはこの地球で生き続けるのではないかと」

ステファン博士が低く穏やかな声で言った。

「わたしは学者ですが、神も魂も信じております。〝死〟という形で肉体は滅んでも、魂となって愛する人を見守り、人類の未来を見届けることができると」

ピッ、ピピピ。

近くで数羽の鳥が高い鳴き声を上げて飛び去った。六人は再び村の方へ歩き出した。


次の日の夜、ハルドルが数日ぶりに帰って来ると、和輝と瑠璃香はミアプラシノスの森へ行く選抜隊のことを聞いた。

「すまんすまん。おぬしらには報告しようと思っておったのだが、このところ出ずっぱりだったもんでな」

ハルドルは二人にそう謝った上で、話し始めた。

「今後、誰があの場所を発見するか分からん。塚を壊して持ち帰ろうとする輩《やから》が現れんとも限らぬ。そこで、何らかの策を講じる必要があると長老会に伝えておったのだ。その結果、五、六名の選抜隊を秘密裏《ひみつり》に派遣して、ミアプラシノスの森に通じる洞窟を岩で塞ぐことにしたのだ。そして、森の場所と塞いだ箇所を示した地図は極秘扱いにして、絶対に公表しないと。エルマルもその選抜隊に選ばれた」

「では、ミアプラシノスの森は永久に封鎖することに……？」

和輝が聞いた。

「スカイホイールのようなものが飛ぶようになれば、いずれ発見されるはずだ。おぬしらの世界では『世界遺産』とやらがあり、保護されていると言っておったな。そのような形で保護する仕組みができれば、道を塞ぐ必要はなくなるだろう。だが、わしももっと若ければ、ミアプラシノスの森をこの目で見たかった」

「私だってもう一度行きたかったです。案内役として選抜隊に入れてくれれば良かったのに」

瑠璃香が大げさに口をとがらせた。

「そういう話も出たのだが、わしが断ったのだ。おぬしらには、この冬を乗り越えた後のミアプラシノスの生産計画を、ケルドゥル村の者らと一緒に考えてもらおうと思ったのでな。それに瑠璃香が描いた地図は完璧じゃ、案内役がなくても大丈夫だ」

ハルドルの言葉に、瑠璃香は満更でもない様子で微笑んだ。

4

それから数日後のことだった。ケルドゥル村の代表団がミアプラシノスを生産している鍛冶場にやって来た。来年からの、本格的なミアプラシノス生産計画を話し合うためだ。和輝と瑠璃香、ハルドルの三人は、その話し合いのために鍛冶場に向かっていた。

緩やかな坂を登ると、見晴らしのいい場所に出た。雲は少ないが、風はうなりを上げ、冷たい空気が分厚い防寒着の上からでも肌を刺してくる。強い寒波は、もうそこまで迫ってきていた。

立ち止まったハルドルが、遠く稜線《りょうせん》の上の空に目をやった。

「おお、久々に出ておるな。この時期に珍しい」

和輝と瑠璃香も、ハルドルの視線の先を追った。灰がかった紫色の空に浮かぶすじ雲の少し上空に、七色に変化する光の渦のようなものが見えた。雲のようにもオーロラのようにも見える。だが、オーロラは暗くないと見えないはずだ。

「あの虹色の渦は何ですか？　オーロラ……ですか？」

瑠璃香が尋ねた。

「いや、あれはオーロラではない。『イーリス』じゃ」

「イーリス……？」

「春から夏にかけてよく現れるのだが、こんな季節でも時おり、晴れた昼間や朝方の空にあのように見えることがある。『イーリス』はギリシャ神話に出てくる虹の女神の名前じゃ。わしら村の者は、あの渦は天空と大地を結びつける神と信じておる」

その時、瑠璃香がイーリスに見入っている和輝の服の裾を引っ張った。

「ん？」

「あ、あの虹色の渦……和輝も見たでしょ？　あの時、スカイホイールから」

「あっ！」

和輝も思い出した。

――あの時は、コクピットのフロントガラスに迫ってくる巨大な渦を避けようと、必死で操縦桿《そうじゅうかん》を握っていた。今こうして遠くから見ると、まるで雰囲気が違う。でも、あの時に飛び込んだ光の渦に間違いない。

「同じだ……」

和輝はイーリスを見つめながらつぶやいた。

イーリスの虹色はみるみる薄くなって、やがて消えていった。

「どうしたんじゃ、何かあったのか？」

イーリスが消えた空をいつまでも見ている和輝と瑠璃香に、ハルドルが声をかけた。

「ハルドルさん！」

そう叫んだ和輝は、ごくりと息を飲んでから続けた。

「あのイーリスは、僕らがスカイホイールで突っ込んだ『時空の裂け目』です」

「なんと！」

ハルドルは声を上げると、イーリスの消えた空を見た。

「風に流されぬから雲ではないとは思っておったが、まさか時空の裂け目とは……」

ハルドルは和輝を見た。

「では、あの虹色の渦の向こうに、おぬしらの元の世界があるというのか？」

瑠璃香も和輝を見て言った。

「もしスカイホイールが飛べたなら、私たち……元の世界に帰れるってこと？」

和輝は静かに首を縦に振った。

「その可能性は高いと思う。でも、時空の裂け目のことは何も分かっていない。あのイーリスが時空の裂け目だったとしても、どの世界につながっているのか、どういう条件で飛び込めば時空を飛び越えられるのか、何も分かっていない」

「……」

瑠璃香は黙り込んだ。

「いずれにしても、もうスカイホイールは……」

和輝もその後の、「動くことはない」という言葉が続かなかった。

その日の帰り道は、和輝と瑠璃香の二人だけだった。来る時にイーリスを見つけた高台で瑠璃香は足を止めると、空を見上げた。暮れかかった空にイーリスの姿はない。

「どうした瑠璃香、あのイーリスのことを考えているのか？」

「あの渦の向こうに元の世界があるかもしれないと思うと、お母さんやお父さんのことがなんだか恋しくなって……」

「俺も家族の顔がよぎったよ。でもあれが本当に時空の裂け目だとしても、元の世界に戻ることなんてできない。だってスカイホイールが壊れているんだから……」

和輝は少し間を置いてから続けた。

「あの渦が元の世界につながっている可能性はある。でもその保証はない。何億年も前の恐竜の時代につながっているかもしれないし、そもそも地球じゃなくて、空気のない宇宙空間かもしれない。裂け目から出た瞬間に、宇宙の塵《ちり》になって消えるかもしれない……」

和輝はそう言うと、瑠璃香の肩に手を置いた。

「あの渦のことはもう忘れよう」

「……」

わずかな沈黙の後、瑠璃香は和輝を見上げて微笑んだ。

「そうだよね。私たちの居場所は、ここなんだから」

5

翌年の三月末、強烈な寒波は峠を越えた。まだ厳しい寒さは続いていたが、時おり春の兆《きざ》しを感じさせる風が吹くこともあった。ミアプラシノスの生産は続けられ、鍛冶場では大型の高炉の建設が始まった。和輝と瑠璃香は村の若者たちとの交流も増え、楽しく穏やかな日々を送っていた。

その日の午後、和輝と瑠璃香は鍛冶場での仕事が早く終わり、帰り支度をしていた。防寒着を羽織りながら和輝が言った。

「昨日、イーリスを見たよ」

「ああ、虹色の渦ね。ハルドルさん、春から夏にかけてよく出るって言ってたものね」

和輝は少し考えてから、言葉を選ぶように続けた。

「今日帰りに、スカイホイールを見てみないか」

「えっ、どうして？」

「直すことができないかどうか、もう一度見てみたいんだ」

「……」

瑠璃香は和輝の意図をはかりかねている。

「もし直ったら、時空の裂け目に挑戦してもいいかなって」

ブーツを履こうとしていた瑠璃香の手が止まった。

「本気で言ってるの？　元の世界に帰れるかどうか分からないのに。それどころか、宇宙の塵になって消えるかもしれないって言ってたクセに……」

「以前、元の世界は居心地が悪かったって話しただろ？　でもこの世界に来て、ハルドルさんたちに受け入れてもらい、そしてこの村の役に立つこともできた。そうしたら元の世界も愛おしく感じられるようになったって」

「……」

「この世界に来てから色々あったけど……でもすごく充実してた。これが生きるってことなんだと思えた。今なら、元の世界でもそんな充実感を味わえるような気がするんだ。それに、もし見知らぬ世界に出たとしても、そこを居場所にすることができるような自信——根拠のない自信というか、希望のようなものを感じるんだ」

和輝の言葉に、瑠璃香は少し考えてから口を開いた。

「でもそれって、ハルドルさんやこの村と永遠に別れるってことだよね。元の世界に帰る保証もない、それだけじゃなくて生きている保証もない……そんな挑戦、する価値があるのかな」

「そうだな……」

和輝も帰り支度の手を止めて、しばらく考えていた。

「俺もまだ迷いはある。どうだろう、スカイホイールが直せるかどうか、もう一度ちゃんと見てみないか。イーリスに挑戦するかどうかは別にして、この世界で空を飛べることができたら、すごいと思わないか」

「スカイホイールでもう一度空を飛ぶか……」

瑠璃香は少し間を置いて、ゆっくり顔を上げた。

「悪くないね。いいんじゃない」

「よし、そうと決まったら、さっそくスカイホイールを見に行こう」

和輝が元気よく言った。


二人がスカイホイールを見るのは、昨年、ケルドゥル村のフェリクスたちに見せて以来だ。

帆布の下から姿を現したスカイホイールは、左の主脚が折れて機体が傾いている。埃《ほこり》を被った機体に元の輝きはなく、みすぼらしくさえ見える。

「やっぱり、とても飛べるようには見えないね」

「でも、左脚以外は壊れているところは見当たらないんだよな……」

二人は手分けして点検することにした。

先に機体の点検を終えた瑠璃香が待っていると、和輝が数冊のマニュアルを手に、コクピットから降りてきた。

「左脚以外に壊れたところはなかったよ。和輝の方はどうだった？」

「やっぱり、主電源が入らないのが問題だな。モニターも点かないから、故障診断もできない。電気系統の故障となると、俺はお手上げだな」

和輝はそう言うと、コクピットから持ち出したマニュアル類を瑠璃香に見せた。

「帰ってから、これを読んでみるよ。なにか復旧のヒントがあるかもしれないからな」


その日二人はリビングで、ハルドルとヨアンにさっそくその話をした。

「そうか……スカイホイールを直してみたいということだな。分かった、やってみるがよい」

ハルドルがそう言うと、ヨアンも陽気な口調で言った。

「あのドラゴンが空を飛ぶところを、見ることができるかもしれないのか。そりゃ楽しみだな」

ハルドルは真顔に戻ると、ゆっくりと口を開いた。

「ところで、スカイホイールを直したいというのは、あのイーリスと関係があるのか？」

「あっ、いえ……、スカイホイールが飛んだとして、それをどう使うかはまだ決めていないんです」

和輝がそう答えると、瑠璃香がすぐに付け加えた。

「私は、時空の裂け目に挑戦する気はありません。ハルドルさんやヨアンさんと別れたくないので……」

ハルドルは二人の顔を交互に見て、口を開いた。

「うむ……それはおぬしたちが決めることだ。わしは、時空の裂け目に挑戦する二人も、この村に居続けてくれる二人も、どちらも応援する。わしはこれからも二人の味方じゃ」

イーリスが時空の裂け目であることを知らないヨアンは、和輝たちの会話を腑《ふ》に落ちない様子で聞いている。ハルドルがもう一度二人を見た。

「まずは、スカイホイールの修理に挑戦ということだな。やってみるがよい」

「ありがとうございます」

和輝がそう言うと、瑠璃香も頭を下げた。

6

次の日、和輝は朝からスカイホイールを見に出かけた。昼食に一度帰っただけで、午後はまた出かけていった。夕方、重そうなリュックを背負って帰ってきた。

「和輝、どうだった……？　スカイホイールは」

瑠璃香が聞いた。

「うーん、まだ直るかどうか分からないけど、何で起動しないかは分かった」

和輝はそう言うと、リュックを肩から降ろした。

「バッテリーが完全にイカれてる。主電源が入らないのは、そのせいだ。脚はなんとかなるとして、問題はバッテリーだな……」

和輝は足元に置いたリュックを指さした。

「こうして外して持って帰ったんだけどな」


次の日、瑠璃香は和輝がバッテリーの修理を試みている作業部屋へ、様子を見にやって来た。和輝の前の作業台には、六個のバッテリーセルがばらばらに置かれている。一つのセルの大きさは、レンガくらいだ。スカイホイールのバッテリーケースの中では、それらがつながっていたのだろう。

和輝は、スカイホイールの操縦免許を取得した時に基本的な構造は学んだが、整備や修理ができる知識も技術もない。スカイホイールのメンテナンスキットに入っていたテスターでバッテリーの電圧を測るのも、説明書を読みながら何とかできている状態だ。

「それがバッテリーね、直りそう？」

瑠璃香の声に和輝が振り向いた。

「ああ、瑠璃香か。いやあ、充電切れじゃなくて電池そのものがイカれてる」

「バッテリーって、もっとでっかいのかと思ってた」

「スカイホイールは水素エンジンで飛ぶから、いったんエンジンがかかると発電機が回って充電する。だからそんなに大きなバッテリーは必要ないんだ。バッテリーは俺たちのスマホに使われているのと同じ、グラフェン電池だったよ。もちろん大きさは全然違うけどな」

和輝がバッテリーセルの一つを手に取った。

「これ以上分解できないし、もし分解できたとしても修理なんて絶対無理だよな」

「……」

瑠璃香もバッテリーの知識は全くないが、三百年前の世界で電池の修理が不可能であることは理解できた。

「だってこの世界では、電気そのものが使われていないんだものね。電気って、いつ頃発見されたんだろう」

瑠璃香は独り言のようにつぶやいた。

「電気の歴史って、習ったかなぁ。小学校や中学校の実験には出てきたけど……」

瑠璃香は、電気の歴史を習ったかどうかさえ思い出せない。

その時だった。

「そうだ！」

突然、和輝が声を上げた。

「中学の実験で作った液体電池だよ。バッテリーを修理するんじゃなくて、電池を作ればいいんだ」

「……」

瑠璃香はまだきょとんとしている。

「あれは確か……酸性の水溶液に銅と亜鉛の電極を浸けるんだったよな――」

瑠璃香はやっと和輝が何を考えているのか分かった。


その日の夜、和輝と瑠璃香はハルドルとヨアンにスカイホイールの状態を説明して、修理の協力をお願いすることにした。

和輝は材料のリストをハルドルとヨアンの前に差し出した。そこには、電池にする容器とコルクの蓋、電極にする銅と亜鉛の金属板、電解液にする硫酸などが書いてあった。

「容器が三十個！　そんなにたくさん要《い》るのか」

ヨアンが驚いた。

「すみません。必要な電気を作るのに何個いるか分からないので、多めにお願いしています。コルクで蓋ができれば、ビンでもツボでもいいです」

ヨアンとハルドルは顔を見合わせた。

「どうでしょうか……？」

和輝が控えめに尋ねた。

「分かった、うちの村に無いものはケルドゥル村からかき集めてみるよ」

「ありがとうございます」

和輝はお礼を言うと、再びヨアンを見た。

「ヨアンさんにもうひとつお願いがあります。スカイホイールの左脚を直してほしいんです」

「えっ、あんな未来の材質で出来た脚を俺が直せるかな……」

「鉄で修理してもらって構いません。いったん飛び立つと、あの脚は胴体に引き込んで格納できるようになっていますが、今回は出たままでいいです。脚の下に車輪がついていますが、あれは地上を移動する時のためです。今回はその車輪も必要ありません。ですからどんな形状でも、着陸した時に機体を支えてくれればいいんです」

和輝がそう説明すると、ハルドルが言った。

「ならばその脚はわしが直そう。なんといってもわしは鍛冶屋だからな、ヨアンよりも上手くできるはずじゃ」

「ハルドルさん、ありがとうございます。どんな形状でも構いませんが、できるだけ軽くお願いします」

「お願いします」

瑠璃香も和輝に続いて頭を下げた。

電池の材料が届くと、和輝は作業部屋で電池作りを開始した。

電池作りを始めて一週間が過ぎた日の午後、和輝が台所にいた瑠璃香を呼びに来た。

「瑠璃香、できたぞ！」

和輝の満足そうな顔を見て、瑠璃香は期待しながら作業部屋へ入って行った。

「えっ、これが電池？」

瑠璃香は、最初に見たバッテリーとはかけ離れた、その不格好な見た目に唖然《あぜん》とした。作業台の上には、二十個ほどの壺《つぼ》が置かれている。壺はコルクで栓がしてあり、そのコルクから飛び出た電極板がコードでつながれていた。

「苦労したよ、硫酸の濃度を変えたり極板の大きさを変えたりしてな。やっと、必要な十二ボルトを出すことができた。これで三十分は飛べる計算だ」

「これをそのままスカイホイールに？」

「ああ、もちろん箱に入れるよ。後部座席に置くことになりそうだな」

「そう……なんだ」

瑠璃香は苦笑いで答えた。

次の日、和輝が作った液体電池で電源を入れてみることになった。ヨアンにも手伝ってもらい、スカイホイールまで液体電池を運び、和輝が電源ケーブルを接続した。

和輝と瑠璃香がコクピットに並んで座った。

「よし。じゃあ、電源を入れるぞ」

和輝は深呼吸をしてから、操作盤のメインスイッチを入れた。副操縦席に座っている瑠璃香も、モニターをじっと見ている。

モニターのバックライトが点いた。続いて操作画面が起動した。

「やった！」

瑠璃香は思わず声を上げた。

和輝が画面をタッチすると自動的に機体の点検が始まり、画面に並んだアイコンが次々と緑色に変わっていった。

ピピッ、ピピピ。

自動点検が終了した。左の主脚の異常を示す赤ランプの他に、もう一つアラームが表示されている。

「あっ！　燃料タンクが空っぽの表示になってる」

和輝が声を上げた。

「えっ！　じゃあ、せっかく直しても飛べないの？」

「いや、確か水素燃料のタンクは二つあったはずだ」

和輝は再びモニターをタッチし始めた。

「どうやら、左側の燃料系統に漏れがあるみたいだ。左のタンクの水素は完全に無くなってる。タンク自体は頑丈なはずだから、パイプのどこかに亀裂が入ったかな。これだとあまり長くは飛べないな」

「飛び立てるなら大丈夫だよ。遠くの国まで飛ぶわけじゃないんだから」

「う、うん。そうだな」

瑠璃香の言葉に和輝はうなずいた。

7

その数日後、和輝が作った電池と、ハルドルが作った左脚をスカイホイールに装着して、試験飛行をすることになった。

その日、和輝と瑠璃香、ハルドル、ヨアンの他にエルマルなど村人八人が、スカイホイールを取り囲むように作業をしていた。和輝と瑠璃香が遠い国から空を飛んでやって来たという噂《うわさ》は、もう村で広がっていた。この際、スカイホイールを見せて手伝ってもらうことにしたのだ。

左に傾いていた機体は持ち上げられて、左脚の代わりに枕木で支えられている。ハルドルたちは左脚の取り替え作業をしている。

和輝は電池の入った木箱を後部座席に固定すると、もう一度電池の電圧を確認した。

「よし、ちょうど十二ボルトだ」

ハルドルたちの作業も終わり、枕木も取り払われた。

「みなさん、ありがとうございました。今からテストをします。みなさんはスカイホイールから離れて見ていてください」

和輝と瑠璃香はコクピットに座った。和輝が操作盤のメインスイッチを入れて、離陸前の点検を開始した。

ピピピッ。

エンジンの始動点検が終了した。

「さて、ここからだ」

和輝は恐る恐るエンジン起動ボタンを押し込んだ。

……。

静寂がコクピットを包んだ。が、その数秒後だった。

ウィーン――。

水素ジェットタービンが回り始めた。低いエンジン音はすぐに「キーン」という甲高い音に変わり、機体の下から砂埃が上がった。

「やったあ！」

二人は笑顔でハイタッチした。外で見守っているハルドルたちの歓声が聞こえてきた。

「よし、次は離陸テストだ」

和輝はそう言うと、離陸前の設定ボタンを一つずつ押していった。

「レーダー誘導なし、自動航路設定オフ、姿勢安定システムオン、離陸は手動……と」

和輝は設定を終えると、大きく深呼吸をして操縦桿に手を添えた。

「よし、離陸するぞ」

キュイーン――。

エンジン音が一段と大きくなり、機体が砂埃に隠れた。その砂埃の中から、スカイホイールは真っすぐに上昇していった。

「おお！」

見ている人々から、ため息とも歓声ともとれる声が上がった。

スカイホイールは上空を大きく一周すると、機首をハルドルの家がある方向に向けた。離陸に成功したら、スカイホイールをハルドルの家の裏庭に移動する手はずになっていたのだ。

和輝と瑠璃香はスカイホイールを裏庭に着陸させると、ハルドルや村人が帰って来るのを待っていた。

並んで腰を下ろしている二人の前には、移動させたばかりのスカイホイールがある。

「和輝、やったね」

瑠璃香は興奮を隠しきれない様子だ。

「残りの燃料でどれくらい飛べそう？　ハルドルさんとヨアンさんをミアプラシノスの森へ連れていってあげようよ。村のみんなも乗せてあげたいな」

瑠璃香は弾んだ声で和輝にそう言った。和輝は真剣な顔でスカイホイールを見ている。

「俺、やっぱり挑戦してみたい」

和輝がぼそりと言った。瑠璃香の笑顔が固まった。

「この前、俺、ミアプラシノス探しに挑戦することで、生きてるって思えたって言っただろ？　そう思えたのは、それに成功したからじゃないと気づいたんだ。もし失敗していても、後悔はなかったと思う。だから今回も、結果がどうなっても後悔はしない」

「……」

「それに俺たちは、あの渦を抜けてこの村に出てきた。その村にできた渦なら、あの渦が元の世界につながっている可能性は十分にあると思うんだ。瑠璃香だってイーリスを見たとき、お母さんやお父さんが恋しくなったって言ってただろ。イーリスに……時空の裂け目に挑戦してみようよ、瑠璃香」

和輝はそう言うと瑠璃香を見た。瑠璃香が和輝を見ずに答えた。

「私は……行きたくない。怖いよ」

「ミアプラシノスを探しに行く時、瑠璃香言ってたよな？　少しでも可能性があるなら、挑戦したいって」

「あの時とは違うよ。あの時は、ミアプラシノスを見つけられなくても、失うものは何もなかった。でも今度の挑戦は、この村での幸せな日々と永遠に別れることになるんだよ。私たちは、元の世界の大切な人たちと別れてしまった。でもこうして、ハルドルさんたちと出会うことができた。せっかく出会えた大切な人たちと、また別れるなんて……私はイヤだよ。それに、宇宙の塵《ちり》になって消えてしまう可能性だってあるんでしょ？」

「ああ……そこは誰にも分からない。でも俺は、長生きするかどうかより、どう生きるか、どんな出会いがあるかが大事だと思うようになったんだ。たとえ短い人生でも、生きたと言える人生を送りたいって」

「じゃあ、今こうしてこの村で私と過ごしている時間では、生きてるって感じられないってこと？」

和輝は瑠璃香から目を離すと、暮れかかった西の空に目をやった。

「いや、こんな穏やかな時間も俺は好きだ。今、生きているって感じるし幸せだって感じてる。でも、これがずっと続くのは何だか物足りないんだ。俺って、欲張りなのかな？」

「……」

しばらく沈黙した後、瑠璃香が言った。

「もし私が行かないって言ったら、和輝は一人でも挑戦するつもり？」

「いや、一人で行くなんてことは考えてないよ」

和輝は茜色《あかねいろ》の空を見つめたまま言った。

「話してて気づいたんだけど、俺があのスカイホイールで挑戦してもいいと思えるのは、コクピットの隣の席に瑠璃香が居てくれるからだって。今この穏やかな時間を幸せだって感じるのも……横に瑠璃香が居るからだって。だから瑠璃香が行かないなら、俺も行かない」

「……」

瑠璃香も、和輝が見ている茜色の空を見上げた。しばらくして瑠璃香が口を開いた。

「いいよ、私も一緒に行く」

瑠璃香は和輝を見て微笑んだ。

8

その日の夜、和輝と瑠璃香はハルドルとヨアンに、自分たちの決心を話した。

「そうか、イーリスに挑戦してみるのだな。おぬしらは本当に勇気がある、まさに勇者だな」

「いえ、勇者だなんて……。僕も怖いんです。自分が死ぬかもしれないってことはもちろん怖いけど、それよりももう一つの恐怖――大切な人を失うことへの恐怖はむしろ大きくなってきました。恐怖が大きくなったというより、その人を今まで以上に大切だと思うようになったのかもしれません。僕が消え去るということは、一緒に行くその〝大切な人〟の未来も、そこで消え去ることになりますから」

和輝のその言葉に、ハルドルとヨアンの視線が瑠璃香に集まった。

少しの沈黙の後、瑠璃香が口を開いた。

「私も……、本当にそれでいいんだろうかという迷いもあるんです。もし元の世界に戻れたとしても、ハルドルさんたちとはもう二度と会うことはできません。永遠の別れになります。それは、私たちを受け入れてくれて、そして家族だと言ってくださったハルドルさんたちを裏切ることになるんじゃないかと……」

瑠璃香はそこまで言うと言葉を詰まらせた。和輝が優しく声をかけた。

「瑠璃香、無理をして挑戦しなくていいんだぞ。俺だって、ハルドルさんやヨアンさんと一緒にこの村で過ごし、この村に骨を埋《うず》めるのも幸せな人生だと思っている。俺は瑠璃香の気持ちを大事にしたいと思ってる」

「……」

瑠璃香がうつむいたまま黙っていると、ハルドルが二人に語りかけた。

「確かに、おぬしらと別れるのは寂しいことじゃ。だがそれで、わしらを裏切ったなどとは思わんでほしい。二人がわしらと一緒にいても、遠く別れても、わしの家族……我が子であることは変わらん。子どもというのは、いつかは親元から旅立ち、新たな居場所を見つけるものだ。そのようにして居場所を増やしていき、幸せになってくれることが親の望みなのだ。だからわしらのことは何も心配せんでいい。おぬしたちがどうしたいか、それだけを考えればいい」

うつむいてハルドルの言葉を聞いていた瑠璃香が、涙を拭った。

「ハルドルさん、ありがとうございます」

そう言うと和輝を見た。

「行こう、和輝。元の世界に戻ることができれば、お母さんやお父さんや友だちに会える。別の世界に出たとしても、そこにはきっと新しい出会いがある。それにもし……もし失敗して宇宙の塵になったとしても、私は後悔しない。和輝と一緒なら」

和輝も瑠璃香の目を見てうなずいた。

その後、イーリスに挑戦する手順を話し合った。和輝と瑠璃香は三日後までに部屋の片づけや荷物の整理といった準備を済ませ、それ以降イーリスが発生し次第、スカイホイールで飛び立つことになった。燃料の残量から見て、飛び立てるのは二回、多くて三回だ。それで失敗すれば、二人はこの村で生きることになる。

話し合いが終わり、台所で片づけを終えた瑠璃香がリビングに戻ると、ヨアンが一人で酒を飲んでいた。

瑠璃香はヨアンの隣に腰を下ろした。

「ヨアンさん、私も少し飲みたいな」

ヨアンは新しいショットグラスに地酒のブレニヴィンを注ぐと、瑠璃香の前に差し出した。

少しの沈黙の後、ヨアンがしみじみと言った。

「さびしくなるな」

「うん、私も」

「お嬢ちゃんたちがやって来て、まだ一年にもならないよな。もっと一緒にいたかったよ」

瑠璃香はそれには答えず、ショットグラスに口を付けた。

コホッ、コホンッ。

「お嬢ちゃん、無理して飲まなくてもいいんだぜ」

酒にむせた瑠璃香を見て、ヨアンが笑いながら言った。ヨアンは瑠璃香から目を離すと、真剣な顔でテーブルの上のミアプラシノスに目を落とした。

「おれ……お嬢ちゃん――瑠璃香のこと、本当は好きだったんだぜ」

「……」

少し時間を置いて、瑠璃香が明るい声で言った。

「私だってヨアンさんのこと大好きだよ」

その声に、ヨアンは瑠璃香を見た。

「おいおい、その好きって……兄貴としてとか、そういう好きだろ？」

「そうだよ、とっても頼りがいのある兄貴だもの」

瑠璃香がそう言うと、二人は声を上げて笑い合った。

「ヨアンさん、わたし……時空を超えるのに失敗したら、ずっとここで暮らすんだからね。そうしたら、これからも頼りがいのある兄貴でいてくれる？」

ヨアンも笑顔で瑠璃香を見た。

「ああ、もちろんだ」

9

二日後の夜、噂を聞いた村の若者たちが、和輝と瑠璃香の壮行会を開いてくれた。

エルマルの家のリビングには、二十人ほどの若者が集まっていた。会話と食事とワインでひとしきり盛り上がった後、二人は自分たちのテーブル席に戻ってきた。

瑠璃香が、楽しそうに会話や食事をしている仲間を眺めながら言った。

「私たちのために、こうして会を開いてくれるなんてうれしいね」

「ああ、そうだな。だけど複雑な会だよな……」

「え？　なんで」

「飛び立つといっても、いつ飛び立つか分からない。イーリスが出なければ、一ヶ月後もここにいるかもしれない。飛び立ったとしても、上手くいかなくて戻って来るかもしれない。だから〝お別れ会〟じゃない。上手くいったとしても、行った先が良いところなのかどうかも分からない……ということは〝何かを祝う会〟でもない。でも、二度と会えなくなるかもしれない……。俺たち、何だか中途半端な旅立ちだなと思って」

そこへエルマルがやって来た。小皿に取り分けた料理をテーブルに置くと、和輝の隣に腰掛けた。

「『壮行会』となってるけど、僕は二人の出発を応援するつもりなんてないからな。だって、今度の挑戦が失敗して、二人がずっとこの村にいればいいと思っているんだから」

ややぶっきらぼうにそう言ったエルマルは、そっと和輝をのぞき込んだ。

「それに上手く時空の裂け目に突っ込んだとしても、消えてしまうかもしれないっていうじゃないか。怖くないのか……？」

和輝はワインを一口飲むと、うつむき加減に言った。

「俺は、死ぬこと自体はあまり怖く感じないんだ。でももし宇宙の塵になってしまったら、俺の生きた証って何だろうなと寂しい気持ちはある。だって俺が死んだかどうか、エルマルは知りようがないんだから……約束した墓だって建ててくれないだろ？　元の世界からもこの世界からも、〝俺〟という存在が消えてしまうような気がして……」

「そうか。そう思ってこれを」

エルマルがポケットから、丸まったアイボリー色の紙を取り出した。

それは一枚の羊皮紙だった。

和輝がその紙を受け取って広げると、瑠璃香ものぞき込んだ。焦げ茶色のインクでこう刻まれていた。

〈一七三四年九月一日に、和輝と瑠璃香の二人の若者が、ミアプラシノスの森を発見した。二人が持ち帰ったミアプラシノスの欠《か》けらから、ハルドルがミアプラシノスを作り出せることを突き止めた。この三人の勇気と知恵が、『フィンブルの冬』からこの島を救っただけでなく、やがて直面するであろう自然破壊から地球を守る術を見いだした。〉

「これは……？」

状況を飲み込めない和輝がエルマルを見た。

「去年、僕も含めて村の選抜隊がミアプラシノスの森へ行っただろ。そして森に通じる洞窟を塞いで帰った。その時に、ミアプラシノスの塚の元にあった石碑の横に、この文章を刻んだ石碑を建てたんだ。それあげるよ」

エルマルはそう言うと、和輝と瑠璃香を見て言った。

「二人の存在はこの世界から消えることはない。世界中の人たちがミアプラシノスに触れ、その温もりに癒された時、そこには二人が存在する。この石碑があろうとなかろうと、二人はこの世界に存在し続けるってことだよ」

二人は言葉を詰まらせながら答えた。

「ありがとう……」

「イーリスが現れ次第出発するんだよな。ということは、僕は見送りできないかもしれない……。でも、必ず失敗して帰って来いよ」

エルマルはそう言うと、和輝と瑠璃香と順に抱き合った。エルマルの目が微かに潤んでいた。

10

壮行会の翌日、イーリスに向けて飛び立つ準備の最終日だ。出発の準備といっても、いつイーリスが現れるか分からない。それまではここで暮らすことになる。和輝と瑠璃香は、スカイホイールのトランクルームに入れるものと、出発の時まで手元に置いておくものの仕分けに頭を悩ませていた。

「なんだか、こまごましたものがたくさんあるね。一年近く暮らしていると、こんなにモノが増えるんだね」

瑠璃香が日用品の仕分けをしながら言った。

「そうだな。だけどいつ飛び立つことになるか分からないっていうのは、何とも落ち着かないな」

「うん、確かに……」

和輝が手を止めて感慨深げに言った。

「この世界で色んなことを学んだよな。自然の厳しさや恐さはもちろん、自分にとって居場所って何か、生きるってどういうことかとか……」

「うん、自然の美しさや人の優しさもね」

「この世界に来るまでは、科学で説明できないことなんて無いと思ってた。でもミアプラシノスを見て、ミアプラシノスに触れて……人間の脳ミソで理解の及ばない出来事って意外とあるんじゃないかと思ってたな」

「うーん。私もあの巨大塚は〝意志〟を持って、あそこに存在し続けていた——そんな気がする。自然は、この島の緑を必ず守るという強い意志を、あの塚に託したんじゃないかって」

そう言って瑠璃香が笑った。

「ああ、それはもう〝自然〟の力ではないのかもしれない」

そう答えた和輝は、まじめな顔つきで続けた。

「ここに来て教えられたことは、人間は自然の中で生まれたということ。そして社会を作り、助け合うことで存続してきたということ。俺がこの世界に生まれてきたのは自然の力によるものだし、今まで生きて来られたのは、元の世界の家族や仲間が俺を支えてくれたからだし、この世界のハルドルさんや村の人たちが受け入れてくれたからだって気づいたんだ」

「……」

瑠璃香は黙って耳を傾けている。

「だから今の俺は、俺を支えてくれる人たち――大切な人たちにも幸せになって欲しいと、心から思っている。自分の大切な人たちの明るい未来をイメージすることができる――それが〝希望〟なんじゃないだろうか。どんな絶望の中にいても、希望に満ちた未来を信じる気持ち――あのミアプラシノスは、村の人たちのその気持ちの結晶だったんじゃないだろうか。その気持ちがあったからミアプラシノスは確かに在ったたし、俺たちもそれを見つけることができた。ハルドルさんもあのウィリディサイトという石から、ミアプラシノスを作り出すことができたんじゃないかって……」

和輝がそこまで言うと、瑠璃香は手元の荷物に目を落とした。

「私たち、元の世界に戻れたとして、見つかるかな……ミアプラシノスに代わる何か――」

和輝は自分に言い聞かせるように答えた。

「見つけるんだよ」

一瞬間があって、瑠璃香も深くうなずいた。

「うん」

荷物の仕分けを終えた二人は、明日からの段取りを確認した。いつも通りの生活をするが、この家からは離れない。イーリスが現れ次第、スカイホイールで飛び立つ。突入は元の世界でイーリスに飛び込んだ時と同じ速度で行う。様々な角度から三回突入を繰り返し、ダメなら帰還する。また、三回に達していなくてもイーリスが薄れてきたら帰還する。帰還したら、電池を交換して二回目のチャンスを待つ——という段取りだった。

だが、その日からイーリスはなかなか現れなかった。

エピローグ

1

『イーリス』の出現を待ち始めて一週間後の朝、ハルドルとヨアンが朝食を取っていると、和輝と瑠璃香がリュックを背負ってリビングに入って来た。

「なんだ、その服装は……ひょっとして！」

ヨアンが二人を見て声を上げた。二人は、最初にこの家に来た時のジャケットを羽織っていた。

「はい、イーリスが出ました」

和輝がそう言うと、ハルドルの表情が一瞬こわばった。

「南東のエイヤフィヤトラヨークトル山脈の上辺りです」

ハルドルとヨアンはすぐに東の窓に駆け寄った。遠くの山々の稜線から、陽が昇り始めている。その手前のうっすらとすじ雲が伸びる淡い紫色の空に、虹色に揺らめく渦——イーリスが見えた。

「今までお世話になりました」

瑠璃香がそう言ってハルドルとヨアンにお辞儀をすると、和輝も深く頭を下げた。ヨアンが明るく言った。

「おい、そんなしょんぼりした顔をするなよ。良かったじゃねえか、今日もしかしたら元の世界に帰れるかもしれないんだぜ？　それに失敗すれば、今夜も一緒に晩飯が食えるんだし」

「そうですね」

瑠璃香は笑顔を作って言った。

「ちょっと待ってくれ」

ハルドルは作業部屋から小さな布袋を持ってきた。

「最後に、おぬしらに渡したいものがある」

和輝はハルドルが差し出した布袋に触れるとすぐ、それが何か分かった。その布袋からは心を癒《い》やす暖かさが伝わってきて、袋の縫い目からは翡翠色《ひすいいろ》の光が漏れ出していた。

「これは……」

ハルドルは母国語だろうか、ゆっくりと何かを唱え始めた。

「どれほど遠くからの微かな光でも、私はそれを感じ、自らの力に変える」

二人にはその言葉の意味は分からなかったが、その響きが確かな明るさと強さを帯びていることだけは分かった。ハルドルは二人を真っすぐ見つめた。

「このミアプラシノスが放つ光のように、これから先ずっと、わしは村の皆の希望の光になろうと思う。そう思えたのは、光を失いかけていたわしを照らしてくれた太陽――和輝と瑠璃香、おぬしらふたりがいたからじゃ。和輝と瑠璃香と過ごした時間は、確かにわしの心に刻まれた――ということだ」

ハルドルは和輝に渡した布袋を見た。

「それは、この世界で成果を収めた証として持ち帰るがいい。それにそのミアプラシノスが、おぬしたちの世界が直面する問題を解決するのに役立つのではないかと思っておる。和輝と瑠璃香なら、役立てることができるのではないかとな」

和輝と瑠璃香は顔を見合わせた。和輝がハルドルを見て、静かに口を開いた。

「ハルドルさん、ありがとうございます。ですがこれを頂くわけにはいきません。人間が自然の中で生まれ、自然の中で生きていることを、僕たちはこの世界に来て学びました。そしてこのミアプラシノスも、この世界の自然の一部です。ミアプラシノスは元の世界でも、当面の問題を解決する力を持っているかもしれません。でも、元の世界にとっては自然の一部ではありません、外部から持ち込まれた異質の物体です。自然界のバランスを壊し、想定しなかった思いもかけない問題を引き起こすかもしれません。このミアプラシノスは、この世界のものです。この世界にとっての希望の結晶です」

和輝は続けた。

「僕らは次の世界で、〝僕たちの〟ミアプラシノスを見つけます」

ハルドルは二度うなずくと、和輝が差し出した布袋を受け取った。

2

四人がスカイホイールを停《と》めている裏庭に出ると、十名ほどの村人が見送りに集まっていた。親友のエルマルとケルドゥル村との交渉にあたってくれた長老のオットー、そしてスカイホイールの修理を手伝ってくれた若者たちの顔も見える。そしてその後ろには、和輝たちを信じて石炭を送ってくれたケルドゥル村の長老のフェリクスもいるではないか。

歩み出てきたエルマルに、和輝は笑顔で声をかけた。

「エルマル、見送りに来てくれたんだ」

「ああ。ちょうど今、鍛冶場でケルドゥル村と次の生産の打ち合わせをしているんだ。そしたら、イーリスが出たって聞いてね。鍛冶場からここまでは近いから、間に合うかもしれないと思って急いで来たんだ」

「そうか、それでオットーさんやフェリクスさんも来てくれたのか」

エルマルは少しぶっきらぼうに言った。

「でも見送りに来たんじゃないぞ、スカイホイールが飛び立つところを見に来ただけだ。帰ってくるのをここで待ってるからな」

和輝はハルドルとヨアン、エルマルの顔を順番に見た。

「では行って参ります」

「行ってきます」

二人がそう言うと、ヨアンが瑠璃香に目配せした。

「おれのこと、忘れないでくれよ」

「はい、もちろん」

瑠璃香はそう言うと、ジャケットのポケットから、小型だが厚みのある冊子を取り出した。それは、探索に行く瑠璃香と和輝のために、ヨアンが夜なべして作った探索の心得帳だった。

「これ、私の宝物です。これをヨアンさんだと思って、一生大事にします。ヨアンさんも、ハルドルさんもエルマルくんも、この村の人たちのことも、一生忘れません」

瑠璃香が、ハルドルとヨアン、エルマルと抱き合って別れを告げると、二人は見送りに来ている人たちの方を向いて深く頭を下げた。

和輝と瑠璃香は、見送りの人たちに背を向けると、振り返ることなくタラップを登っていった。

飛び立ったスカイホイールは最初に鍛冶場に向かった。高炉の煙突の横をゆっくりと通過すると、広場にはたくさんの人が出ていて、手を振ってくれた。そこには、ミアプラシノス採掘隊に志願して、今は鍛冶場で働いている村の若者たちの顔があった。

スカイホイールは鍛冶場を抜けると村に向かった。村では、村人全員が見送ってくれているのではないかと思うくらい多くの人が、空を見上げていた。低空をゆっくりと周回すると、村人一人ひとりの顔がよく見える。ある者は笑顔で手を振り、ある者は両手をメガホンにして何か叫んでいる。みんな和輝も瑠璃香もよく知っている顔だ。

ミアプラシノスの巨大塚がアイスランド全体の森を育んでいたことを解き明かしてくれた植物学者のアルニとステファン博士、ミアプラシノスの神聖さに気づかせてくれた占い師のヴェラ、いつも村人たちのことを真剣に考えてくれていた最長老のセゴルと長老たち、息子の死を無駄にしないで欲しいと訴えて村人の心を一つにしてくれたロベルトの母親、壮行会に集まってくれた若者たち――。

操縦桿を握る和輝に代わって、瑠璃香は手を振り続けた。

3

村を周回したスカイホイールは、イーリスが輝くエイヤフィヤトラヨークトル山脈の上空に向けて速度を上げた。真っ白な飛行機雲が山脈に向けて一直線に伸びていく。村人たちからは、はるか遠くの機体は見えなくなったが、イーリスを貫通する飛行機雲から、突入に挑戦していることだけは分かった。

ハルドルとヨアンは、固唾を飲んで飛行機雲を目で追いながら、突入の回数を数えていた。

「一回……二回……三回――」

イーリスへの三回目の突入を終えたが、何も起きなかった。イーリスの輝きも弱まってきた。

「今回はこれで帰還かの……」

ハルドルがつぶやいた。

「いや、もう一回挑戦するぞ」

飛行雲を目で追っていたヨアンが言った。白い飛行機雲の筋は、もう一度イーリスの方向に大きく旋回し始めた。


操縦桿を握っている和輝が諦めて帰還しようとした時、瑠璃香が言った。

「和輝、イーリスの虹色がまた明るくなってきたよ」

和輝が外を振り返ると、確かに渦を巻く光の輝きが増している。

「よし、もう一回突入するぞ。今日最後のトライだ」

和輝は機体を大きく旋回させた。

スカイホイールは遠く正面にイーリスを捉えた。瑠璃香は迫ってくるイーリスをじっと見た。

「あの向こうに……どんな世界があるのかな」

「この先がどこだろうと問題ないさ――」

和輝は前を見据えたまま、スラストレバーをぐっと押した。

「俺たちなら」

二人は虹色の光の中へと消えていった。

あとがき

この作品は、以前小説サイトに投稿した私の処女作が元になっています。その数年後に、念願の一冊目の出版（『碧き聖断』、アメージング出版）が叶いました。それを機に、処女作「フィンブルの冬」を、ハラハラドキドキする面白さだけでなく、厚みと深みを持たせた作品に作り変えたいと思いました。物語は、主人公の和輝と瑠璃香が、奇妙な世界に迷い込んだところから始まります。現代の大学生である二人を三百年前の世界、しかも極寒の島に放り込むことで、生きることの原点に立ち帰ることができるのではないかと思ったからです。

この物語の一つのテーマとして「自然と人間」があります。産業革命以降、私たちは豊かさや便利さを追及してきたわけですが、その対価として、自然の多様性や気候のバランスを失いました。今の自分がそういった豊かさや便利さを享受している以上、人類がそれを追い求めてきたことを否定するつもりはありません。ただ、人間が良かれと思ってしてきたことが、結果的に、異常気象などの不幸な事態を招いていることも事実です。私が住んでいる広島市も、二〇一八年の西日本豪雨で大きな被害を受けました。私の家は直接の被害は受けませんでしたが、近くの住宅が土砂で流されているのを目の当たりにして、ぞっとしたのを覚えています。とはいえ、「自然界」は人間社会と相対するものではありません。人間は自然の中で生まれ、自然の中で存続してきました。もし私が三百年前のアイスランドに迷い込んだなら、和輝や瑠璃香と同じように、人間は自然の一部に過ぎないんだということを実感したと思っています。

こうしてあとがきを書いている今、ＣＯＰ（締約国会議）が、エジプトで開かれています。世界各地で異常気象が相次いでいるなか、先進国と途上国の主張の隔たりが大きく、会期が延長されたというニュースが入ってきました。この物語で和輝たちは、未曽有の大寒波を乗り切るために、最終的に自分たちの村だけで何とかするのではなく、他の村とも手を取り合ってミアプラシノスの生産に取り組みました。それは、各国の利害が絡み合う現実世界の縮図であり、また、人類は協力し合えるはずだという、私の希望を描いたつもりです。

この物語のもう一つのテーマは、「若者の居場所」です。三百年前のアイスランドに迷い込んで絶望し、戸惑う和輝と瑠璃香を、ハルドルは受け入れてくれます。二人は、ハルドルの家に居続けるためには、ハルドルや村の役に立たなければならないという思いを強く持ちます。ところが、ハルドルの手伝いをしたり、ミアプラシノスを探す旅を続けるなかで、「役に立たなければ」という思いが、「役に立ちたい」に変わっていきます。ハルドルの思いも、ただ純粋に自分たちと一緒に居たいだけだったと知って、二人は胸を打たれます。

和輝にとって元の世界は「居場所」ではありませんでした。家庭や友人関係に居心地の悪さを感じていたし、社会に出て働くことに希望を持てないでいました。そういった居心地の悪さや閉塞感は、私自身が学生時代や社会人になった後も感じていました。職場での失敗やストレスに耐えられず心を病んだ経験もあります。その時は、「自分には生きている価値なんてあるのだろうか」「この先良いことなんて何も無い」と絶望していました。今、不登校や若者のひきこもりが問題になっているということは、以前の私や和輝と同じように、居場所を失くした若者が多いということだと思います。

和輝と瑠璃香は、ハルドルの無償の愛に居場所を見つけ、そのハルドルや村人のために何かしたいという想いの中に、働くことの意味を見い出します。〝無償の愛〟というとなにか特別な人が持っているという印象がありますが、ハルドルの「ただ一緒にいたかっただけ」という言葉に、家族や仲間など誰もが持っている気持ちであることに気付かされます。誰もが持っているその気持ちを、素直に伝えあうことができたなら、そしてその気持ちを受け取ることができたなら、私たちは、もっと生きやすくなるのではないかなと思いました。

またこの物語は、「男女二人の成長譚」でもあります。和輝と瑠璃香は、ぶつかり合いながらも、自分の本当の気持ちに気付き、お互いを思いやる気持ちを深めていきます。困難な状況でも、信頼できる仲間や守りたい大切な人が居れば、乗り越えていけることを学びます。特に和輝は、自分が価値のある人間だと思えるようになり、瑠璃香も、元の世界でも何か役に立てることがあるはずと思えたことで、元の世界に通じる可能性のある時空の裂け目『イーリス』

に挑戦します。

元の世界で居心地の悪さを感じていた頃の和輝は、私自身と重なるところがあります。でもイーリスに挑戦するまでに成長した和輝は、等身大の私ではありません。物語の中の和輝は、「こうありたい」という私の願望であり希望であり、そして私自身を元気づけてくれる存在なのです。

この物語を読んでくださった方が、この世界を居場所だと感じ、少しでも前向きな気持ちになれたなら、これほど嬉しいことはありません。

この作品を手に取ってくださり、本当にありがとうございました。

宮田賢人

二〇二二年小雪。

宮田賢人
1985年広島市生まれ。
若者を主人公にした、環境問題や平和など社会問題に踏み込んだ小説を主に手がける。
他の著書に、平和都市である地元広島を題材にした『碧き聖断』（アメージング出版）がある。

フィンブルの冬
2023年　8月　2日　　初版発行

著者　　　宮田賢人
校正協力　森こと美
発行者　　千葉慎也
発行所　　合同会社 AmazingAdventure
（東京本社）東京都中央区日本橋 3-2-14
新槇町ビル別館第一 2 階
（発行所）三重県四日市市あかつき台 1-2-108
電話　050-3575-2199
E-mail info@amazing-adventure.net
発売元　　星雲社（共同出版社・流通責任出版社）
〒112-0005 東京都文京区水道 1-3-30
電話　03-3868-3275
印刷・製本　シナノ書籍印刷

ISBN978-4-434-32417-8　C0093